中國語言文字研究輯刊

七 編

許錟輝 主編

第11冊

傳鈔古文《尚書》文字之研究（第九冊）

許舒絜 著

花木蘭文化出版社

國家圖書館出版品預行編目資料

傳鈔古文《尚書》文字之研究（第九冊）／許舒絜 著 — 初
版 — 新北市：花木蘭文化出版社，2014〔民 103〕
目 6+202 面；21×29.7 公分
（中國語言文字研究輯刊　七編；第 11 冊）
ISBN 978-986-322-851-6（精裝）
1.尚書　2.研究考訂
802.08　　　　　　　　　　　　　　　103013629

中國語言文字研究輯刊
七　編　　第十一冊　　　　ISBN：978-986-322-851-6

傳鈔古文《尚書》文字之研究（第九冊）

作　　者　許舒絜
主　　編　許錟輝
總 編 輯　杜潔祥
副總編輯　楊嘉樂
編　　輯　許郁翎
出　　版　花木蘭文化出版社
社　　長　高小娟
聯絡地址　235　新北市中和區中安街七二號十三樓
　　　　　電話：02-2923-1455／傳眞：02-2923-1452
網　　址　http://www.huamulan.tw 信箱 hml810518@gmail.com
印　　刷　普羅文化出版廣告事業
初　　版　2014 年 9 月
定　　價　七編 19 冊（精裝）新台幣 46,000 元

傳鈔古文《尚書》文字之研究（第九冊）

許舒絜 著

目

次

第三章　傳鈔古文《尚書》隸古定本文字之探析

　　漢魏以降，隸書取代小篆而流行，隸書原就是秦漢之際起於民間的俗字，唐蘭《中國文字學》云：「由商周古文字到小篆，由小篆到隸書，由隸書到正書，新文字總就是舊文字的簡俗字。〔註1〕」秦始皇以小篆統一形體紛雜的戰國文字，在小篆作爲正字時，剛出現的隸書就是俗體，其點畫和篆體相差甚遠，又因刻版印刷尚未發明或流行，文字形體因人們個別的手寫或碑刻，而出現同一字形體不一的情形，如「致」字，漢碑作[致]華山廟碑[至友]北海相景君[致]尹宙碑[致]孔宙碑等形，許多後世的俗別字便是源於隸書的書寫筆畫變化，《後漢書·儒林列傳》尹敏便曾對光武帝說：「讖書非聖人所作，其中多近鄙俗字」。

　　隸古定古本《尚書》寫本中，敦煌、新疆等地《尚書》古寫本的寫成時代研究，依【第一部份】前人討論研究成果及其**傳鈔古文《尚書》時代序列**一節，知其中或有存六朝之古文、年代早於隋唐者，有隋唐之間者，或爲唐初至衛包改字之前者，有衛包改字之後者，亦即其最早爲六朝，最晚爲唐朝初年民間的抄寫本〔註2〕，隸古定本《尚書》日本古寫本則源出於唐寫本。這些傳鈔古文《尚書》隸古定寫本，皆是六朝迄唐初的寫本或再抄寫本，抄寫時代正是文字混亂的時期，在傳播文字全靠書寫的時代，人心苟趨省易，寫字往往趨於簡率，南

〔註1〕 唐蘭《中國文字學》（頁158）

〔註2〕 姜亮夫，《敦煌寫本論文集》，上海：上海古籍出版社，1987，頁160。

北朝時期，隸書漸變今體，筆畫尤多更改，形體略無規範，「其時雕版未興，書皆手寫。值隸變之後，繼以楷變，鈔寫文字，無定體可循，故滿紙訛俗，幾至不可卒讀〔註3〕」，《顏氏家訓・雜藝篇》嘗論六朝以來寫本字體之弊：「晉宋以來，多能書者。故其時俗，遞相染尚，所有部帙，楷正可觀，不無俗字，非爲大損。至梁天監之間，斯風未變。大同之末，訛替滋生。蕭子雲改易字體，紹陵王頗行僞字，前上爲草，能旁作長之類是也。朝野翕然，以爲楷式，畫虎不成，多所傷敗。至爲一字，惟見數點，或妄斟酌，遂便轉移。……乃以百念爲憂，言反爲變，不用爲罷，追來爲歸，更生爲蘇，先人爲老，如此非一，遍滿經傳。」「今觀敦煌寫本，俗字訛文，變體簡易，盈紙滿目，與顏氏所論，若合符節。」俗別字由六朝時期累至唐代，唐人手寫抄本，尤其今所見敦煌寫本，可謂集俗別字之大成。

經各本傳鈔古文《尚書》文字辨析，可見今僅見的隸古定《尚書》刊印刻本——宋代薛季宣《書古文訓》——文字形體有不少是由唐人俗書別體而來，而宋代尚有唐本隸古定《尚書》流傳，《書古文訓》之文字形體當有據於唐本，因此其文字形體除版本所見古文、篆文等隸古定字形外，也因襲繼唐人抄本混雜俗書的文字變化，形體訛亂之情況亦不下於隸古定寫本所見。

這些隸古定本《尚書》保存抄寫、刊刻時代所見版本文字現象，其時代文字變化又顯現於其中，文字形體混雜古文、篆文、隸書之隸寫及別體、俗字等等，可見其聯繫先秦《尚書》文字下及唐宋《尚書》文字的文字演變關係，尤其是魏晉以來《尚書》文字變化。而見於傳鈔古文《尚書》隸古定各本中的隸古定字，點畫偏旁亦多受俗寫影響，套用「隸古定」的成語，可名之曰「俗古定」〔註4〕，即用俗體來寫定古文。

研究傳鈔古文《尚書》隸古定寫本文字形體的變化，包括大量的俗別字以及受俗寫影響的隸古定字的字形變化，有助於辨識源自六朝、唐代隸古定《尚書》寫本、刻本《書古文訓》中大量變化多端、形體詭異的字體，並且能校勘古籍中的文字訛誤。

〔註3〕潘重規，《敦煌俗字譜・序》，台北：石門圖書公司，1978。

〔註4〕參見：孫啓治，〈唐寫本俗別字變化類型舉例〉，《敦煌吐魯番文獻研究論集（五）》，1990.5。

第一節　傳鈔古文《尚書》隸古定本之文字特點

由前章「傳鈔古文《尚書》隸古定各本文字形體類別及其探源」中，可以得知隸古定本《尚書》各本與今本《尚書》文字相異之形體，數量最多是源自古文字形之隸定、隸古定、或隸古訛變者，其中可溯源而見於戰國古文者最多，或者源於先秦古文字形演變，且字形多數與傳鈔《尚書》古文相類同，或與《說文》古籀等或體類同——其中多數亦與《說文》古文同形——，而未見於上述二者的此類寫本字形，也多能在先秦出土文字資料找到相應的字形，或字體形構由《說文》古文構成，當亦屬於戰國古文。

其次者，傳鈔古文《尚書》隸古定本文字有一部份是源自篆文字形之隸古定、隸變，或隸定與今日楷書形體相異者，這類字形大多可溯源於先秦古文字形，或可由秦簡、漢簡見其形體演變。這些因隸古定、隸定、隸變等寫法不同而與今日楷書形體相異，形成看似古文字形之隸古而實際是篆文隸變不同、或爲隸寫篆文的隸古定字形，並非眞正隸定古文的「隸古定文字」。但就其文字形體筆畫，仍是以「隸古定」方式寫定的字形。

傳鈔古文《尚書》隸古定本文字有些源自隸書書寫、隸變俗寫而來，可從漢簡或漢碑中見到相類同的字形，其中部分是因文字由篆體轉寫作隸書書寫尚未定型，有些則是漢隸書寫常見的偏旁混作，如偏旁「竹」常混作「艸」等等，這些源自隸書書寫、隸變俗寫的字形，當屬於俗字一類。傳鈔古文《尚書》隸古定本文字亦有不少六朝或唐人抄寫時代、抄寫者所作俗字；就文字書寫而言，這些俗字的筆畫書法也影響了「隸古定」字形的書寫，即有以俗體寫定古文的現象〔註5〕。

由本論文研究「傳鈔古文《尚書》文字辨析」逐句逐字比對，可觀察得知傳鈔古文《尚書》隸古定本文字有下列字體與形音義上的特點：

一、字體兼有楷字、隸古定字形、俗字，或有古文形體摹寫

觀察傳鈔古文《尚書》隸古定本文字字體，其特點是兼有楷字、隸古定字（包括古文、篆文的隸定、隸古定、摹寫及其訛變）和俗字，並且字形或有古文形體摹寫。隸古定字形如：「功」作玖工（後者見於書古文訓，以下皆同）、

〔註 5〕即前文所謂「俗古定」。

「拜」作 、「弗」作 、「會」作 、「誓」作 、「旅」作 、「春」作 、「使」作 等等；俗字如：「怨」作 、「義」作 、「惡」作 、「能」作 、「德」作 、「聖」作 、「淵」作 、「漆」作 、「席」作 、「承」作 、「戚」(感) 作 （見於書古文訓，以下皆同）、「漆」作 、「殲」作殲。

「隸古定」出於孔安國《尚書序》謂「以校伏生所誦，爲隸古寫之」，「隸」指隸書，是以隸書的筆法來寫定六國古文，《隸辨》采摭漢碑文字，便可見許多源於古文的隸書，如「播」字作 朱龜碑、「鄰」字作○○孫根碑、「退」字作 校官碑、「天」字作 無極山碑、「崇」字袁良碑作「崈」等等，皆是「雖隸而猶古」。而今日所見隸古定古本《尚書》其中隸古定字，實際上皆是用楷書筆法寫定而結構猶存古字原貌的「古文」。裘錫圭先生謂「隸古定」「指用隸書的筆法來寫『古文』的字形，後人把用楷書的筆法來寫古文字的字形稱爲『隸定』」〔註6〕。顧廷龍先生以爲「隸古定」就是「用正書按蝌蚪古文筆畫寫定的本子〔註7〕」，陸德明《經典釋文‧條例》中說：「《尚書》之字，本爲隸古。既是隸寫古文，則不全爲古字。今宋齊舊本及徐、李等音，所有古字蓋亦無幾。」淵源自宋齊舊本的敦煌等古寫本《尚書》，正呈現文字形體乃楷書爲主而兼雜隸古。其中有不少文字形體來自秦、漢、魏以來篆文隸變或轉寫隸書及隸書字形各種不同書法，其字體介於篆、隸之間，多爲篆文轉寫隸書時的形體演變，或者見於漢簡、漢碑等隸書，而未成爲今日正體楷字，這些文字形體介於隸古定字與俗字之間。

隸古定《尚書》寫本皆是六朝迄唐初的寫本或再抄寫本，隸書漸變今體，筆畫多有更改，形體略無規範，而抄寫者書寫趨於簡率，故隸古定《尚書》寫本中文字混雜不少俗書別體，即使是以隸、楷筆畫書寫古文的隸古定字亦或兼雜俗書筆畫或偏旁。宋代尚有唐本隸古定《尚書》流傳，故《書古文訓》文字形體當有據於唐本，也因襲其中混雜俗書的文字變化。

傳鈔古文《尚書》隸古定本文字中還有直接摹寫古文形體者，如「冬」字《書古文訓》「以正仲冬」作 ，即《說文》古文 之摹寫，「民」字《書古文

〔註6〕裘錫圭，《文字學概要》，商務出版社，1998，頁78。

〔註7〕顧廷龍，《尚書文字合編‧前言》，上海古籍出版社，1996，頁13。

訓》或作㞢，即《說文》古文㞢之摹寫訛變；「事」字《書古文訓》或作�，即摹寫《說文》古文形體𢽡。這些直接摹寫古文形體者，只見於《書古文訓》。

二、字形兼雜楷字、隸古定字、俗字、古文形體筆畫或偏旁

　　傳鈔古文《尚書》隸古定本的字體是楷字、隸古定字、俗字三類，字形也混用三者筆畫。隸古定字混用俗書點畫偏旁，如「功」作玖，即作俗書「彡」旁筆畫，「彡」第三筆常寫作點丶，形體混作「久」。《書古文訓》或直接摹寫古文形體，而有三類筆畫加上古文形體者，如「師」字魏三體石經僖公古文作𥂖，《書古文訓》作帀帀帀等形，其下形爲隸古定，上形則摹寫古文形體。

三、字形多割裂、位移、訛亂、混淆

　　傳鈔古文《尚書》隸古定本文字字形多割裂、位移、訛亂、混淆，因其文字「隸古定」是用隸書的筆勢來轉寫古文形體，有些也轉寫篆文形體，「隸古定」是受隸變的影響產生，乃解散古文、篆文形體，將古文字的筆畫以隸書筆法改造，變曲筆爲直筆、變連筆爲斷筆的字體。在隸古定過程中一般文字的隸定與隸書的寫法並無不同，很多容易辨識的古文其實是用一般隸變的原則進行轉寫，這樣轉寫來的文字基本上也就是後代的正體文字，用隸古定方法轉寫的《尚書》，當然並非全文都是奇怪難識的字。但轉寫時常因不明字形結構形義，或只將筆畫轉寫，或機械、或隨意，而未考慮古文形體結構爲何，故常有形體割裂、形構易位、訛亂、俗書混同的情形，加以抄寫者求簡俗作的書寫形體，常造成字形混淆，因此隸古定本《尚書》文字字形有的奇怪難識，《書古文訓》中詭異奇怪字形尤其特多。由前章「傳鈔古文《尚書》隸古定本文字形體類別及其探源」中，觀察可得知《書古文訓》的隸古定字多由傳抄古文而來，戰國古文經傳抄著錄形體訛變多端不在話下，其中又雜以著錄隸變俗書的漢魏碑刻，《書古文訓》隸古定字形多爲由此再轉寫者，其詭異字形也就特多。

　　然經本文將各本傳鈔古文《尚書》文字與傳抄古《尚書》文字及古篆隸各文字階段形體加以比對辨析，大多皆能見其字形演變之跡。如「簡」字敦煌本S2074 或作柬柬、岩崎本、九條本、內野本、足利本、上圖本（八）或作柬，乃《汗簡》錄「簡亦柬字」作𥻝汗 3.30 義雲章之隸訛俗字，唐〈張軷墓誌〉即作柬，上形訛變，柬又混作「雨」。「隋」字敦煌本 P2643 作墮、《書古文訓》作嶞，

右从古文齊作【字形】汗 6.73【字形】四 1.27 亦古史記隸古定字「坴」，上圖本（元）或作【字形】，乃【字形】之裂變、位移，移一厶形於左下。「使」字敦煌本《經典釋文‧舜典》P3315、P2516、S799、岩崎本、島田本、九條本、內野本、上圖本（元）、上圖本（八）作【字形】，即【字形】汗 3.31 使亦事字見石經【字形】魏三體.事【字形】說文古文事之隸古定訛變，「口」「又」形筆畫方向改變【字形】（【字形】魏三體.事），又合書訛近「子」字古文【字形】而隸定从「子」。

「諸」字敦煌本《經典釋文‧舜典》P3315 作【字形】，九條本、上圖本（元）或作【字形】，皆傳抄古尚書【字形】汗 4.48【字形】四 1.23 隸古定訛變，此形本已裂變戰國古文「者」字【字形】郭店.語叢 1.44【字形】郭店.語叢 3.53，右上點畫裂訛作「彡」旁，【字形】又「止」訛作「山」再下移至左旁，原左下【字形】形或變作「衣」右移至「彡」下。《書古文訓》「搜」字作【字形】，即《玉篇》卷 6 手部「搜」字古文【字形】之俗訛，【字形】左从【字形】說文籀文折之左形，古文有用「屮」作偏旁「扌」者，【字形】左从「屮」旁受俗書「山」「止」相混影響，上下皆訛作「止」。「羆」字《書古文訓》作【字形】【字形】【字形】【字形】等形，前三形爲《說文》「羆」字古文【字形】之隸古訛變，【字形】【字形】增「丷」形，【字形】則爲《古文四聲韻》錄《說文》古文「羆」【字形】四 1.15 說文之隸古定，原爲象熊足的「能」右形割裂而並移至右上。「殷」字《書古文訓》一形作【字形】，看似怪異，其實爲「殷」字金文作【字形】虢弔作弔殷、隸書作【字形】隸釋漢石經尚書、《書古文訓》隸古定作【字形】【字形】【字形】的訛變。「**掩**」字**《書古文訓》**作【字形】，爲《說文》「弇」字古文【字形】之隸古定訛變，「穴」之內「八」形與兩側筆畫結合訛變作「火」，其下「【字形】」亦類化訛作「火」。又如〈說命下〉「念終始典于學」「始」字足利本、上圖本（影）作「嗣」字【字形】【字形】，「始」「嗣」二字未有相通之例，此當爲「始」字傳鈔《尚書》古文【字形】汗 5.64【字形】四 3.7 之隸古定字【字形】，與隸古定本《尚書》「嗣」字多作「乩」相混淆而誤作。

四、文字多因聲假借或只作義符或聲符

傳抄古文與其相對應釋本之間，音同音近假借的現象最爲多見〔註8〕，由本論文研究「傳鈔古文《尚書》文字辨析」逐句逐字比對，也可得知傳鈔古文《尚書》隸古定本文字多因聲假借的特點，如「方鳩僝功」《說文》辵部「述」下引作「旁述僝功」，敦煌本《經典釋文‧堯典》P3315 作「【字形】（方）救侲【字形】（功）」，

〔註8〕 參見裴大泉，《傳抄古文用字研究》，廣州中山大學碩士論文，1992。轉引自林志強《古本尚書文字研究》，廣州：中山大學出版社，2009，頁50。

「救」下云「音鳩，聚也」，《書古文訓》作「⼯述屛珍」，《說文》「述，斂聚也」，《書古文訓》用「述」爲訓聚之本字，「鳩」、「救」皆「述」之同音假借。《書古文訓》「咨」字皆作「資」，資、咨均即夷切，音同假借。「諸」字隸古定《尚書》寫本作影农求、敕敳、敦敳、崃峛篓爲源自戰國古文借「者」爲「諸」字，如魏三體石經「諸」字古文 僖公 28「諸侯遂圍許」古文諸，變自戰國楚系文字 郭店.語叢 1.44 郭店.語叢 3.53。「忌」字敦煌本 P3871、《書古文訓》作 恚，敦煌本 P4509、九條本、內野本、上圖本（八）作恚恚，觀智院本作恚，其上形皆「亓」字之俗訛，《玉篇》心部「恚」古「惎」字，源自戰國「惎」字作 璽彙 5289 郭店.忠信 1 陶彙 3.274 郭店.語叢 4.13 郭店.語叢 2.26。《說文》「惎」字下引「〈周書〉曰『來就惎惎』」，段注云：「今尚書無此文，蓋即〈秦誓〉『未就予忌』也。『惎』『忌』音同義相近」，「己」、「其」、「亓」古音相同皆爲見紐之部，三字聲符更替，又義符「心」、「言」相通亦更替。

傳鈔古文《尚書》隸古定本文字有不少只作義符或聲符，大多是義符省略，以聲符爲字者，也有省略形符只作義符者。以聲符爲字者如「蔎」字觀智院本作貢，《書古文訓》作貢，「貢」爲「蔎」之聲符；「譁」字上圖本（八）〈費誓〉「公曰嗟人無譁聽命」作華；「慰」字岩崎本作尉；「厭」字敦煌本 P2748、內野本、上圖本（八）作猒猒；「風」字足利本〈伊訓〉「酣歌于室時謂巫風」作凡，以聲符「凡」作爲「風」字。「雖」字足利本、上圖本（影）作虫；「檮」字上圖本（八）作壽，爲「壽」字隸古定俗訛字形；「圖」字足利本、上圖本（影）或作啚；「島」字「島夷卉服」岩崎本作鳥；〈秦誓〉「殆哉邦之杌陧曰由一人」《書古文訓》「一」字作「弌」弍，爲「弌」之俗寫作聲符「弋」；如「岱」字《書古文訓》「岱畎絲枲鉛松怪石」作代；「端」字作耑；「瘠」字作脊；「鉅」字作巨；「傷」字多省作昜；「逾」字作俞；「壤」字《書古文訓》作羅𡑮𡑮，爲《說文》「襄」字古文𡢾之隸古定訛變，假「襄」爲「壤」字等等。只作義符者如「安」字上圖本（元）〈盤庚上〉「惰農自安」作「女」；「侈」字上圖本（影）作多等（詳見【第三部份　綜論】第一章「隸古定古本《尚書》文字與今本《尚書》構形相異之特點」一節所引字例、本章「文字形體變化類型」、「隸古定字形體變化類型」字例）。

傳鈔古文《尚書》隸古定本文字多因聲假借或只作義符、聲符的現象，除

承襲甲、金文、戰國等古文字階段外，與其為抄寫本書寫者求簡省、速度有關，抄寫時又受文字聲音關係影響而文字多只寫下聲符，這種文字現象在戰國楚簡也數見不鮮。

五、文字多作同義字換讀

傳鈔古文《尚書》隸古定本文字也有作同義字換讀的特點，如「若」字〈秦誓〉「不啻若自其口出」古梓堂本、足利本、上圖本（影）、《書古文訓》作「如」**如如**；岩崎本〈盤庚中〉「殷降大虐」「虐」字作**害**，為「害」字，「虐」、「害」為同義字，〈湯誥〉「罹其凶害弗忍荼毒」內野本、足利本、上圖本（八）「害」字則作「虐」；上圖本（元）〈微子〉「我不顧行遯」「遯」字作**道**，為「遁」字，《說文》「遁」字「一日逃也」與「遯」同義，音亦近同相通；「斷」字足利本、上圖本（影）作**斬**，《說文》斤部「斷」字「斬也」，「斷」「斬」同義字；「俟」字神田本〈武成〉「俟天休命」作**待**，為「待」字，「俟」「待」同義字；「救」字足利本、上圖本（影）、上圖本（八）或作**撫**，「撫」、「救」同義，《說文》支部「救」字「撫也」，下引「〈周書〉曰『亦未克救公功』」。

〈顧命〉「率循大卞」敦煌本 P4509「卞」字作**法**，〈孔傳〉釋「率循大卞」云：「率群臣循大法」，〈孔疏〉云：「卞之為法，無正訓也。告以為法之道，令率群臣循之，明所循者法也。故以『大卞』為大法，王肅亦同也」。敦煌本 P4509「卞」字作「法」與此相合，乃以訓詁字為之。〈君奭〉「我則鳴鳥不聞矧曰其有能格」九條本「鳥」字作「鳳」**鳳**，《釋文》云：「鳴鳥，馬云，鳴鳥謂鳳皇也，本或作鳴鳳者，非。」，《管寧傳》引鄭玄注云：「鳴鳥謂鳳也」，孔傳承之釋云：「我周則鳴鳳不得聞況曰其有能格于皇天乎」，此處九條本作「鳴鳥」作「鳴**鳳**」，此以訓詁字為之，正與馬融說有異本作「鳴鳳」相合。

傳鈔古文《尚書》隸古定本文字在意義表現上還有使用不同的虛字而不影響文意者，如〈秦誓〉「不啻若自其口出」，「若」字敦煌本 P3871、內野本、上圖本（八）皆作「而」。

第二節　傳鈔古文《尚書》隸古定本之特殊文字形體探析

傳鈔古文《尚書》隸古定本中保留許多古文字形，因輾轉傳抄而變得形構不明難以辨識，許多文字形體特殊，經與出土古文字資料或傳抄古文相比堪，

或可補見文字源流演變，其中有些特殊文字是屬於俗字形體，亦經傳抄古文保存以致易被誤視為古文字形。本節傳鈔古文《尚書》隸古定本特殊文字形體以字例方式探析形構，大致歸以特殊俗字形體、特殊隸古定字形體二類。

一、隸古定《尚書》寫本特殊文字形體——俗字形體

「刑」「形」作刑刑：敦煌本《經典釋文‧堯典》P3315「刑」字作刑，下云「古刑字，法也」。內野本、足利本、上圖本（影）「女于時觀厥刑于二女」「刑」字作刑，上圖本（八）他處亦作此形。刑與《古文四聲韻》錄「形」字作：刑四 2.21 崔希裕纂古.形同形，為「刑」字之訛變，「形」字岩崎本作刑，與刑 P3315 刑、刑四 2.21 崔希裕纂古.形相類，刑岩崎本.形可見由「刑」訛變之跡，其上一橫拉長，其下刑猶保有「刑」之形體，刑之右刀可見「刂」（刀之篆形刂隸寫）、「久」（彡俗多作此形）之重疊，吳承仕〈唐寫本尚書舜典釋文箋〉〔註9〕說明刑 P3315 云：「其形從一從州，無以下筆，疑『形』字（絜案：依其前後文當為『刑』）。字引長首畫，即變為『刑』，故訛作刑。本非古文，寫者偶誤作此形……《古文四聲韻》引崔希裕《纂古》『形（刑）』字正作刑四 2.21 崔希裕纂古.形，可證《纂古》所收即據《尚書》隸古定本」刑為此形又變，「州」字俗寫或作州睡虎地 37.100 州武威簡.有司 40 州上圖本（八），而訛增筆畫變作從三羽。

「雨」作洐：敦煌本《經典釋文‧舜典》P3315「雨」字云「古作洐」，形構或為從水羽聲，徐在國謂「羽、雨古音同屬匣紐魚部，蓋洐雨字或體〔註10〕」。

「隰」作㴚：「隰」字九條本作㴚，乃《集韻》「隰」字或作「隰」之俗訛，其右「㬎」旁下形「絲」省從「糸」而作「累」，俗書「曰」「田」或混作，「累」又變作「累」，如「顯」字碑省作顯魯峻碑，又作顯綏民校尉熊君碑，《隸辨》謂「按從『㬎』之字諸碑或書作『累』，如『濕』為『㴚』，『隰』為『隰』之類」。㴚當即「隰」字俗寫，俗書「阝」、「氵」旁書寫時常筆畫相連而形近相混。

「拜」作𢪙：足利本、上圖本（影）「拜」字或作𢪙，從珏從下，為拜拜

〔註 9〕吳承仕〈唐寫本尚書舜典釋文箋〉，《國華月刊》第 2 期第 3.4 冊，1925，1.2 月。
〔註10〕說見前注書，頁 236。

之訛變，《說文》「拜」字或體「拝揚雄說拜从兩手下」，敦煌本 P2748、岩崎本、九條本、觀智院本、上圖本（元）、足利本、上圖本（影）、上圖本（八）或隸變作拝拜，右形作手、下共筆合書，九條本、內野本、上圖本（影）、上圖本（八）「拜」字或作拜拜，其右手、下合書未共筆，故右多一畫。拜則由拜拜下形直筆省併訛變而來。

「鐵」作鐵：九條本「鐵」字作鐵，同於《集韻》入聲 16 屑韻「鐵」字古作「鐵」，此當爲俗字，源自漢簡銕居延簡甲 2165 形，爲《說文》或體銕隸變俗寫，右偏旁左下省變，再變作「鐵」，乃改「戠」旁爲常見且形近的「截」字，且「截」與「鐵」字同爲屑韻，張涌泉謂：「『鐵』字左形右聲，但由於右半聲旁爲生僻字，於是俗書便改從形近的『截』」〔註11〕。

「怨」作怨怨：「怨」字敦煌本 S799、P3767、S2074、神田本、九條本、足利本、上圖本（影）、上圖本（八）或作怨怨，《古今韻會舉要》「怨亦作怨」，「夗」上多一畫訛混作「死」，P3767、岩崎本、上圖本（元）或作怨怨，皆由隸書將所從「夗」右旁改寫作「巳」演變而來：《隸釋》錄漢石經作怨，敦煌本 P2748、九條本或作怨怨亦同此形，「夗」之右旁又俗省作「匕」，如內野本、足利本或作怨，又復上多一畫變作从「死」。又如「琬」字觀智院本、足利本、上圖本（八）作琬。俗書偏旁「夗」與「死」混作，其演變的過程是：夗→夗→夗→死。

「義」作羡：隸古定古本尚書寫本「義」常寫作羡，从「羊」省作「⺷」、「我」省作「戈」，羊漢帛書老子甲後 300 羡武威簡屯戍 18.4 等形已見「羊」省一畫又與「戈」之橫筆合書，羡形又省。足利本、上圖本（影）「義」字或作羡，「儀」字足利本、上圖本（影）或作儀、上圖本（八）或作儀，「議」字足利本、上圖本（影）作議，「蟻」字足利本、上圖本（影）作蟻。

「氐」旁作互、互、互：「底」字神田本、岩崎本、島田本、九條本或作底底底底，敦煌本 P5522、P4033 或作底，「氐」俗混作「玄」形，岩崎本、內野本、天理本或變作底底，皆爲「底」字，俗書「厂」「广」混作，又與「底」同形。「砥」字敦煌本 P5522 作砥、岩崎本作砥，「鴟」字岩崎本作鴟，「祇」字岩崎本或从古文示作祇祇，敦煌本 P2516、P2748、S5626、P2630、S2074、

〔註11〕說見：張涌泉，《敦煌俗字研究》，上海：上海教育出版社，1996，頁 79。

岩崎本、九條本、上圖本（八）祗祗祗，上圖本（八）或作祗，內野本、足利本、上圖本（影）、上圖本（八）或从古文示作祗祗。「氐」「互」「互」為「氐」之俗形，由隸書訛變來的，「砥」字漢碑作砥衡方碑，「祇」字作祇史晨碑祇桐柏廟碑，《廣韻》「祇」字俗从「互」。

　　「惡」作惡惡：「惡」字敦煌本 P2516、S799、P3871、島田本、九條本、內野本、上圖本（元）、足利本、上圖本（影）、上圖本（八）多作惡，《顏氏家訓・書證》謂當時俗字「『惡』上安『西』」即指此形，《干祿字書》「惡惡：上俗下正」，慧琳《音義》卷六《大般若經》第五百一卷音義：「惡，經文從『西』作『惡』，因草隸書訛謬也」，「惡」俗作惡與改旁便寫有關〔註12〕，乃將複雜曲折的「亞」筆畫書寫簡省作「亜」，並改作常見且字形更省簡的「西」。岩崎本「惡」字或作惡，與隸書俗寫惡居延簡乙 16.11 惡徐美人墓志同形。

　　「能」作　：「能」字內野本、上圖本（影）或省作右形能，亦即省略其左半，與「飛」字上圖本（影）省略左半變作能之俗寫變化方式相同。

　　「德」作德：上圖本（影）「德」字或作「德」，俗書「彳」寫作「彳」，「悳」作「悳」乃由草書楷化而來，如「聽」字作聽聽，右旁乃「悳」草書形作悳，「德」所從「悳」即草書悳之楷化，其下「心」草書楷化作「心」，上形「直」草書與其下「心」相涉類化亦作「匕」，而與內野本、上圖本（影）「能」字作「匕」混同。

　　「聖」作聖聖：「聖」字足利本、上圖本（影）、上圖本（八）多作聖聖，由聖滿城漢墓宮中行樂錢聖池陽宮行鐙等而字形省變，「耳」類化作「口」、二「口」俗寫省作「ソ」並左右對稱，「聖」字草書即寫近聖，聖聖為草書楷化的俗字形。

　　「淵」作淵：「淵」字足利本、上圖本（影）、上圖本（八）或作淵，乃因毛筆書寫筆畫省便草化而俗訛，五代本《切韻》一：「淵，烏玄反，深水。……古囷。」敦煌 P2633 劉長卿〈酒賦〉：「孔夫子，並顏淵，古今高哲稱大賢」魏張猛龍碑已見淵字，淵淵皆「淵」字之俗寫，其右訛作「刂」形，「開」中間筆畫簡省寫作芙、芙、草化作芙。淵則「開」右缺「丿」筆，與淵齊宋敬業造像

〔註12〕參見張涌泉，《敦煌俗字研究》，頁 380，上海：上海教育出版社，1996。

渕[魏比丘僧智造像]〔註13〕渕[隋唐世榮墓誌]〔註14〕類同，亦「淵」之俗訛字。

「漆」作沝、涞漆、㳻：「漆」字敦煌本 P3615、P3169、P5522、九條本或作㶚㶚，岩崎本或作㶚，與傳抄古尚書作㶚[汗4.48]㶚[四5.8]同形，㶚「坐」旁左上俗變作「口」、右上仍作「人」。《箋正》云：「此『桼』字也。《玉篇》古文漆作『㶚』較此可說。蓋隸變『桼』多作『来』，俗又以『来』正書之，故六朝有俗體『漆』字，單作『麥』，則分水于旁斜書之，『夾』則下『人』橫書，移上一橫於下，是成『㶚』字也。此左仍是『坐』字，漢隸或从二口，此依作之。」其說可從，㶚[汗4.48]㶚[四5.8]即「桼」字六朝俗體，岩崎本或作㶚，則右旁「彡」訛變似「多」之俗寫。

九條本、觀智院本「漆」字或作涞，源自漢隸「漆」字作涞[禮器碑]涞[漢印徵]等，再變作涞[魏廣六尺帳橋]，右與「來」字隸書無別。張涌泉謂「按：『涞』為『漆』的俗訛字。《新莽侯鉦》『桼』字作『来』，《鄭固碑》『膝』字作『脉』，《廣韻‧質韻》載『漆』俗作『涞』（《鉅宋廣韻》本），皆可資比勘」〔註15〕。

內野本、上圖本（八）「漆」字或作漆漆，即《箋正》所謂六朝俗體「漆」字。漆漆欲改回「桼」旁，又受漢隸俗書涞[禮器碑]影響上形變作「來」，而反變作「麥」旁。

九條本「漆」字或作㳻，右為「桼」字俗體「麥」之訛變，形構受其上形「來」類化而作重「來」。

「桑」作㮡桒桒：敦煌本 P3615「桑」字作㮡，岩崎本、天理本「桑」字或作桒，內野本、足利本、上圖本（影）、上圖本（八）變作桒，皆為篆文㮡之隸變俗寫，與桒[睡虎地32.7]桒[孫臏191]桒[禮器碑]同形，今楷書隸定作「又」者筆畫隸寫變為「十」「乂」。

「席」作席：「席」字岩崎本、內野本、觀智院本、上圖本（八）或作席，上圖本（八）或變作帶，「广」內形繁化訛變作「帶」，「席」本从巾庶省聲，

〔註13〕字形轉引自：徐在國，《隸定古文疏證》，「淵」字條，頁228，合肥：安徽大學出版社，2002。

〔註14〕字形轉引自：張涌泉，《敦煌俗字研究》，「淵」字條，頁301，上海：上海教育出版社，1996。張涌泉謂渕形為唐代避李淵諱，「淵」字多從俗缺筆。

〔註15〕參見：張涌泉，《敦煌俗字研究》漆字條，頁305（上海：上海教育出版社，1996）。

此改「芇」爲形近且常見的「帶」。

「翼」作𦍌：「翼」字內野本、足利本、上圖本（影）、上圖本（八）或作𦍌，從羽從戈，俗書「弋」常多一畫混作「戈」，此當爲从「弋」之誤，「弋」與職切，𦍌从羽弋聲，「狱」、「翊」聲符更替。

「承」作𢆶：「承」字寫本往往混作「𢆶」，神田本、岩崎本、九條本、內野本、上圖本（元）、足利本、上圖本（影）、上圖本（八）多寫作𢆶𢆶，俗書上部「フ」常寫成「ヽノ」，兩側「水」（卄）形下移，與「𢆶」混同。

「夒」作𩔖𩔖：敦煌本《經典釋文・舜典》P3315「夒」字作𩔖，敦煌本S801、P3605.3615「夒」字作𩔖，與《玉篇》「夒」俗作「𩔖」類同，然𩔖𩔖少「頁」上兩筆，應爲「夒」字，作𩔖P3315爲是。𩔖形乃省去「巳」，並變「頁」之下形與「夂」合書訛作「攴」，𩔖則其下訛从「政」。「夒」、「夔」二字常相混，《說文》「夔」字訓「神魖也，如龍」，「夒」字則訓「貪獸也，一曰母猴」，漢碑𩔖劉寬碑𩔖樊陽令楊君碑皆爲人名，《隸辨》云：「必無以貪獸爲名者，故知其訛爲『夔』耳。《玉篇》『夒』俗作『𩔖』，亦即『夔』字。」𩔖2形其下訛从「政」，皆誤「夒」爲「夔」。

二、《書古文訓》特殊文字形體──俗字形體

「命」作𩛁𩛂：「命」字晁刻《古文尚書》、《書古文訓》皆作𩛁，僅一例〔註16〕作𩛂，此形未見於他書，當由「命」字作命𩛁𩛂命形演變俗訛而成：「口」「卩」混同且相涉類化皆作「巾」，變作从二「巾」，短橫與卩直筆結合又與「巾」形相涉類化成三「巾」變作𩛁𩛂。

「穀」作𥞤：《書古文訓》「穀」字皆作𥞤，從𣪊從米，爲「穀」字或體「𥞤」之俗訛字。「穀」原從「𣪊」省聲，「𣪊」訛作「殼」，原左右形構變作上下形構。《尚書隸古定釋文》卷2.12謂《風俗通・皇霸篇》「神農悉地力種𥞤疏」、《論衡・偶會篇》、高誘注《呂氏春秋》九月紀，均作「𥞤」，《齊民要術》第十卷引《山海經》「廣都之野百𥞤自生」楊用修謂今本《山海經》誤改作「穀」，《篇海》亦載「𥞤」字。按「𥞤」字即「穀」字之俗訛。

「戚」（感）作𢧫𢧫、「感」（戚）作𢧫：《書古文訓》「感」字作𢧫𢧫，

為「戚」之隸寫俗字，此處以「戚」為「慼」。漢代「戚」隸書俗寫作^丰孫臏 300 ^戚漢印徵 ^俶楊統碑 ^戚禮器碑陰，筆畫析離變作从「亻」，^俶由此形加回戈旁一撇，變作从亻从戚，又作^俶。又「戚」字《書古文訓》作^慼，此乃「慼」字，上作「戚」之隸書俗訛，如漢碑作^俶楊統碑形。

　　「漆」作^{彫剉}：「漆」字《書古文訓》或作^{彫剉}，即傳抄古尚書作^彫汗 4.48 隸定，「坐」旁上形「人」俗變作「口」，^剉則^彡（彡）旁訛作^刂（刂）。

　　「殲」作^殲：《書古文訓》「殲」字或作^殲，偏旁「韱」變作「截」再訛作形近常見之「截」。

三、隸古定《尚書》寫本特殊文字形體──隸古定字形

　　「飲」作^{余泉}：九條本「飲」字皆作^余，為「彖」之訛變，即《汗簡》錄古尚書「飲」字从水酓聲作^金汗 5.61 之隸定，為《說文》「飲」字古文^㱃从水今聲作「㱃」之異體，《箋正》謂从金、从酓「二字皆得聲，未定誰誤，要是仿『彖』增成」，酓、今、金偏旁古可相通 [註17]，如「陰」字作^陰几伯貟^雕雕陰鼎^陰石鼓文‧鸞車^陰秦陶 488 ^陰貨系 1422，也作从金：^陰矞羌鐘^陰上官鼎^陰璽彙 4710、从酓：^陰敔簋^陰永盂（「飲」假為「陰」）。內野本、足利本、上圖本（影）或作^泉，為^㱃說文古文飲「彖」之俗訛，俗書「今」「令」或混寫，點與上筆訛作「合」，如該本「陰」字或作^陰，所从「今」即訛近「合」。

　　「拜」作^拜：敦煌本《經典釋文‧舜典》P3315「拜」字作^拜，下云「古拜字，《說文》以為今字」，^拜右為^拜說文篆文拜之右旁隸古定，其左^折為「折」字籀文^折說文籀文折所从才作「屮」之隸古定訛變，其下「屮」筆畫方向改變訛作「巾」，與傳鈔古尚書「遷」字作^遷汗 5.64、《書古文訓》作^遷所从「才」同。

　　「飢」作^餧：敦煌本《經典釋文‧舜典》P3315「飢」字作^餧，下云「古飢字」，當俗訛自《古文四聲韻》「飢」字錄^餧四 1.17 籀韻，^餧為「飥」字俗訛。傳抄錄古尚書「飢」（饑）字又作^飢饑汗 2.26 ^飢飢四 1.17，从食从乏，會有「飢，餓也」之義，當為「飢」字會意之異體。《玉篇》「飢」字下「飥」字，云「古文（飢）」，《爾雅‧釋文》：「饑，本或作飢，又作古飥字。」^餧四 1.17 籀韻右从「乏」之隸書俗寫，其下「之」寫同神田本、岩崎本「之」字或作^大，演變自

〔註17〕參見黃錫全，《汗簡注釋》，武漢：武漢大學出版社，1993，頁 388。

漢帛書作〔字〕漢帛書·老子甲後 **179**。

「災」作〔字〕：敦煌本《經典釋文·舜典》P3315「災」字作〔字〕，敦煌本 P3670、P2643、P2516、P2643、岩崎本、內野本、上圖本（元）、足利本、上圖本（影）、上圖本（八）、《書古文訓》「災」字多作〔字〕〔字〕〔字〕，上圖本（影）或作〔字〕，「火」俗寫似「大」。《集韻》平聲 16 咍韻「烖」（災）字「或从乃」作「灾」，〔字〕〔字〕當源自《說文》「災」字或體「灾」〔字〕，「宀」俗訛作「乃」。

「時」作〔字〕：足利本、上圖本（影）、上圖本（八）「時」字或作「昤」，為〔字〕說文古文時从日从之隸古定字「旹」作左右形構。

「克」作〔字〕〔字〕：內野本、上圖本（八）「克」字或作〔字〕〔字〕，上圖本（八）或作〔字〕〔字〕，足利本、上圖本（影）或作〔字〕，為古文「克」〔字〕說文古文克之隸古定字形，其上形〔字〕俗寫筆畫拉長變作「古」、「古」又俗作「𠮷」，其下變作「水」。

「類」作〔字〕：神田本「類」字作〔字〕，乃傳抄錄古尚書作〔字〕汗 **2.20**〔字〕四 **4.5** 之隸古定訛變，此即《說文》「𩔋」字篆文〔字〕。〔字〕之「阝」為「𦥑」（〔字〕）之訛，右上「小」為「巾」之變。

「旬」作〔字〕〔字〕：「旬」字內野本、足利本、上圖本（影）各作〔字〕〔字〕〔字〕，形構作从勹从直，乃傳抄錄古尚書作〔字〕汗 **4.50**、《說文》古文〔字〕之隸定訛變，源自金文作〔字〕王孫鐘。寫本作〔字〕〔字〕〔字〕形乃因古文字形內〔字〕隸定與「直」隸書或作〔字〕隸釋漢石經、寫本俗書或作〔字〕上圖本（八），形體混近。

「岳」作〔字〕〔字〕：內野本、足利本、上圖本（影）「岳」字或作〔字〕〔字〕形，為傳抄錄古尚書作〔字〕汗 **4.51**〔字〕四 **5.6**、《說文》「嶽」字古文〔字〕說文古文嶽隸古定訛變，上方筆畫便省作平線。〔字〕汗 **4.51**〔字〕四 **5.6**〔字〕說文古文嶽其上从「丘」源自〔字〕商丘弔簠〔字〕子禾子釜，「丘」篆文作〔字〕。

「皇」作〔字〕〔字〕：上圖本（八）「皇」字或作〔字〕〔字〕，與《玉篇》古文「皇」作「皇」類同，為〔字〕汗 **2.16**〔字〕四 **2.17** 之隸古定訛變，其下亦从〔字〕說文古文王。

「嚮」作〔字〕〔字〕〔字〕 〔字〕〔字〕〔字〕：「嚮」字觀智院本或作〔字〕〔字〕，上圖本（八）「嚮」字或作〔字〕，上圖本（元）或作〔字〕，觀智院本或作〔字〕〔字〕，〔字〕〔字〕〔字〕皆《書古文訓》作〔字〕之訛體。〔字〕〔字〕〔字〕與傳鈔古尚書「嚮」作〔字〕汗 **3.39**〔字〕四 **3.24** 類同，《類篇》「嚮」字古文作「𠅩」。〔字〕〔字〕〔字〕當為「享」字《古文四聲韻》錄古孝經〔字〕四 **3.24** 之隸古定訛變，古尚書「嚮」字作〔字〕汗 **3.39**〔字〕四 **3.24** 則為〔字〕四 **3.24** 享·古孝經之變。

諸形當爲「享」字借作「嚮」（響）。「享」字古作 ![圖] 虢弔鐘 ![圖] 虢季氏簋 ![圖] 十年陳侯午錞 ![圖] 酓章作曾侯乙鎛形，![圖] 享.四3.24 ![圖] 實富窨響.四3.24 其上宀、宀與中間八、亡、文、立、心、厶等形皆 ![圖] 虢弔鐘 ![圖] 虢季氏簋 ![圖] 十年陳侯午錞上形 ![圖] 所訛變，![圖]、貝、目、日、旦、音等或「享」字下形 ![圖] 所變。

「會」作 ![圖] ：「會」字敦煌本 S801、P3615、P3169、岩崎本、九條本、內野本、足利本、上圖本（影）、上圖本（八）作 ![圖] ；S799 作 ![圖] ，與 ![圖] 四4.12 石經類同；九條本或作 ![圖] ，岩崎本或作 ![圖] ，與 ![圖] 四4.12 崔希裕纂古類同，皆傳抄古尚書「會」字作 ![圖] 汗4.51 ![圖] 四4.12 ![圖] 六276 隸古定訛變，爲《汗簡》「會」字部首 ![圖] 汗4.51 形之訛，源自甲骨文 ![圖] 乙2763反 ![圖] 京津2746 ![圖] 乙422（《甲編》頁53）等字，從「止」「巾」，高明、何琳儀釋此形爲「會」。![圖] 其上形「山」爲「止」之訛，其下則「巾」之訛。又「澮」字內野本、上圖本（元）、足利本、上圖本（影）、上圖本（八）「澮」字均作 ![圖] ，《集韻》巜字「古作浍 ![圖] ，通作澮」。

「誓」作 ![圖] ：敦煌本 P2533、P3871「誓」字作 ![圖] ，即「折」字籀文 ![圖] 之隸定；觀智院本作 ![圖] ，S799 作 ![圖] ，其下訛作「止」形；九條本或訛作 ![圖] ；P5543、內野本、上圖本（八）或訛作 ![圖] 。諸形皆 ![圖] 說文籀文折之隸定俗訛。上圖本（八）「誓」字或作 ![圖] ，其右變作重「山」，省 ![圖] 說文籀文折重「屮」中間符號「=」，足利本、上圖本（影）、上圖本（八）或作 ![圖] ，其右訛從「出」，皆爲《說文》「折」古文 ![圖] 隸訛。

「旅」作 ![圖] ：「旅」字內野本、足利本、上圖本（影）、上圖本（八）或作 ![圖] ，爲《說文》「旅」字古文作 ![圖] 之隸古定。「旅」字金文從「㐫」古作：![圖] 且辛爵 ![圖] 易鼎，「㐫」右上變作「止」：![圖] 犀伯鼎 ![圖] 禹攸比鼎，「㐫」再訛作「止」：![圖] 薛子仲安匜 ![圖] 公子土斧壺，![圖] 說文古文旅當源於此，其下「从」又訛作「衣」之下半。敦煌本 S2074、P3871、吐魯番本、島田本、內野本、足利本、上圖本（影）、上圖本（八）「旅」字或作 ![圖] ，爲 ![圖] 形「止」訛作「山」；敦煌本 P3169、P3628、岩崎本、九條本或作 ![圖] ，「衣」之下半多一畫；敦煌本 S799、S2074 或作 ![圖] ，訛作從「山」「衣」。

「盧」作 ![圖] ：〈文侯之命〉「盧弓一盧矢百」「盧」字內野本作 ![圖] ，足利本、上圖本（影）、上圖本（八）、觀智院本作 ![圖] ，右與「旅」字古文 ![圖] 隸古

定字訛變作同形，但此處應爲篆文右旁楷定作「氏」之俗訛，如足利本、上圖本（影）「旅」字或作；俗書「方」有筆畫曲折混作「弓」，如「旅」字上圖本（八）作，左從「玄」疑與「方」俗作「弓」相類，亦「方」之訛，當爲「旅」字訛變，假「旅」爲「盧」，與魏三體石經此處「盧」字作「旅」，篆文作，古文作，隸古定尚書寫本正相合。

「施」作：「施」字內野本、足利本、上圖本（影）或作，岩崎本作，皆傳抄古尚書「杝」字杝.汗4.48之隸古定訛變，《尚書》無「杝」字，杝.汗4.48爲「施」字，《箋正》謂「釋『杝』寫誤，形蓋取『施』右半，變訛不體」。「施」從「也」聲，金文「它」、「也」同形，作子仲匜師遽方彝取它人鼎，杝.汗4.48即「也」之訛變，《集韻》古作，皆假「也」爲「施」。馬王堆漢墓帛書老子乙前「施」字作老子乙前141上，則從㫃省「方」，與之形近，爲「也」字古文隸古定訛變。

「敢」作：隸古定寫本尚書敦煌諸本（P26435之外）、日古寫本「敢」字多作，乃由說文篆文敢說文古文敢訛變，其左下「古」形與「子」字古文魏三體古文甲680令簋相混，隸古定訛作「子」。

「鼜」作：「鼜」字內野本、足利本、上圖本（影）、上圖本（八）作，從鼀從兆，其下「鼀」形疑爲「革」字古文作、鄂君啓車節郭店.唐虞12之隸古定訛誤，如戰國「鞄」「鞁」、「鞍」字從古文革作：璽彙3544鞄.從缶（陶）省聲天星觀隨縣35，當爲「韜」字或體從革從兆作上下形構之隸古定訛誤字。

「靈」作：敦煌本P2643「靈」字作，九條本或作，與《古文四聲韻》錄四2.22崔希裕纂古類同，黃錫全以爲此乃形寫誤：「▼▼▼延長便成或，訛書作，繼而誤以爲從𠬝或弜。齊宋顯伯造塔銘『靈』作猶存古形」[註18] 其說可從，猶見由（霝）演變之迹。敦煌本P2516、S2074、岩崎本、內野本、上圖本（元）、足利本、上圖本（影）、上圖本（八）或作，下形變作三弓，與《古文四聲韻》錄四2.22崔希裕纂古同形。

「邐」作：敦煌本P2643、P2516、岩崎本、上圖本（元）「邐」字或作，爲傳抄古尚書「邐」字汗1.8四3.16、「遚」字四4.20之隸定，

〔註18〕黃錫全，《汗簡注釋》，武漢：武漢大學出版社，1993，頁397。

《箋正》謂「（遷汗 1.8）此恐遷之誤」。遷遷疑爲訛自「遯」字「月」上移之形。

「鼎」作真：敦煌本 P2516、岩崎本「鼎」字作真，此即「貞」字，《說文》「鼎」字下云：「籀文以『鼎』爲『貞』字」，「鼎」字金文或作鼎穆父鼎鼎諶鼎鼎龠忈鼎貞沖子鼎，皆假「貞」爲「鼎」字。

「晨」作昏昏：內野本「晨」字或作昏，神田本或變作昏，其上從《說文》「辰」字古文作辰之隸定訛變，移「日」於下，與辰楚帛書乙辰包山 178辰璽彙 3188辰璽彙 3170辰郭店.五行 19辰郭店.五行 20 等類同。

「戮」作羿羿：敦煌本 P2533、日諸古寫本「戮」字多作羿，與傳抄古尚書羿四 5.4 同形，《玉篇》羽部「羿」今作「戮」。許學仁師謂此「借『翏』爲『戮』，字形從『羽』從『一』、從並『刀』。……（羿四 5.4）『羽』下『少』字，『人』旁左右拉平作『一』，『少』訛作『刀刀』。〔註 19〕」其說是也，「少」「刀刀」當即今隸定爲「參」之訛變。敦煌本 S799「戮」字或作羿，《匡謬正俗》卷 2 錄古文戮字作羿，與此形同，乃「翏」字作羿少偏旁「亻」所變之「羽」下一橫，當隸定作「翏」。

「孟」作宋：敦煌本 P2533〈胤征〉「每歲孟春」「孟」字作宋，當爲《說文》古文「孟」作宋之隸古定訛變，形構割裂，上形圓隸訛作「宀」，下形宋隸訛混作「水」。

「杌」作宪：「阢」字敦煌本 P3871 作宪，即《書古文訓》作庑，九條本作宪，爲此形之訛。此字字書未見，疑爲从尸兀聲「尻」字之訛變，乃「阢」字義符更替之異體。

「割」作刢剆剆剆剆剆剆：「割」字敦煌本《經典釋文·堯典》P3315 作剆，下云「古割字，害也」，即傳抄古尚書作剆汗 2.21剆魏三體之隸古定。「割」字從害聲，害從丰聲，黃錫全以爲「割」字本應作「劃」，省作「剬」，訛變作剆或剆，九條本「割」字作剆，又作剆形，上圖本（八）「割」字或作剆，正可證其說。剆魏三體.多士所從之全與《說文》「倉」字奇字作全形近，二者字形演變實別，「害」字由害師害簋害伯家父簋害毛公鼎省變作全，「倉」字則由倉通

〔註 19〕說見：許學仁師，《古文四聲韻古文研究》，戮字條，頁 155～156（台北：文史哲出版社，1999）。

別 **2.8.8** 金楚帛書金古璽蒼旁省變作金倉字布〔註20〕。敦煌本 S2074「割」字作刽，內野本、足利本或作刽，上圖本（八）「割」字或作刽刽，皆「割」字作刽之訛變，其左下訛似「亡」「已」「巳」形。足利本「割」字或變作刽，左下訛作「口」形，左訛從「合」，即《玉篇》「割」字下古文作「刣」。內野本「割」字或作刽，形作「刨」字，與刽類同，乃「割」字刽形左下訛寫似「已」「巳」，左上訛似「勹」，而左訛從「包」寫作刽，與「刨」異字同形。

　　「始」作亂亂：敦煌本 P5557、P2643、P2516、岩崎本、九條本、內野本、足利本、上圖本（影）、上圖本（八）、《書古文訓》「始」字多作亂亂，P2643 或作亂，與「乱」字形近；P5557 或多一畫作亂；九條本或變作亂；岩崎本或右形訛作「刂」作亂。諸形皆傳抄古文假「台」爲「始」字汗**5.64**四 3.7 形之隸古定或訛變。「始」字金文本从「㠯」（以）作㠯 衛姒鬲，隸定作「姒」，或加口从「台」，古㠯、台同字，作㠯 衛始簋，隸定作「始」，「姒」「始」爲同字。金文「始」字又作㠯 弔尊㠯 班簋㠯 衛始簋蓋，所从㠯即「以」（台）字，古老子「以」字作㠯四 3.7，《古文四聲韻》錄古孝經「始」字作㠯四 3.7，即㠯之變，又變作㠯汗**5.64**四 3.7 形，乃假「台」（以）字爲「始」，魏二體石經〈禹貢〉「治」字古文作㠯，其左當从水，右形當即「台」字，與此形類同（參見"治"字）。

　　「春」作萅、春：敦煌本《經典釋文・堯典》P3315「春」字作萅，敦煌本 P2533 作萅，日寫本亦多爲此形，內野本或訛作萅，與《古文四聲韻》錄籀韻作萅四 1.32 籀韻同形，爲戰國古文萅楚帛書甲 **1.3**萅郭店.六德 **29**萅魏三體.文公等形之隸古定。

　　足利本、上圖本（影）「春」字或作春，源自秦漢隸變俗寫作春睡虎地.日甲 **87**春老子甲 **129**春老子乙前 **85** 下，漢印作春漢印徵等形。

　　「諸」作者者者、者者、者者者：「諸」字內野本、上圖本（八）、足利本、上圖本（影）或作者者，即傳抄古尚書作者汗 **4.48**者四 **1.23** 之隸古定，訛自者四 **1.23** 古孝經.諸者魏三體僖公 **28**「諸侯遂圍許」古文諸，乃析離訛變作左右形構，傳抄古文「者」字作者四 **3.21** 古孝經者者四 **3.21** 古老子，此借「者」爲「諸」。「者」古文由者 者女觥者陳純釜者（者 仲都戈.都）變作者 郭店.語叢 **1.44**者**1.89**者 郭店.

〔註20〕説見黃錫全，《汗簡注釋》，武漢：武漢大學出版社，1993，頁 181。

語叢 3.53 ![字]（![字]魏三體.立政.都）等，![字]、![字]上形訛變作「止」加點畫，其下 ![字]、![字]近似篆文「衣」下半或「从」的寫法，乃由上方點畫與下方口形合書成 ![字]（![字]仲都戈.都字所从），字形混近「旅」字古文 ![字]說文古文旅 ![字]魏石經.文侯之命.旅，古文「者」字惟多右側諸筆，如足利本、上圖本（影）、上圖本（八）或作 ![字][字]，右下訛作「水」。敦煌本 P3315、P2643、P2533、P3871、上圖本（元）、內野本、島田本或作 ![字]，岩崎本、上圖本（元）、觀智院本、九條本或變作 ![字]；敦煌本 P5557、九條本或作 ![字]，右下變从「衣」；觀智院本或變作 ![字]；諸形右上「山」爲「止」之訛。

敦煌本《經典釋文‧舜典》P3315「諸」字作 ![字]，與《古文四聲韻》錄籀韻「諸」字作 ![字]四 1.23 同形，九條本、上圖本（元）「諸」字或作 ![字][字]，皆 ![字]汗 4.48 ![字]四 1.23 隸古定訛變，「止」訛作「山」復下移至左旁，原左下 ![字]形或變作「衣」右移至彡下，變作 ![字][字]，再變作 ![字]。

「圖」作 ![字][字][字]、![字]、![字][字]：「圖」字九條本、內野本、上圖本（八）或作 ![字]、敦煌本 P2533、岩崎本、九條本或作 ![字][字]，爲傳抄古尚書作 ![字]汗 3.33 ![字]四 1.26 隸古定字，其內从古文「者」，與「者」字作 ![字]四 3.21 古孝經 ![字]四 3.21 古老子類同，「者」、「圖」古音同屬舌音，爲聲符替換。上圖本（八）或訛變作 ![字]，其內左下「衣」之下半訛變爲「水」，與傳抄古文或作 ![字]四 1.23 王存乂切韻類同。S2074、九條本、島田本或作 ![字][字]，混作古文「旅」![字]，內上「止」變作「山」，下作「衣」之下半。

「弗」作 ![字][字]：敦煌本《經典釋文‧堯典》P3315「弗」字作 ![字]，爲傳抄古尚書作 ![字]汗 6.82 ![字]四 5.9 之隸古定，神田本「弗」字皆作 ![字]，右訛作「邑」，與《古文四聲韻》「弗」字 ![字][字]四 5.9 崔希裕纂古類同。![字]汗 6.82 ![字]四 5.9 當由戰國「弗」字 ![字]璽彙 3417 ![字]郭店.老甲 4 訛變。

「穆」作 ![字][字][字]：敦煌本《經典釋文‧舜典》P3315「穆」字作 ![字]，內野本、上圖本（八）或作 ![字]，岩崎本、九條本或右上少一畫作 ![字]，傳抄古尚書作 ![字]汗 3.36 ![字]四 5.5 隸古定訛變，「攵」爲「禾」作 ![字]（![字]尹姞鼎）、![字]（![字]四 5.5）之訛誤。

「終」作 ![字]、![字][字]、![字][字][字]、![字][字]：岩崎本〈畢命〉〈呂刑〉「終」字作 ![字]，即《古文四聲韻》「終」字錄 ![字]四 1.12 崔希裕纂古，爲《說文》「冬」篆

文〔圖〕、魏石經僖公篆體〔圖〕之隸古定，借「冬」爲「終」。

尚書敦煌本、日諸古寫本「終」字多作〔圖〕〔圖〕，變作〔圖〕〔圖〕〔圖〕，足利本、上圖本（影）或訛作〔圖〕〔圖〕，爲《古文四聲韻》「冬」字作〔圖〕**汗 3.34** 碧落文形之隸古定或訛變，《書古文訓》〈君牙〉「冬祁寒」「冬」字作〔圖〕即此形，從日從冬，隸定作「晕」，乃增義符「日」而繁化的「冬」字異體。

「變」作〔圖〕、〔圖〕〔圖〕：「變」字敦煌本 P3767 作〔圖〕，訛自當隸定爲「敓」之〔圖〕**四 4.24** 籀韻〔圖〕**魏三體.無逸**，其左爲「兒」字〔圖〕（〔圖〕**望山 2.策.筻所从**）訛變。朱德熙釋楚簡〔圖〕**天星觀.策**爲「筻」字，下象人戴冠冕，即《說文》「兒」字（訓冕也），籀文作〔圖〕，或體作〔圖〕，即隸定作「弁」，「筻」即「笄」字。李家浩進一步釋侯馬盟書〔圖〕**侯馬 92.4**〔圖〕**侯馬 16.36**〔圖〕**侯馬 1.36**（從攴）等形構爲從又（或從攴）從兒省，隸定爲「弁」字，魏三體石經〈無逸〉「變」字古文作〔圖〕則隸定爲「敓」（或「敊」）〔註21〕，所從「兒」旁（〔圖〕）作〔圖〕形不省之訛變，傳抄古尚書作〔圖〕汗 **4.48**〔圖〕**四 4.24**，左形則「兒」（〔圖〕、〔圖〕）訛變，右「彡」則訛自「攴」。〔圖〕**P3767** 猶見〔圖〕之下形，而移「彡」於上。

「變」字敦煌本《經典釋文·堯典》P3315、岩崎本、上圖本（元）、足利本、上圖本（影）、內野本、上圖本（八）、《書古文訓》或作〔圖〕〔圖〕〔圖〕〔圖〕，內野本、足利本、上圖本（影）、上圖本（八）或訛變作〔圖〕〔圖〕，即傳鈔尚書古文〔圖〕汗 **4.48**〔圖〕**四 4.24** 隸定，亦「敓」古文字形隸古定訛變〔註22〕，左形「貞」、「卓」即「兒」作〔圖〕、〔圖〕（〔圖〕**魏三體.無逸**）之訛變，右「彡」訛自「攴」，可隸定爲「敓」「敊」，與「變」字爲聲符替換。

「使」作〔圖〕〔圖〕〔圖〕〔圖〕：「使」字敦煌本《經典釋文·舜典》P3315、P2516、S799、岩崎本、島田本、九條本、內野本、上圖本（元）、上圖本（八）作〔圖〕，敦煌本 P2643 作〔圖〕，其上寫似「火」形。〔圖〕〔圖〕形爲〔圖〕汗 **3.31** 使亦事字見石經〔圖〕**魏三體.事**〔圖〕**說文古文事**之隸古定訛變，「口」「又」形筆畫方向改變〔圖〕（〔圖〕**魏三體.事**），又合書訛近「子」字古文〔圖〕而隸定從「子」。足利本、上圖本（影）、上圖本（八）

〔註21〕詳見：李家浩〈釋笄〉，《古文字研究》第一輯，北京：中華，1979.8，頁 391～395。

〔註22〕顧頡剛、劉起釪著，《尚書校釋譯論》，北京：中華書局，2005，頁 30，謂「變」字足利本〔圖〕作「軟」。

「使」字或作 ，為 之訛變。

「禹」作 、 ：「禹」字岩崎本作 ，敦煌本 P2533 內多一短橫作 ，為傳抄古尚書作 汗 3.41 汗 6.78 四 3.9，魏品式三體石經皋陶謨「禹」字古文作 魏品式之隸古定字，「 」隸古定作「亼」，此即《說文》「禹」字古文 ，源自 鼎文 鼎文 禹鼎 秦公簋 璽彙 5124 等形，許師學仁謂傳抄古文諸形下「巾」形為「 」「 」（ 魏品式）之訛〔註23〕，《集韻》上聲 9 麌「禹」字古作 亦可相證。敦煌本《經典釋文·舜典》P3315、九條本作 、敦煌本 S5745、S801、內野本、足利本、上圖本（影）或作 ，「 」變作「合」形，猶存 魏品式石經 四 3.9 之下形「 」。敦煌本 S5745、S801、內野本、足利本、上圖本（影）或作 ，上形「 」變作「合」。

敦煌本 P3615、內野本、上圖本（八）或作 ，中間直筆貫穿「合」，與「禹」相類，內野本或下加一短橫作 ，上圖本（影）或下加一點作 ，均猶存「 」其中筆右勾起之「 」（內）形。足利本「禹」字多作 ，「人」形下從「禹」，由 再變， 汗 3.41 汗 6.78 四 3.9 說文古文禹隸古定訛變。

「蒙」作 ：島田本〈洪範〉「蒙」字作 ，傳抄錄古尚書「蒙」字作 汗 6.72 四 1.10，此為「蠢」字，所從「亡」與 中山王鼎 釜壺 中山王兆域圖 璽彙 2506 璽彙 4528 璽彙 4770 形類同， 上為「亡」 （ 四 1.10） 璽彙 4528 形之隸古定訛變， 則受俗寫「匸」形析離，上橫筆變作「宀」、乚形則混作「辶」影響而變，此乃假借音近之「蠢」字為「蒙」。內野本「蒙」字（ ）旁注 ，亦為「蠢」之訛由隸古定字 變作「蟲」。

「風」作 、 、 ：上圖本（八）「風」字或作 ，即《說文》古文作 、《玉篇》卷 20「凬」古文風，《古文四聲韻》錄 四 1.11 王存乂切韻 四 1.11 王存乂切韻，曾憲通謂 乃聲符「凡」下取鳳尾紋飾上部 而成〔註24〕。

足利本、上圖本（影）「風」字或作 ，與《古文四聲韻》錄 四 1.11 王存乂切韻形近，應是楚帛書 帛甲 1.31 帛甲 7.24 等形訛變，曾憲通謂楚帛書 是在聲符「凡」下取鳳尾尾飾下部 而成，尾飾 猶孔雀尾端之錢斑，為

〔註23〕說見：許師學仁，〈釋禹〉，《古文四聲韻古文研究》，台北：文史哲出版社，1999，頁 90〜91。

〔註24〕說見：曾憲通，〈楚文字釋叢五則〉，《中山大學學報》，1996：3，頁 64。

鳳鳥別於其他鳥類的主要特徵，故以之代表鳳之整體〔註25〕。

　　足利本〈伊訓〉「酣歌于室時謂巫風」「風」字作 ，以聲符「凡」作爲「風」字。

　　「斷」作 、 ：敦煌本 P2516、岩崎本、《書古文訓》「斷」字或作 ，爲 說文古文斷之隸古定，源自 量侯簋，「口」當爲無義綴增，戰國楚簡作 郭店.語叢 2.35 郭店.六德 44 包山 134 信陽 2.1，从古文「叀」从「刀」，即「劙」（劅）字，與「斷」音義皆近。敦煌本 P2643、P3871、上圖本（元）或左下多一畫作 ，岩崎本、上圖本（元）或變作 ，九條本、岩崎本或變作 ，左下直筆拉長形似「目」，「召」訛作「台」。

　　內野本、足利本、上圖本（影）、上圖本（八）〈秦誓〉「斷斷猗無他伎」「斷」字作 ，爲 之訛誤，訛作从魚从占。

　　「奏」作 ：敦煌本《經典釋文·舜典》P3315「奏」字作 ，下云「如字，又作 ，古文作 」 爲 說文古文奏之隸古定訛變，左上撇畫下筆畫析離，訛變似「宀」，而與「敢」字敦煌本、日古寫本由 說文篆文敢 說文古文敢 隸古定訛作 相混同（參見 "敢" 字）。

　　「遂」作 、 、 ：敦煌本 P2643「遂」字或作 ，爲 說文古文遂 四 4.5 六 275 遂.古尚書之隸古定訛變，「山」形變作「止」，中間多一短橫，此即魏三體石經「遂」古文字 魏三體.僖 31「公子△如晉」之訛變〔註26〕，爲借作「遂」字之「述」字，源自金文「述」字〔註27〕作 盂鼎「我聞殷△令（命）」 史逨簋 魚鼎匕 中山王壺。敦煌本 P2516、S2074、P3871 岩崎本、九條本、上圖本（元）、上圖本（八）或作 、 ，爲 四 4.5 六 275 遂.古尚書之隸定， 後者亦多一點，足利本、上圖本（影）或訛作 形，訛从「南」。

　　內野本「遂」字或作 、 ，或少一畫作 ，即傳抄古尚書作 汗 1.8 之

〔註25〕同前注。

〔註26〕曾憲通謂此體爲「遂」字《汗簡》 汗 1.8《說文》古文 等訛變之濫觴。參見曾憲通，〈敦煌本古文尚書「三郊三逋」辯正〉，《古文字與出土文獻叢考》，頁78，廣州：中山大學，2005。

〔註27〕唐蘭釋甲骨文 爲「术」字，云：「金文盂鼎『我聞殷述令』（舊釋爲『遂』非是。述令借作墜命）。魚鼎七述字从 ，均可證。」謂「术」乃「秫」之本字。參見唐蘭，〈釋术椎〉，《殷虛文字記》，頁43，北京：中華書局，1981。

隸古定，皆為 [字形]魏三體君奭 [字形]四4.5 [字形]六275遂.古尚書 [字形]說文古文遂訛變，而與「迹」字籀文 [字形]說文籀文迹混同。

足利本、上圖本（影）、上圖本（八）「遂」字或作 [字形]，為 [字形]說文古文遂之隸古定訛變，混作「遼」，內野本、足利本、上圖本（影）再變作 [字形]。

「亂」作 [字形][字形]、[字形][字形]、[字形][字形]：「亂」字隸古定尚書寫本敦煌諸本、日諸古寫本多作 [字形][字形]，為 [字形]召伯簋 [字形]魏三體.呂刑 [字形]楚帛書乙隸古定字。

觀智院本或作 [字形]，其上「爫」變作「宀」與中間訛變作 [字形]合書作「言」形，與「率」字俗書中間變作「言」作 [字形]上圖本（影）.上圖本（八），再左右「幺」變作兩點作 [字形]率.敦煌本S799.P2748.S2074.岩崎本.九條本.上圖本（元）.上圖本（八）相混同。「亂」字上圖本（影）或變作从言作 [字形]，與「率」字變作 [字形]率.上圖本（影）、上圖本（八）相混。隸古定古本尚書寫本中「亂」字隸古定訛變、「率」字俗訛皆作 [字形][字形]。

又「亂」字敦煌本P4509、S2074、P2516、內野本、觀智院本、上圖本（元）、足利本、上圖本（八）或變作 [字形]，內野本、足利本、上圖本（影）、上圖本（八）「亂」字或作 [字形]，其上「爫」又變作「宀」而與「率」字訛同。

「歲」作 [字形]：「歲」字上圖本（八）或作 [字形]，其上形為「止」「戈」合書且上移，形訛似「此」，變自傳鈔古尚書 [字形]汗5.68 [字形]四4.14 [字形]六275隸古定作 [字形]，「止」訛作山變作 [字形][字形]，再上移「戈」並且省變。

「穢」作 [字形][字形]：敦煌本P2643「穢」字作 [字形]，其上「歲」字形與傳抄古尚書 [字形]汗5.68 [字形]六275同，《集韻》去聲七20廢韻「薉」字「《說文》蕪也。或从禾作『穢』，古作『蔵』」，[字形]當 [字形]之訛，移禾於下，左下「小」形為「禾」所訛變，岩崎本或作 [字形]，復「止」訛作「山」。

「壽」作 [字形][字形][字形][字形]：內野本「壽」字或作 [字形]，為「壽」字篆文 [字形]之隸古定，源自金文作 [字形]蔡大師鼎，其上作今楷書「老」之隸定，或訛變作 [字形]，其下「口」變作「灬」，類化訛似「馬」。敦煌本P3767、九條本或作 [字形][字形]，敦煌本P2748或作 [字形]，當為 [字形]鼄簋 [字形]仲師父鼎 [字形]邵鐘形之隸古定訛變。

四、《書古文訓》特殊文字形體——隸古定字

「飲」作 [字形]：《書古文訓》「飲」字作 [字形]，上从古文「金」字 [字形]隸古定，从水金聲，為《說文》「飲」字古文 [字形]从水今聲作「㳎」之異體，聲符今、金更替，

《箋正》謂从金、从亼「二字皆得聲，未定誰誤，要是仿『余』增成」，亼、今、金偏旁古可相通〔註28〕。（參見前文「隸古定尚書寫本特殊文字形體——隸古定字」歈字條）。

「嚮」「響」作𡪄𡪇𡪄：「嚮」字《書古文訓》作𡪄𡪄，「響」字《書古文訓》作𡪇，「響」、「嚮」相通，與傳鈔古尚書「嚮」作🔲汗3.39🔲四3.24類同，《類篇》「嚮」字古文作「𡪄」，上圖本（八）「嚮」字或作𡪇、觀智院本或作𡪄𡪄，其下皆作「旦」，《書古文訓》作𡪄，「旦」訛作「皿」之析離，與「盦」字或變作𡪄同形，黃錫全以爲此假「盦」爲「嚮」〔註29〕，🔲汗3.39爲「盦」字，「盦、寧古本同字，屬泥母耕部，嚮屬泥母陽部，此蓋假盦爲嚮」。然而俗書有「日」（月）混作「皿」之例，如「勖」字九條本作🔲，敦煌本S799作🔲，「冒」字九條本或作🔲，觀智院本或作🔲，《書古文訓》「嚮」字或作𡪄，乃𡪄𡪇形之俗訛，與「盦」字「皿」形析離變作𡪄，僅爲形體訛同之同形異字。𡪄𡪇當爲「享」字《古文四聲韻》錄古孝經🔲四3.24之隸古定訛變，古尚書「嚮」字作🔲汗3.39🔲四3.24即爲🔲四3.24享.古孝經之變。此借「享」爲「嚮」、「響」。（詳見上節「隸古定尚書寫本特殊文字形體——隸古定字」嚮字條）

「皇」作皋皋：《書古文訓》「皇」字或作皋皋，爲傳抄古尚書🔲四2.17🔲汗2.16之隸古定訛變，其下从🔲說文古文王，隸古定訛變似「金」字下半。

「會」作岽：《書古文訓》「會」字除〈益稷〉作「佮」外餘皆作岽，源自甲骨文「會」字🔲乙2763反1🔲京津2746🔲乙422（《甲編》頁53）等字，从「止」「巾」之訛。

「誓」作𣃚：《書古文訓》「誓」字作𣃚，又變作𣃚𣃚𣃚𣃚𣃚𣃚𣃚等形，𣃚爲🔲汗1.7🔲汗6.76🔲四4.15之隸古定，𣃚則見與「折」字金文🔲洹子孟姜壺類同，諸形即《說文》艸部「折」字籀文🔲「𣃚」訛變，《集韻》誓字古作「𣃚」，《匡謬正俗》引古文尚書〈湯誓〉「誓」字亦作此形，王引之《經義述聞》卷三云：「《匡謬正俗》所引〈湯誓〉古文，字當作『𣃚』，『𣃚』籀文折字，古文假借也」。

「戒」作𢧵𢧵𢧵𢧵𢧵：《書古文訓》「戒」字或作𢧵，爲篆體🔲說文篆文

〔註28〕參見黃錫全，《汗簡注釋》，武漢：武漢大學出版社，1993，頁388。

〔註29〕說見：黃錫全，《汗簡注釋》，武漢：武漢大學出版社，1993，頁272～273。

戒之隸古定，又隸古定訛變作𢦏𢦏𢦏𢦏。

「享」作𡴽：《書古文訓》〈咸有一德〉「克享天心」「享」字作𡴽，為《說文》「享」（亯）字篆文𦎧之隸古定訛變，俗書有「宀」訛作「山」者，篆文⌒形或隸定「宀」，俗訛作「山」，𡴽當由𨝓52 病方 239 𨝓馬王堆.易 3 訛變，下形訛似「邑」之隸古定。

「施」作飠飠：「施」字《書古文訓》作飠飠，傳抄古尚書「柂」字𣛠柂.汗 4.48 之隸古定訛變，此為「也」字古文𨸐取它人鼎形隸古定訛變，假「也」為「施」。

「被」作禠禠：《書古文訓》「被」字作禠禠等形，右從《說文》「皮」字古文作𤿡之隸古定，左則從《說文》「示」字古文作�之隸古定，此乃受俗書偏旁「衣」（衤）與「示」（礻）相混影響，而訛從「示」（礻）之古文𥄂。

「靈」作霝霝霝：《書古文訓》「靈」字或作霝，為「雨」作𩃡形之訛變，下形變作三弓，與《古文四聲韻》錄霝四 2.22 崔希裕纂古同形。《書古文訓》又或再訛作霝霝。（參見前文「隸古定尚書寫本特殊文字形體──隸古定字」靈字條）

「戮」字作翏：《書古文訓》「戮」字或作翏，此為「翏」字，借「翏」為「戮」，偏旁「亻」變作「羽」下一橫，「刀刀」即今隸定為「彡」之訛變。（參見前文「隸古定尚書寫本特殊文字形體──隸古定字」戮字條）

「𣏾」作庑：「阢」字《書古文訓》作庑，字書未見，疑為從尸兀聲「𡱝」字之訛，乃「阢」義符更替之異體。

「割」作刉：「割」字《書古文訓》作刉，即傳抄古尚書作𠜂汗 2.21𠜂魏三體之隸古定，源自「割」字本作「㓤」，省作「剌」，訛變作刉或剢。（參見前文「隸古定尚書寫本特殊文字形體──隸古定字」割字條）

「敬」作敧敧：《書古文訓》「敬」字作敧敧，《說文》「苟」字篆文作𦱢，从羊省从包省从口，古文則羊不省作𦱢，敧敧與魏三體石經〈立政〉「敬」字古文作𦱢魏三體、楚帛書作𦱢楚帛書乙同形，即从攴从古文苟𦱢。

「治」作乿乿、乿：《書古文訓》「治」字多作乿乿，為《古文四聲韻》錄古孝經「治」字作乿四 4.6、《汗簡》錄乿汗 5.70 王存乂切韻之隸古定，𠄐、乙為𠄐（以）字作𠄐侯馬 1.65 形訛。《古文四聲韻》又錄乿四 4.6 古孝經乿四 4.6 義雲章，

則與《汗簡》錄 [字] 汗 5.70 王存乂切韻同形，其右形同於魏石經〈禹貢〉「治」字古文 [字] 所從 [台]，古 [台]、[台] 同字，故 [字][字].[字]四 4.6 [字]汗 5.70 [字]四 4.6 [字]四 4.6 [字]汗 5.70 皆從糸台聲之「紿」字。「紿」、「治」皆由「台」得聲，此借「紿」字爲「治」。

《書古文訓》〈說命中〉「惟治亂在庶官」一例「治」字作 [字]，即 [字]魏石經禹貢.治右旁「台」之隸古定，蓋假「台」爲「治」。

「始」作 [字]：《書古文訓》「始」字多作 [字]，爲傳抄古文假「台」爲「始」字 [字]汗 5.64 [字]四 3.7 之隸古定。（參見前文「隸古定尚書寫本特殊文字形體──隸古定字」始字條）

「於」作 [字][字][字][字][字][字]：「於」字或作 [字][字][字][字][字][字]，爲 [字]說文古文鳥、[字]魏三體.于之古文字形隸古定訛變，原 [字] 上方左右筆畫相接訛成「宀」，左下方訛成爪、瓜、或左右訛成縱橫線條。

「諸」作 [字][字][字]：「諸」字《書古文訓》作 [字][字][字]，即傳抄古尚書作 [字]汗 4.48 [字]四 1.23 之隸古定，傳抄古文「者」字作 [字]四 3.21 古孝經 [字]四 3.21 古老子，此借「者」爲「諸」。（詳見前文「隸古定尚書寫本特殊文字形體──隸古定字」諸字條）

「圖」作 [字][字][字]：「圖」字《書古文訓》作 [字][字]，爲傳抄古尚書作 [字]汗 3.33 [字]四 1.26 隸古定字，其內從古文「者」，「者」、「圖」古音同屬舌音，爲聲符替換，《集韻》平聲二 11 模韻「圖」字古作「[字]」。《書古文訓》或訛變作 [字]，其內左下作二「从」。

「弗」作 [字]：《書古文訓》「弗」字皆作 [字]，爲傳抄古尚書作 [字]汗 6.82 [字]四 5.9 之隸古定，與《玉篇》卷 29 丿部「[字]」古文弗同形，當由戰國「弗」字 [字]璽彙 3417 [字]郭店.老甲 4 訛變。

「鰥」作 [字][字][字]：《書古文訓》「鰥」字作 [字][字][字]，即《汗簡》錄石經「鰥」字 [字]汗 5.63 之隸古定字，上形爲「目」字古文隸古定訛變，源自金文 [字] 父辛卣 [字] 毛公鼎等形，「罒」省作「罒」，隸定作「罳」，《集韻》山韻「罳」爲「鰥」之古文。

「穆」作 [字][字][字]、[字][字]、[字]：《書古文訓》穆」字或作 [字][字][字]，傳抄古尚書作 [字]汗 3.36 [字]四 5.5 之隸古定訛變，「夊」爲「禾」之誤。《書古文訓》穆」字又作 [字][字]，[字]上形隸古定作「宀」。《書古文訓》〈金縢〉「王執書以泣

曰其勿穆卜」「穆」字作 𦣡，《集韻》入聲屋韻「𦣡，敬也，通作穆」，傳抄古尚書「穆」字省「禾」作 𦣡 汗 4.48 𦣡 汗 5.62 𦣡 四 5.5，𦣡疑爲訛自 𦣡、𦣡、𦣡，即 𦣡四 5.5 隸古定訛變，「𦣡」隸古定訛作「六」，「彡」與「𦣡」兩側筆合書訛作「目」，傳抄古文「穆」字訛作 𦣡 汗 2.16 林罕集綴 𦣡 四 5.5 裴光遠集綴與「𦣡」字形混，《箋正》謂「此（𦣡 汗 2.16）形是『𦣡』字，云『穆』非。」

「變」作 𦣡、𦣡：「變」字《書古文訓》或作 𦣡、𦣡，爲傳抄古尚書作 𦣡汗 4.48 𦣡 四 4.24 𦣡 汗 4.48 𦣡 四 4.24 隸古定字，爲「敿」古文字形訛變〔註30〕，左形「𦣡」、「貞」、「卓」即「𦣡」作 𦣡、𦣡（𦣡魏三體.無逸）之訛變，「彡」訛自「攴」，可隸定爲「敿」或「敿」，與「變」字爲聲符替換。（詳見前文「隸古定尚書寫本特殊文字形體──隸古定字」諸字條）

「師」作 𦣡 𦣡：《書古文訓》「師」字作 𦣡 𦣡，即魏三體石經僖公「師」字古文 𦣡，傳抄古文「師」字 𦣡 汗 3.31 義雲章 𦣡 四 1.17 古孝經又石經等形隸古定字，𦣡 𦣡 上形作古文形體，皆源自金文「師」字 𦣡 令鼎 𦣡 師遽方彝，𦣡（𦣡，以）橫作上移。

「馳」作 𦣡：《書古文訓》「馳」字作 𦣡，當是傳抄古文 𦣡 汗 4.54 𦣡 四 5.4 石經之隸古定訛變，左從古文「馬」字，其 𦣡、𦣡 形爲「也」字，《說文》「也」字下錄秦刻石作 𦣡，楚簡作 𦣡 郭店.語叢 3.66。𦣡之 𦣡 形爲「也」字隸古定訛變，左從古文「馬」字省變隸古定作 𦣡。《書古文訓》「馬」字作 𦣡 鄂君啓舟節 𦣡 盫壺 𦣡 魏三體立政 𦣡 說文古文馬隸古定訛變 𦣡 𦣡 𦣡 𦣡 𦣡 𦣡 𦣡 等形，或省變作 𦣡。或隸古定訛變作 𦣡 𦣡 𦣡 𦣡。

「怨」作 𦣡 𦣡 𦣡 𦣡 𦣡：《書古文訓》「怨」字或作 𦣡，爲《說文》古文 𦣡 之隸古定，或多一畫作 𦣡，或作 𦣡 𦣡，「卩」俗寫變作「阝」，或訛變作 𦣡。傳抄錄古尚書「怨」字作 𦣡 汗 3.40 見尚書.說文 𦣡 四 4.19 古尚書又說文，魏三體石經〈無逸〉「怨」字古文 𦣡，與《說文》古文作 𦣡 同形，𦣡 四 4.19 右下形訛作又，王國維曰：「𦣡 魏三體無逸怨，與《說文》古文同。從 𦣡 者，殆亦從夗之訛。〔註31〕」𦣡 形乃夕之訛，金文所從夕、從月或作傾覆之形如 𦣡，如 𦣡 夕.中山王壺 𦣡 明.沇兒鐘

〔註30〕顧頡剛、劉起釪著，《尚書校釋譯論》，北京：中華書局，2005，頁 30，謂「變」字足利本 𦣡作「軟」。

〔註31〕王國維，《殘字考》，頁 28。

〔字〕明.明我壹，上博簡〈緇衣〉6「夗」字〔註32〕作〔字〕上博緇衣6，即與〔字〕魏三體〔字〕說文古文所從〔字〕同形。

「斷」作：《汗簡》、《古文四聲韻》錄古尚書「斷」字作：〔字〕汗6.82〔字〕四4.21，即《說文》古文從〔字〕作〔字〕，〔字〕古文叀（《說文》叀字古文作〔字〕），下引「周書曰『〔字〕〔字〕猗無它技』」段注云：「許所據壁中古文也」，源自金文作〔字〕量侯簋，其左爲「叀」字，〔字〕汗6.82〔字〕四4.21〔字〕說文古文斷左形皆有訛變。此即「剚」（劃）字，與「斷」音義皆近。

「斷」作〔字〕、〔字〕〔字〕：《書古文訓》「斷」字或作〔字〕，爲〔字〕說文古文斷之隸古定，源自〔字〕量侯簋，從古文「叀」從「刀」，「口」當爲無義綴增，即「剚」（劃）字，與「斷」音義皆近。

《書古文訓》又作〔字〕〔字〕，左從古文「叀」隸古定〔字〕俗訛，右從「刀」之俗訛，此即戰國楚簡「剚」（劃）字作〔字〕郭店.語叢2.35〔字〕郭店.六德44〔字〕包山134〔字〕信陽2.1。

「盧」作〔字〕：〈文侯之命〉「盧弓一盧矢百」「盧」字《書古文訓》作〔字〕，與隸古定尚書寫本或作〔字〕〔字〕相類，爲「旅」字訛變，魏三體石經此處「盧」字作「旅」，篆文作〔字〕，古文作〔字〕，與之相合。〔字〕左從「玄」爲「方」旁俗訛，亦「方」之訛，右從「矢」爲「旅」字右旁「㫃」之俗訛，受其上「亠」影響類化爲「矢」。

「貴」作〔字〕：《書古文訓》〈旅獒〉「不貴異物賤用物」「貴」字作〔字〕，《說文》女部「妻」字古文作〔字〕「從〔字〕女，〔字〕古文貴字」，《汗簡》錄義雲章作〔字〕汗1.5，與此同形。古文「貴」字〔字〕說文古文妻字所從、〔字〕疑即〔字〕璽彙4709〔字〕郭店.老子甲29〔字〕郭店.老子乙5〔字〕郭店.緇衣20隸古定省形，由上形〔字〕、〔字〕、〔字〕訛變。

「壤」作〔字〕〔字〕〔字〕：《書古文訓》「壤」字或作〔字〕〔字〕〔字〕，爲《說文》「襄」古文〔字〕之隸古定訛變，〔字〕形同於傳抄古尚書「襄」字〔字〕汗5.66〔字〕四2.15、魏三體石經僖公「襄」字作〔字〕，〔字〕〔字〕形則近於楚簡郭店〈語叢四〉23「則壤地不鈔」壤字作〔字〕。

「君」作 㒥㒥㒥：《書古文訓》「君」字或作 㒥㒥㒥，傳抄古尚書作 㒥汗 1.6 㒥四 1.34 之隸古定，源自 㒥天君鼎 㒥召伯簋 㒥侯馬 㒥璽彙 0273 㒥璽彙 0004 等形，其上形 㕡筆畫割裂訛變作 㒥。

「掩」作 㝻：《書古文訓》「掩」字作 㝻，當爲《說文》「弇」字古文作 㝻之隸古定訛變，「穴」之內「八」形與兩側筆畫結合訛變作「火」，其下「廾」亦類化訛作「火」。傳抄古尚書 㝻汗 3.39 㝻四 3.29 注爲「奄」字，《箋正》云：「『奄』與『弇』原異字，而『弇蓋』、『奄覆』義相通，音亦近，故僞書以『弇』、『㝻』作『奄』」，此借「弇」（古文作 㝻）字爲「奄」，又借爲「掩」字。

「遂」作 遹遹、速、速：《書古文訓》「遂」字或作 遹遹，爲 遹說文古文遂之隸古定，後者右上多一點，此即魏三體石經「遂」古文字 遹魏三體.僖 31「公子△如晉」之訛變〔註33〕，爲借作「遂」字之「述」字。

《書古文訓》「遂」字或作 速，即傳抄古尚書作 速汗 1.8 之隸定，爲 速四 4.5 速六 275 遂.古尚書 速說文古文遂訛變，而與「迹」字籀文 速說文籀文迹混同，《箋正》云：「古作 速，薛本同，亦有訛作『速』作『速』者，此形又訛作『迹』之籀文。」。

《書古文訓》〈費誓〉二例「遂」作 速，乃 速汗 1.8 遂.古尚書隸古定訛誤。

「開」作 䦕䦕䦕：「開」字《書古文訓》或作 䦕，作「關」字古文 䦕字形變化，或隸古定作 䦕；〈書序‧費誓〉「並興東郊不開作費誓」《書古文訓》「開」字作 䦕，爲 䦕說文古文關隸古定訛變，其內 㐱形隸古定俗訛方向改變作「帅」。諸形皆爲「關」字。

第三節　傳鈔古文《尚書》隸古定本文字形體變化類型

一、隸古定《尚書》寫本文字形體變化類型

隸古定古本《尚書》寫本主要抄寫於文字形體混亂、刻版尚未流行的六朝迄唐初，包括敦煌等地古寫本及源自唐寫本的日本古寫本，與同樣出自敦煌本的其他諸多寫本相同，其中有許多俗別字難於辨認，《敦煌俗字譜‧序》已列出

〔註33〕曾憲通謂此體爲「遂」字《汗簡》遹汗 1.8《說文》古文 遹等訛變之濫觴。參見曾憲通，〈敦煌本古文尚書「三郊三逋」辯正〉，《古文字與出土文獻叢考》，頁 78，廣州：中山大學，2005。

敦煌寫本二十一種偏旁混淆：

> 即以偏旁混淆而言，已使讀者艱於辨認。如**禾耒不分**，故耦作耦，耕作耕。**宀穴不分**，故寤作寤，寔作寔。**广疒不分**，故廢作癈，瘦作瘦。**木才不分**，故扶作杕，打作扛，抽作柚。**木丬不分**，故壯作牡。**商商不分**，故適作。**衣示不分**，故褘作褘，衿作衿。**彳彳不分**，故彼作佊，征作征，徑作徑，脩作脩。**氵冫不分**，故減作減，凝作凝。**弋戈不分**，故杙作栈，弋作戈。**卯印不分**，故昂作昂，聊作聊。**日目不分**，故昕作昕，暇作暇。**日四不分**，故勗作，冒作。**后舌不分**，故姤作姞，适作适。**艹竹不分**，故簡作蕳，筮作莁。**忄巾不分**，故悅作悅，幘作憤，帷作惟。**予矛不分**，故茅作芧。**干于不分**，故訐作訏。**土士不分**，故士作土。**北比不分**，故毖作毖。**其甚不分**，故甚作其。

隸古定本《尚書》寫本，包括敦煌等地古寫本、日本古寫本各本文字形體變化的情形複雜，如形體混淆：偏旁〔註34〕或部件混淆——某偏旁或部件**混作另一偏旁、兩偏旁或部件相混不分**——、字形混淆——數個混作同一字形的俗字、與俗字混作同形的隸古定字——等等。這些形體混同的偏旁或文字，有的則已成爲隸古定古本尚書寫本中較固定的特殊寫法，有些與改旁便寫有關，更有許多文字形體的變化是源自篆隸轉寫間的書法差異，來自隸書書法，或由書寫時筆畫草化而來，有些形體變化則兼俱幾種類型特點。

（一）形體混淆

1、偏旁或部件混淆

（1）形構上方一短橫、直筆、一點、一撇混作不分

一短橫變作一點：如「示」字敦煌本 S799 作，其上短橫變作點。

直筆寫作點（十混作亠）：如「古」字內野本、足利本、上圖本（八）或作古古，「故」字足利本作故，上圖本（八）作故，「姑」字足利本作姑，「胡」字足利本、上圖本（八）或作胡。又如「直」字上圖本（八）或作直，《隸釋》錄漢石經尚書〈洪範〉「曲直作酸」作直，「十」已混作「亠」。又「殖」字岩

〔註34〕字形相混同且做爲偏旁之文字列於此項說明，不再列於「字形混淆」一節之下。

崎本、九條本或作￼。

一點變作一撇：如「文」字敦煌本 P3767、岩崎本或作￼，「亠」寫作「￼」。

（2）礻、衤、禾相混例

「礻」（示）旁、「衤」（衣）旁書寫時，右或多一點或少一點，礻衤便常混作不分。如「祗」字敦煌本 P2748〈無逸〉「治民祗懼」、九條本〈蔡仲之命〉「蔡仲克庸祗德」、〈君奭〉「惟其終祗若茲」作￼￼，「祀」字上圖本（八）〈洛誥〉「予沖子夙夜毖祀」作￼，「祿」字內野本或作￼，偏旁「礻」（示）多一點，與偏旁「衤」（衣）相混。又如「裕」字敦煌本 P2748、足利本、上圖本（影）、上圖本（八）或作￼￼，「初」字敦煌本《經典釋文‧舜典》P3315作￼，敦煌本 S801、P2748、S2074、九條本、足利本、上圖本（影）「初」字或作￼￼，敦煌本 S2074 天理本、上圖本（八）或作￼，「被」字敦煌本 P3169、P5543、P2533、內野本、觀智院本、上圖本（影）皆作￼￼，則「衤」（衣）混作「礻」（示）。

「礻」（示）旁書寫時，直畫拉長與其上點畫相接，便易與「禾」旁混近，如「祈」字九條本作￼。

「禾」旁書寫時，直畫縮短，或上撇寫作點，即與「礻」旁混近，如「移」字岩崎本作￼，「黎」字上圖本（八）或作￼，「秩」字敦煌本 P2748、上圖本（八）作￼￼，「積」字九條本或作￼。「秦」字敦煌本 P3871、九條本、內野本、上圖本（影）作￼￼，「禾」混作「示」。

礻、禾不分，礻衤又常混作，故「禾」旁又混作「礻」，如「黎」字足利本或作￼，「秸」字九條本作￼。其演變過程是：禾 → 礻 → 衤。

（3）木、扌、才、寸相混例

「木」旁書寫時右或少一畫，「扌」則或多一畫，二旁便常混作不分，「扌」一畫，「扌」旁末筆或作撇，而混作「才」。如「檢」字內野本、足利本作￼￼，上圖本（八）作￼，「楫」字敦煌本 P2643 作￼，「閑」字上圖本（八）作￼，「木」少一畫混作「才」，與「閉」字混同。「扌」旁末筆或作點，又混作「寸」，如「戀」字或作「欒」上圖本（影）或寫作￼，上圖本（八）或作￼，「木」混作「扌」「寸」形。又如「撲」字上圖本（元）作￼，「揚」字上圖本（八）或作￼，「搜」字九條本作￼，「柎」字上圖本（影）或作柎，「技」字上圖

本（影）〈秦誓〉「人之有技冒疾以惡之」作秡，皆「扌」混作「木」。

（4）二、冫、工、七相混例

「二」在書寫時或連筆而混作「工」，「工」書寫時為求簡捷又變作「七」，或省直筆混作「二」，或作「冫」。如「夷」字敦煌本 S2074、神田本、上圖本（八）或作古文「𡰥」而寫成𡰥尼形，乃「夷」字古文「𡰥」與「尼」字寫作𡰥書古文訓尼衡方碑混同。如「二」字或作「弍」上圖本（八）或寫作弍，所從「二」寫作連筆而混作「工」，弍與「式」字岩崎本、九條本、內野本、上圖本（元）、上圖本（影）、上圖本（八）「式」字或作弍弍混同；「式」字內野本、上圖本（八）或作弍，所從「工」省直筆混作「二」，與「弍」混同。如「差」字岩崎本、內野本、上圖本（影）、上圖本（八）或作差，「嗟」字敦煌本 P5543、P3752、P3871、日諸古寫本多作嗟嗟，右下「工」變作「七」，與「左」字足利本、上圖本（影）、上圖本（八）或作左左類同。其演變的過程是：二→工→七。又「恐」字敦煌本 P2516 或作恐，「築」字敦煌本 P2516、上圖本（元）或作築築，所從「工」變作「二」、「冫」。「愬」字上圖本（元）、上圖本（影）、上圖本（八）或作愬₁，其中上「冫」只作二畫，上圖本（影）或作愬，「冫」作二畫「冫」又混作「工」。其演變的過程是：冫→二→工。

部件「七」書寫時「乚」或筆畫分寫而變作「工」，如「尼」字漢碑作尼衡方碑尼魯峻碑，《書古文訓》寫作尼，「泥」字岩崎本、上圖本（八）或作泥，岩崎本又變作泥。「耆」字上圖本（八）或作耆，「傾」字內野本、足利本、上圖本（影）、上圖本（八）或作傾，「傾」字《書古文訓》作「頃」頃，九條本作頃形，「昵」字上圖本（元）或作昵，上圖本（元）、上圖本（影）、上圖本（八）或作昵昵。上圖本（影）「昵」字或作昵，「七」又變作「二」，演變的過程是：七→工→二。

（5）水（水）、小（心）、小相混例

「水」旁、「心」旁寫在字形下方分作「水」「小」，兩形常相混作，二者或皆混作「小」。如「泰」字岩崎本、內野本、足利本或作泰，上圖本（影）或變作𣲷，「水」混作「小」；「慕」字上圖本（影）作慕，小（心）混作水（水）。「黎」字敦煌本 P3315、九條本、內野本、足利本、上圖本（影）或作黎，九條本或作黎，水（水）混作小（心），敦煌本 P2748 或作黎，水（水）混作

「小」。演變的過程是：氺（水）→小（心）→小。

如「恭」字敦煌本 P2748、上圖本（影）或作恭恭，小（心）混作「小」。內野本或作恭，「忝」字天理本、上圖本（影）、上圖本（八）作忝忝形，其下小（心）混作「水」。

（6）右旁「彡」作久、混作「久」；「彡」混作氵、冫、七例

寫本中右旁「彡」第三筆常寫作點丶，形體混作「久」，如「彰」字作彰P2643彰上圖本（元）彰足利本，「靜」字作靜足利本靜上圖本（影），「彭」字作彭足利本、「彥」字作彥足利本等等。其演變過程為：彡→久→久（久）。

又「彡」書寫時或方向改變作「氵」，如「須」字敦煌本 S2074、九條本、觀智院本、上圖本（八）作須；「彡」變作「氵」又或少一筆作「冫」，如「彥」字敦煌本 P3871 作彥、「顏」字敦煌本 P2533 作顏，當源於漢碑「彥」字作彥孟孝琚碑彥范式碑、「顏」字作顏史晨碑；九條本或作彥₂，「彡」或少一筆作「冫」，「冫」與「二」書寫筆畫近，又變作「七」。其演變過程為彡→氵→冫→二→エ→七。

（7）形構下方「彡」混作小、小、氺例

形構下方「彡」，如「參」下之「彡」常筆畫變作「小」，進而混作「小」（心）、「氺」（水），如「瘆」字漢碑作瘆曹全碑，「殄」字作殄度尚碑殄孔霝碑，「璺」字作璺華山廟碑等。「瘆」字敦煌本 P3670、P2516 或作瘆瘆，「彡」筆畫變作「小」；P2643、岩崎本或作瘆瘆，「彡」由「小」變作「小」；島田本、上圖本（元）或變作瘆瘆，「彡」變作「氺」。又如「璺」字敦煌本 P3169 作璺，九條本作璺。「殄」字敦煌本《經典釋文·舜典》P3315 作殄，S799、S2074、P2516、岩崎本、九條本亦作殄形，S799、P2643、內野本或作殄殄殄。「參」字岩崎本、上圖本（元）「參」字或作參參。

（8）「參」混作「尒」、「尔」例

「參」下之「彡」常筆畫變作「小」，俗書偏旁「參」因此混作「尒」、「尔」，與「爾」字寫作「尒」、「尔」同形。如「殄」字敦煌本《經典釋文·舜典》P3315 作殄，S799、S2074、P2516、岩崎本、九條本亦作殄形，S799、P2643、內野本或作殄，「珍」字島田本、內野本、足利本、上圖本（八）作珍，上圖本（影）作珍等。

（9）彳、亻、氵相混例

寫本「彳」第一撇寫作點而作「亻」，與「亻」混同，如「征」字敦煌本S799、S801或作征。「徇」字上圖本（影）作徇，岩崎本〈泰誓中〉「王乃徇師而誓」「徇」字作徇，《集韻》平聲二18諄韻「徇」字「或作『徇』」徇即「徇」變作徇之過渡。「往」字敦煌本S2074作往，「彳」書寫時二三筆連書，形亦混作「亻」，岩崎本或作往、島田本作任，漢帛書已見「往」字从「亻」作往老子甲165。其演變的過程是：彳→亻→氵→亻。

俗書「彳」混作「亻」，「亻」旁亦常上多一筆混作「彳」，如「修」字高昌本、敦煌本P3315、S801、P3752、S799、P2748、P3615、觀智院本、上圖本（八）皆或作「修」：高昌本、敦煌本S801作修，觀智院本作修，敦煌本《經典釋文·舜典》P3315、P3752、S799、P2748、岩崎本、九條本作修修。

「彳」寫作「亻」後，二三筆連書，又與「氵」書寫形似，如「得」字上圖本（影）、上圖本（八）或作得得，「彳」旁寫作「氵」，上圖本（影）、上圖本（八）或作得得，「彳」旁由「氵」再連筆作「氵」「氵」；「後」字敦煌本P2748、上圖本（八）或作後後；「復」字敦煌本P2516作復復，由九條本、上圖本（元）「復」字或作復復再變，與復武威醫簡.86乙類同，上圖本（元）作復，漢簡作復武威簡.士相見已見「復」字「彳」旁混作「氵」。其演變的過程是：彳→亻→氵→氵→氵。

「氵」旁連筆書寫或混作「亻」，如「河」字九條本作河。「亻」旁書寫筆畫變化有混作「氵」，如岩崎本〈洪範〉「人用側頗僻民用僭忒」「僭」字作潛，當為「僭」字俗書作「潛」。

「丿」旁書寫上多一點而改成相近且常見的「亻」，又混作「彳」「氵」等，如「胤」字敦煌本《經典釋文·堯典》P3315作胤，敦煌本P3752或作胤，變作从「亻」；足利本、上圖本（影）等或作胤胤，岩崎本、九條本、敦煌本P2643、P3572、P25164或作胤胤，其左漸變似「彳」，敦煌本P2748作胤，變作从「彳」；上圖本或作胤，變作从「氵」；內野本、九條本或作胤胤，其左變似「夕」；上圖本（八）或作胤，變作从「弓」。上述諸形皆與漢碑作胤劉熊碑胤晉張朗碑類同，其左形訛變，由丿變作、夕、亻、弓，再變作彳、亻、夕、弓形。

（10）氵、冫相混例

俗書「氵」旁或少一畫混作「冫」，如「沖」字敦煌本 P2748、S6017、內野本或作冲冲，《玉篇》冫部「冲，俗沖字」，上圖本（影）或連筆作冲。「決」字內野本、足利本作決，上圖本（影）、上圖本（八）作決，與日文「澤」字作「沢」訛混，決沢偏旁「氵」字皆省混作「冫」。

又「冫」旁或多一畫混作「氵」，如「憑」字作「馮」觀智院本寫作馮。

（11）矛、予相混例

寫本「矛」、「予」二旁常相混作，「矛」少一畫混作「予」，如「務」字敦煌本 S799 作務，「䰅」字上圖本（影）作䰅，「矜」字敦煌本 P2748、P2630、上圖本（八）作矜矜2，「懋」字敦煌本 P2643、九條本或作「楙」寫作楙楙，上圖本（影）或作懋。

「予」旁或多一畫寫作「矛」，如〈秦誓〉「予誓告汝群言之首」敦煌本 P3871 作矛，而《古文四聲韻》「予」字錄《汗簡》作四1.23，《汗簡》無此形，《說文》「矛」古文作矛，四1.23 當是誤注「矛」作「予」。

（12）犬、犮、夭、友相混例

偏旁「犬」右下多一撇，與「犮」相混同，如「獻」字敦煌本 P2748 或作獻1獻2，如獻張公神碑獻李翊碑等形之偏旁「犬」變作「犮」、「友」，《隸辨》云：「諸碑從犬之字或變從友」。又如「臭」字岩崎本、上圖本（元）或作臭臭，「獸」字敦煌本 P3605.3615、S799 或作獸獸。「犬」也與「夭」字或作夭岩崎本夭P2516、「友」字敦煌本、日古寫本或作友相混近。

「夭」字敦煌本 P2643 作夭，右多一飾點；岩崎本或作夭，復右下多一撇，與漢碑作夭夏承碑夭石門頌相類；敦煌本 P2516 又變作夭，其右下多一撇後，其上又曲折而作「又」形；上圖本（元）或作友，與「友」字混同。

如「戾」字上圖本（影）或作戾2，偏旁「犬」點上移變作「夭」；P2748、S6017、島田本或作戾戾3，與「夭」作夭混同。「夭」「犮」「犬」「友」俗書不分，因均或有俗寫作「犮」，有時右上多一點，《隸釋》卷八〈淳于長夏承碑〉「中遭冤犮，不終其紀」，「犮」即爲「夭」字。

（13）易、昜相混例

「易」書寫時「日」之末筆拉長，與「昜」寫近，如敦煌本 P2516 作易，

「錫」字敦煌本 P5522、P2533、內野本、足利本、上圖本（八）或作錫錫錫；或再多一短橫混作「昜」，九條本、內野本、足利本、上圖本（影）、上圖本（八）或作昜昜，「錫」字內野本、足利本或作錫錫。

　　「易」書寫時「日」下一橫與日下形共筆作易，與「昜」書寫時「日」之末筆拉長作昜混同，而混作「易」，如「暘」字足利本作暘，「湯」字敦煌本 S799 作湯，上圖本（八）作湯，「揚」字作《說文》古文「敭」，敦煌本 P2516、P2643 或作敭敭，敦煌本 P4509 作敭，上圖本（八）或作敭，岩崎本、敦煌本 S6017、九條本或作或作敭敭敭，「腸」字上圖本（影）作腸，敦煌本 P2643 作腸，「昜」旁皆混作「易」。

　　（14）曷、昜、易相混例

　　如「曷」字九條本、內野本、上圖本（影）、上圖本（八）或作曷曷，上圖本（八）或再變作昜，與「昜」字形近。足利本、上圖本（影）、上圖本（八）或作曷曷曷，其偏旁「日」下橫筆拉長，或多一橫筆。上圖本（影）或作易，由曷曷曷形再變，與「易」混同。又「碣」字上圖本（八）或作碣、足利本或作碣，其偏旁「曷」之「日」形下橫筆拉長，亦與「昜」寫近。又如「蕩」字上圖本（影）或作蕩，所從「昜」與「曷」混近；足利本或作蕩，「昜」混作「易」；上圖本（影）或作蕩，「昜」旁與「曷」混同。其演變的過程是：曷←→昜←→易。

　　（15）日、目、耳、月、貝相混例

　　「日」、「目」書寫時右直畫拉長而末筆短橫向右上斜寫，易與「耳」混同，如「暘」字內野本、上圖本（影）、上圖本（八）作暘，偏旁「日」字形近「耳」。「明」字《尚書》敦煌諸寫本、岩崎本、九條本、內野本、觀智院本多作明，魏三體石經《尚書》隸體即均作明，所從「目」蓋隸變自象窗櫺之「囧」，俗書又「日」混作「目」。九條本、內野本、觀智院本或作「明」字寫成明，「目」寫近「耳」字形，敦煌本 P2643 作明。又「睦」字內野本、足利本、上圖本（影）等各本作睦睦睦，「瞑」字內野本、上圖本（八）作瞑瞑，偏旁「目」皆右直筆拉長與「耳」混同。

　　俗書「日」旁或多一畫而混作「目」，如「耆」字九條本、足利本、上圖本（影）或作耆，「昵」字上圖本（元）或作昵，上圖本（元）、上圖本（影）、

上圖本（八）「眤」字或作眤眠，上圖本（影）或作眤，混从「目」復其右直筆拉長，變似「耳」，內野本、上圖本（八）或作眤，上圖本（影）或作眤，偏旁「日」字混作「耳」。其演變過程是日→目→耳，或日→目→耳。

「日」旁書寫時或左右直筆拉長，混近「月」，如「昧」字神田本、九條本、古梓堂本作昧，由昧偏旁「日」字所變，其演變過程是日→目→月。

又「月」、「目」、「日」常混作，如「腎」字上圖本（影）作腎，「瘠」字敦煌本 P2643、上圖本（元）瘠瘠，偏旁「月」下多一畫混作「目」。

又「貝」旁俗寫筆畫變化而有形混似「耳」、「身」，如「賚」字九條本或作賚，偏旁「貝」字變似「耳」、「身」，「敗」字敦煌本 P2643 作敗，偏旁「貝」字寫與「身」相混。

部件「目」俗書常混作「貝」，如「濆」字足利本、上圖本（影）或作濆濆，「媚」字岩崎本作媚，「瞑」字岩崎本訛作瞑，偏旁「目」混作「貝」，「冥」訛作「負」（員）。

部件「月」混作「目」，「目」俗書又常混作「貝」，故又有「月」旁俗書混作「貝」者，如「脅」字敦煌本 P5557 作脅。「貽」字九條本〈五子之歌〉「貽厥子孫」作貽，「貝」混作「月」，俗訛與「胎」字同形。又「腎」字上圖本（八）作賢，俗訛混作「賢」。

（16）耳、身混作例

偏旁「耳」下書寫時右直筆上勾且多一撇而混似「身」，如「聽」字敦煌本 S801、P3670、P2748、S6017 或作聽聽，P2516 敦煌本作聽，蓋先省去「壬」作「耳」旁後，「耳」混作「身」，「職」字敦煌本 P2533 作職，P3752 作職，P3871、九條本、內野本、觀智院本、足利本、上圖本（影）、上圖本（八）或作職，《集韻》入聲 24 職韻「職」字「或從身」作「軄」，漢代俗書常見，漢碑「聽」字已見變耳從身作聽靈臺碑，又「職」字作職漢印徵，變作職衡方碑職曹全碑，「聰」字變作聰張遷碑。

（17）商、啇相混例

「啇」字書寫時其內捺寫作橫筆，就與「商」形似，《干祿字書》：「商商，上俗下正」，如敦煌本 S5626、P2630、內野本、上圖本（影）、上圖本（八）「商」字或作商商，「商」混作「啇」。

又「適」字敦煌本 P5557、岩崎本、上圖本（元）、上圖本（影）作遹，九條本作遹，分與漢代作遹武威簡.服傳 18遹楊叔恭殘碑遹居延簡甲 1210 同形，皆「適」字篆文隸變俗寫，可見漢代「啇」旁已俗寫作「商」。又如「敵」字敦煌本 P2643 作敵，敦煌本 S799、P2748、岩崎本、九條本、上圖本（元）或作敵敵，敦煌本 P2516 作献。

（18）竹、艹相混例

「竹」旁寫作「艹」隸書時就已開始，如漢石經〈洛誥〉「越御事篤前人成烈」「篤」字作篤，又見於漢印、漢碑作篤漢印徵篤孔宙碑等，敦煌本 P2748 作篤；《隸釋》錄漢石經尚書〈盤庚下〉「予其懋簡相爾」「簡」字從「艹」作簡，漢代作簡孫臏 161簡鄭固碑簡孔宙碑等形，簡孫臏 161 可見由「竹」變作「艹」之迹。內野本〈仲虺之誥〉「簡賢附勢」、敦煌本 P2748〈多士〉「夏迪簡在王庭」「簡」字亦作簡。又「苔」字足利本、上圖本（影）、上圖本（八）或作答，「答」為「苔」之俗字。

「弟」字九條本或作弟，與弟武威簡.服傳 2弟上林鼎類同，其上多一橫筆；岩崎本或作弟，變作从「艸」，與弟春秋事語弟孔龢碑同形。上圖本（八）「弟」字或作第，與第漢印徵同形，《集韻》去聲七 12 霽韻「弟」字「或从竹」作「第」，乃由「弟」變作弟武威簡.服傳 2弟九條本，變作从「艸」弟岩崎本，偏旁「艸」「竹」混用，而混作「第」字。

（19）艹（艸）換作「业」「亠」「丷」例

俗書「艹」常寫作「业」，如「草」字足利本、上圖本（影）、上圖本（八）或作草，形如漢代作草相馬經 1 下草武威簡.士相見 16草武威醫簡.88 乙。

俗書「艹」常省變作「亠」「丷」，如「觀」字九條本、天理本、足利本、上圖本（影）、上圖本（八）或作観，岩崎本、九條本或作観，「勸」字足利本、上圖本（影）或作勧，敦煌本 P3670、S2074、P2630 或作勧；「雚」旁部件「艹」省作「丷」又變作「亠」，楚簡已見「艹」省作「人」，如雚郭店緇衣 37雚雚郭店老乙 18 等。

（20）部件「廿」「卄」與「艹」（业.艸）相混例

「革」字敦煌本 P3469 作革，敦煌本 P5522、P2748、岩崎本、上圖本（元）、上圖本（影）或作草，與草魏三體同形，上圖本（影）、上圖本（八）或作草，

「滿」字九條本作蒲，與滿漢石經.春秋成王 18蒲居延簡甲 19滿鄭固碑類同，「廿」混作「艹」（圸.艸）。

「昔」字敦煌本 P2748、岩崎本、觀智院本、上圖本（影）或作昔昔，「錯」字岩崎本、九條本、觀智院本或作錯，偏旁「昔」字上形「廿」作圸與偏旁「艹」（艸）字混同。

（21）才、戈相混例

上圖本（影）以「才」為「哉」，「才」字直筆略右斜才、戋，漸變作戈形，再作戈形，混同「戈」，上圖本（八）亦有變作戈，再變作戈形如「戈」。

又「材」字上圖本（影）、上圖本（八）或作杖，「才」旁寫與「戈」混近。上圖本（影）、上圖本（八）「財」字或作賊，偏旁「才」字訛作「戈」，與用作「哉」字之「才」同形。

（22）弋、戈相混例

「弋」在書寫時，右上點或寫作撇，如「代」字上圖本（影）作伐其「弋」旁即因此形近「戈」，甚而右上加回一點即與「戈」同形，如上圖本（影）作戈。如「忒」字島田本作忒，「式」字岩崎本、上圖本（影）或作式，「代」字內野本、足利本〈伊訓〉「代虐以寬兆民允懷」多一畫各作伐代，敦煌本 S2074〈多方〉「簡代夏作民主」「代」字作代，「弋」旁皆作「戈」，而「代」字則混作「伐」。

「弋」混作「戈」於漢代已常見，如「試」字岩崎本、上圖本（影）、上圖本（八）或作試試，即與漢代作試老子甲後 409試孫子.169 等同形。

而「伐」字「伊尹相湯伐桀升自陑」上圖本（八）少一畫作代，俗書「弋」「戈」混作，此作「代」為「伐」之俗字。

（23）辶、夊相混例

偏旁「辶」俗寫常上少一點，又筆畫分開，而混作「夊」，如「迪」字九條本或作迪；「乃」字隸古定古本《尚書》多作「迺」，內野本、足利本、上圖本（影）、上圖本（八）多作迺。

「夊」旁俗寫常作「辶」，如「建」字敦煌本 P2643、P2516、P2748、岩崎本、觀智院本、上圖本（元）或作建建，漢魏碑作建白石神君碑建韓勅碑陰建曹全碑建史晨碑等，偏旁「夊」已混作「辶」，此二旁於漢代已常互作不別。又

如「庭」字內野本或作庭，敦煌本 P3670、P2643、P2748、P2630、S2074、觀智院本或作達庭，漢簡及漢碑作庭武威簡.泰射 39 庭西狹頌庭曹全碑等。

（24）匚匸、其部件「乚」混作「辶」「乀」例

「匚」旁書寫時常析離，上橫筆變作一短橫、一點，或變作「宀」，乚形則混作「辶」，「辶」又與「乀」相混。如上圖本（元）「匡」字作迚迚，「匪」字作遁遁，「匱」字島田本作𧆠。偏旁「匚」字之「乚」形訛混作「辶」。「匯」字敦煌本 P4033 作瀹，字形从辶从雍，偏旁「匚」字俗訛混作「宀」「辶」，「氵」訛作「夕」。又如「匹」字上圖本（元）或作近，古梓堂本或作辷，敦煌本 P2748 作𠀕，與漢簡或作疋流沙簡.屯戌 14.16 類同。

「辶」旁書寫時常省一點或與「乚」混近，如「起」字內野本、上圖本（影）或作起說文古文起作㞟㞟，內野本或作𢀇，「辶」省作乚。

「匚」旁書寫時省略上橫筆作乚，「乚」又混作「辶」，如敦煌本 S799、九條本「篚」字作進，匚省作乚。如「匯」字九條本或作進，寫作从辶从淮。「簀」字島田本作𧵎，字形與「遺」混同，內野本、足利本、上圖本（影）、上圖本（八）「簀」字作「匱」匱，𧵎島田本.簀當是「匱」字之俗訛，偏旁「匚」混作「辶」，該本「匱」字作𧆠，上橫筆未省略。「偃」字島田本作遏，亦為「匽」字之俗訛，「匚」旁省作乚而混作「辶」。其演變過程為：匚→乚→辶。

（25）十、忄相混例

寫本中偏旁「忄」兩點常混作一橫，與「十」不分，如「惟」字內野本寫作「𢡮」，「懌」字內野本或作擇懌，「惇」字內野本、足利本或作惇，「憸」字九條本或作憸，上圖本（影）或作憸，「恆」字九條本、內野本或作恆，「慆」字足利本、上圖本（影）、上圖本（八）作慆，內野本作慆，「悟」字內野本作悟。

又「十」旁書寫時或一橫變作兩點，如「協」字敦煌本 P2643 作協，俗書「十」、「忄」相混不分。

（26）「瓜」混作「爪」例

「瓜」旁俗書常省筆畫而與「爪」混同，如「孤」字敦煌本、日古寫本多作狐，上圖本（八）或作狐，「呱」字上圖本（影）或作呱，右从作「孤」「狐」字作狐 P3169 狐內野本狐上圖本（影）；漢魏碑「瓜」旁已多混作「爪」：

吅呱.李翊夫人碑矛爪孤.校官碑。

（27）「爿」混作「牛」例

「爿」旁俗書左下省變作一畫而混似「牛」，「戕」字如敦煌本 P2643、岩崎本、九條本、上圖本（元）或作戕戕，「臧」字敦煌本 P2643 作臧，「牀」字敦煌本《經典釋文・舜典》P3315 作牀，漢碑偏旁「爿」已見此形，如臧白石神君碑.臧，又漢〈李翊碑〉「牂柯太守」《隸釋》謂以「牂」爲「牂」，「爿」是「爿」隸變俗寫。

（28）歹、子相混例

偏旁「子」書寫時一橫筆寫作「點」，而變似「歹」，如「孫」字上圖本（八）或作孫，島田本、古梓堂本、上圖本（影）、上圖本（八）或作孫孫，「孺」字足利本、上圖本（影）、上圖本（八）或作孺，「孤」字上圖本（八）或作孤，「遜」字上圖本（元）、上圖本（八）或作遜遜等。

岩崎本「殄」字或作孫，偏旁「歹」訛作「子」。

（29）今、令相混例

偏旁「今」「令」俗書常混作不分，如「含」字內野本、足利本、上圖本（影）、上圖本（八）或作含。「旌」字俗書作「旂」爲聲符更替，當爲从「今」，上圖本（八）作旂，右下寫作「令」。

又「琳」字敦煌本 P3169 作「玲」爲玲，與鄭本同，九條本作「玲」玲，爲「玲」字之俗訛，偏旁「今」「令」俗書混作，今本作「琳」爲「玲」之假借。

又「矜」字敦煌本 P2516、S2074、岩崎本、島田本、九條本、內野本、足利本、上圖本（影）、上圖本（八）作矜矜，偏旁「今」字變作「令」。其實「矜」字古本作「矜」，从矛令聲，《隸變》卷二云：「諸碑矜皆從令」，唐慧苑《華嚴經音義》卷二：「《說文》、《字統》：『矜，憐也』皆從矛、令」，《說文》段注已詳說「矜」後世音訛而改字作从「今」，「矜」成爲正字，「矜」便爲俗字。〔註35〕

（30）「專」混作專、專、專

「專」俗書部件「甫」直筆縮短下形變作「田」或右上少一點，作「專」，

〔註35〕參見：張涌泉，《敦煌俗字研究導論》，新文豐出版公司，頁203。

如「敷」字敦煌本 P2643、觀智院本作「専」或寫作 ![字] 専，「傅」字敦煌本 P2643、
P2516、上圖本（元）、上圖本（八）或作 ![字]。

如「薄」字九條本、內野本、足利本、上圖本（八）或作 ![字]，漢帛書、漢
簡已俗作 ![字] 漢帛書老子乙前 **161** 上 ![字] 孫臏 **167** ![字] 西陲簡 **57.14** 形，上圖本（影）或作 ![字]，
又「搏」字上圖本（影）或作 ![字]，「傅」字上圖本（影）、上圖本（八）或作 ![字]，
「専」旁則混作「專」。

（31）部件「兂」混作先、无、天、元；「无」、「兂」相混

部件「兂」書寫時第二筆或直畫改作左上一撇，而混作「先」，或第二筆直
畫常省略只作橫畫，而混作「无」、「天」，或撇筆中間未上貫而混作「元」，如
「既」字敦煌本 P2748、九條本、上圖本（八）或作 ![字] 既，上圖本（影）
或作 ![字]，右旁「兂」混作「无」「元」；上圖本（影）「既」字多作「兂」，或混
作「无」![字]、「先」![字] 等形。

如「暨」字敦煌本 P2748、足利本、上圖本（八）或作 ![字] 暨，上圖本（八）
或作 ![字]，右上「兂」混作「无」，觀智院本或作 ![字]₃，「兂」混作「元」。

如「蠶」字敦煌本 P3615、岩崎本、上圖本（八）作 ![字]、內野本作 ![字]、足
利本、上圖本（影）「蠶」字作 ![字]，其上兓變作兲，部件「兂」混作「天」。

足利本〈多士〉「惟爾洪無度我不爾動」、〈無逸〉「殺無辜」「無」字作「兂」
![字]，爲奇字無作「无」之俗訛，同句上圖本（影）皆作「无」字。

（32）「朁」混作「替」；「贊」混作「賛」、「![字]」、「替」

俗書部件「兂」混作先、无、天，亦混作「夫」，故俗書偏旁「朁」混作「替」、
「贊」混作「賛」，又訛混作「替」。如「潛」之俗字作「潜」，慧琳《一切經音
義》卷六「潛伏」條：「《說文》：『涉水也，從水，朁（七敢反）聲也』經從二
天作 ![字]，非也」（頁 248）「![字]」字右旁也受常用字「替」的影響而類化，李文
仲《字鑑》上聲四十八感：「朁，七感切。……凡簪蠶潛僭之類，從『朁』偏旁，
俗混作『替』，誤」，「潛」字漢代已見，《隸釋》卷三〈老子銘〉「是以潛心黃軒」
「潛」字俗寫作「潜」（頁 36）。

隸古定古本尚書寫本中，「潛」字岩崎本、九條本或作 ![字]，與 ![字] 夏承碑同
形，「兓」下多一橫；敦煌本 P5522、P3169、上圖本（影）、上圖本（八）或作
![字]，足利本或作 ![字]，內野本、足利本或作 ![字]；「僭」字足利本、上圖本（影）

或作[字]，內野本、上圖本（元）、足利本、上圖本（影）、上圖本（八）或作[字]；[字][字]皆「㚈」混作「夫」，而「朁」旁混作「替」。其演變的過程是：㚈／朁→夶／朁→夫／替。

「贊」寫作「賛」、「[字]」亦相類此，如「贊」字內野本、足利本、上圖本（影）或作[字]，爲《說文》篆文[字]之隸變俗寫，如漢代作[字]縱橫家書 208[字]孫臏 26[字]贊鼎[字]漢印徵[字]張壽殘碑等形，《五經文字》云：「『賛』，經典相承隸省」。天理本、上圖本（影）、上圖本（八）或作[字]，其上變作从二「天」。「瓚」字內野本、上圖本（八）作[字]，偏旁「贊」作與漢碑[字]張壽殘碑同，觀智院本、足利本作[字]，右上變作从二「天」。「纘」字九條本、內野本、足利本、上圖本（八）或作[字]，與漢代作[字]漢印徵[字]張遷碑同形；足利本、上圖本（影）或作[字]。「贊」字足利本、上圖本（影）、上圖本（八）或作[字]，乃俗書作「賛」形而偏旁「貝」字俗訛作「日」，與「替」字作[字]楊震碑相混同。其演變的過程是：贊→賛→替。

（33）乂、又、叉、五相混例

隸古定古本尚書寫本「有」字多作「又」，與甲金文借「又」爲「有」同，寫作「ナ」形，爲《說文》「又」字篆文隸變，如敦煌本《經典釋文・堯典》P3315 作[字]，尚書敦煌本、和闐本、日古寫本多作ナ形，而與「乂」字形近相混，如敦煌本 S2074〈多方〉「非天庸釋有殷乃惟爾辟」「有」字作[字]；或其中加一點而與「又」相混，如九條本〈立政〉「惟有司之牧夫」「有」字作[字]。

「乂」字書寫與「又」寫作ナ[字]形近，如敦煌本 P2516、上圖本（八）或作[字][字]，內野本、上圖本（八）或作[字]，當是爲與「又」作[字]區別，乃於「乂」上加一點而與右筆合書，形似今之「又」字，上圖本（八）或作[字]可見由[字]而[字][字]之跡。神田本、岩崎本、島田本、九條本、觀智院本、上圖本（八）或作[字][字][字]，乃「乂」上加一點訛似「又」字，故復加一點以區別，而與「叉」字形混。天理本、上圖本（八）或作[字][字]，訛變似「刃」。演變過程爲：乂→[字]→[字]→[字]→叉→刃。

「乂」字書寫爲與「又」區別而加一點，在下加一點者作[字][字]形，如內野本、上圖本（影）。而「五」字篆文作[字]，隸古定古本尚書寫本多寫作[字]形，如九條本、內野本、足利本、上圖本（影）、上圖本（八）或，[字]與上橫筆合書

與「又」形混，敦煌本《經典釋文・舜典》P3315、S5745、S799、P3767、P2748、S2074、岩崎本、島田本、九條本、內野本、觀智院本、上圖本（元）、足利本多作，上與「又」形混，下橫筆變作一點，與「乂」字作形相混。

「五」字《說文》古文作，敦煌本 P2533 或作，與之同形，敦煌本《經典釋文・舜典》P3315 作，敦煌本 P2533 又作，形與「又」字相混。

（34）雨、兩相混例

「雨」「兩」書寫時其內「ㄟ」、「入」常方向改變而相混作，如「雨」字岩崎本、島田本作，又「滿」字敦煌本 S801 作、上圖本（八）或作，足利本、上圖本（影）、上圖本（八）或作，與居延簡甲 19鄭固碑相類，右下所从之「兩」寫混作「雨」形。

（35）「畀」混作「卑」例

「畀」字書寫時左下「丿」筆上移而寫混作「卑」，如敦煌本 P2748、S2074、九條本「畀」字或作，上圖本（元）作，「畀」「卑」隸變之形相近，且又雙聲，二字相混用。上圖本（八）「畀」字或作，與《書古文訓》「俾」字或作「卑」、足利本或作所从「卑」類同。

（36）罘、睘相混例

「罘」旁書寫時「小」形筆畫變化成「衣」而漸混作「睘」，如《古文四聲韻》「鰥」錄四 1.39 古孝經形，即《汗簡》錄石經「鰥」字汗 5.63 形，「鰥」、「鰥」爲一字。「鰥」字敦煌本 P2748 作，即「鰥」演變爲「鰥」之初，其「罘」形之訛變類同「臮」、「泉」（暨）字之作P2643P3315上圖本（八）等形，上圖本（影）、上圖本（八）或作，「小」形變化成「衣」，內野本、岩崎本或作，內野本、足利本或作，「罘」混作「睘」。又如「瘰」字足利本、上圖本（影）作，岩崎本、內野本、上圖本（八）作。「鰥」字敦煌本 P3767 作，上圖本（八）或作，右下則訛似「衣」，即曹全碑「鰥」字作，右旁「罘」混作「睘」，左所从「角」應由「魚」字古作伯魚父壺伯魚父壺、篆文作隸變作「灸」形訛變而來，如：縱橫家書 19漢印徵。

（37）「母」混作「毋」例

「母」字俗寫時中間兩點連貫，與「毋」混同如，敦煌本 S799、內野本、

足利本、上圖本（影）、上圖本（八）或作 。

（38）𠧪、面混作例

「𠧪」旁書寫時筆畫爲求便捷，其內「口」二直筆皆拉長，如岩崎本、「亶」字九條本或作 ，進而混作「面」，如敦煌本 P2748、上圖本（元）、上圖本（八）或作 ，敦煌本 P3670、神田本或作 。又「壇」字足利本、上圖本（影）、上圖本（八）或作 。

「面」字內野本、上圖本（八）或作 ，與 朱爵玄武鏡同形，由隸書作 東海廟碑 曹全碑等形而省作，「湎」字九條本、內野本、足利本、上圖本（八）或作 。

（39）旦、且、亙混作例

「旦」書寫時「日」左右側直筆與其下橫筆相接，而與「且」相混，敦煌本 P2630、足利本、上圖本（影）、上圖本（八）作 ，內野本或作 ，「旦」字寫似「且」，其下又加一短橫。如「亶」字敦煌本 P2748、上圖本（元）、上圖本（八）或作 ，「壇」字足利本、上圖本（影）、上圖本（八）或作 ，所從「旦」變似「且」。「暨」字敦煌本 P2748、足利本、上圖本（八）或作 ，上圖本（八）或訛作 ，足利本、上圖本（影）、上圖本（八）或作 ，其下「旦」混作「且」。

又「且」俗書與「旦」相混，而作 形，如「祖」字岩崎本、上圖本（元）或作 ，岩崎本又或多一畫作 。

隸古定古本尚書寫本「義」字作「誼」足利本、上圖本（八）或作 ，所從「宜」字之下「且」形訛作「旦」；九條本、觀智院本、上圖本（八）或作 ，右下「且」混作「旦」；岩崎本或多一畫作 。

「宜」字上圖本（八）或作 ，宀下多一短橫，「且」混作「亙」。「宜」字上圖本（影）、上圖本（八）或作 ，其日形直筆拉長與其下橫筆結合，寫混作「且」，與「旦」或寫作 相類。上圖本（影）或作 ，偏旁「亙」作「且」，與「宜」字混同。「恆」字隸古定古本尚書寫本或作「恒」，足利本、上圖本（影）或寫作 ，部件「且」與下橫筆合書，混作「且」。

（40）幸、㚔、辛混作例

偏旁「㚔」俗書常少一橫而混作「幸」，「達」字如敦煌本 P3871、岩崎本、

九條本、內野本、足利本、上圖本（影）、上圖本（八）作達達1，與漢代作達漢石經.詩.子矜達華山廟碑同形。「撻」字上圖本（影）、上圖本（八）或作撻。

　　「罪」字隸古定古本尚書寫本多作「辠」，敦煌本《經典釋文·舜典》P3315作辠，敦煌本 S5745、S801、岩崎本、內野本、足利本、上圖本（影）或作辠形，其下「辛」寫作「幸」；P3670、P2643、P2516、S799、P2748、S2074、岩崎本、九條本、上圖本（元）或作辠辠，又「宰」字敦煌本 P2748、S5626、九條本、上圖本（元）或作宰宰宰，「辛」寫作「幸」。

　　（41）自混作「白」、「血」例

　　「自」俗書常少一短橫作「白」，或其下短橫變作直筆，而字形橫寫作「血」，如「辠」上圖本（八）或作辠，上圖本（影）或作辠，「自」混作「白」。足利本、上圖本（影）或作辠，其上「自」橫作「血」。

　　（42）阝、卩相混例

　　「阝」「卩」俗書常相混作，如「邦」字上圖本（八）或作邦，「都」字上圖本（八）作都，偏旁「阝」混作「卩」。「卿」字敦煌本 P5543 作卿，「仰」字敦煌本 P2643 作仰，「即」字足利本或作即，偏旁「卩」作「阝」。「恤」字隸古定古本尚書寫本多作「卹」，敦煌本 P2643、內野本、足利本、上圖本（影）、上圖本（八）、或寫作卹，敦煌本《經典釋文·舜典》P3315 作卹，敦煌本 P2516、S2074 岩崎本、九條本、觀智院本、上圖本（八）亦或作卹形，與秦簡作卹睡虎地 53.26、漢碑作卹耿勳碑同形，亦皆「卩」寫作「阝」

　　（43）阝、氵相混例

　　「阝」、「氵」旁書寫時常筆畫相連而形近相混，如「陲」字上圖本（影）作陲，其左「阝」旁混作「氵」，「陽」字岩崎本、足利本或作陽，「陵」字岩崎本、內野本作淩淩，「隋」字〈微子〉「我乃顚隮」敦煌本 P2516 作隮，皆「阝」旁寫作「氵」；「湯」字上圖本（影）〈立政〉「亦越成湯陟丕釐上帝之耿命」作陽，左「氵」旁寫作「阝」「滔」字上圖本（八）或作陷，由滔形寫訛，「漳」字上圖本（八）作障。

　　（44）宀、冖、穴、虍、雨相混例

　　「虍」旁毛筆書寫時其中「七」或作「士」，其上「卜」或作「丁」，而「雨」旁中的四點也會寫作兩橫，如漢碑歗仲秋下旬碑「歗△」雺樊敏碑「歗夜△且」等

偏旁「虖」字，所从「虍」。「虐」字漢碑即有作石門頌，敦煌本 P3670、P2643、P2516、日寫本神田本、岩崎本、九條本、內野本、足利本、上圖本（影）、上圖本（八）則「虍」變與「雨」作「」（）相近。敦煌本 S799〈武成〉「暴殄天物害虐烝民」「虐」字作，其偏旁「虍」字混作「穴」。如「盧」字敦煌本 S799、S2074、P2630、岩崎本、內野本、足利本、上圖本（八）或作，九條本或作；又如「虎」字篆隸體分別作，其下皆从「巾」形，敦煌本 S2074、岩崎本、觀智院本或作此形之隸定寫作，九條本則變作；內野本、足利本、上圖本（影）、上圖本（八）或隸變作，上圖本（八）又隸變作；尚書敦煌寫本、日諸古寫本「呼」字多作「虖」，敦煌本 S2074、岩崎本、九條本或寫作6，P3767、S2074、神田本、岩崎本、島田本、九條本、觀智院本或作等等，「虍」皆與「雨」混近。

偏旁「穴」混作「雨」，如「窮」字上圖本（影）或作。

俗書偏旁「宀」「穴」不分，如「宄」字敦煌本 P2643〈盤庚中〉「顛越不恭暫遇姦宄」作，岩崎本〈呂刑〉「姦宄奪攘矯虔」「宄」字作，與傳抄著錄《尚書》古文「宄」字或注作「究」（究.四 4.37究.四 4.37究.汗 4.59）情形類同，「宄」字或作「究」乃因書寫時「宀」「穴」不分，「究」爲「宄」字俗書。又「寔」字九條本作，與樊敏碑作樊敏碑同形，可見漢代已是「宀」「穴」不分。又如「家」字上圖本（八）或作；「寵」字敦煌本 P2643、岩崎本、上圖本（元）或作，與西晉左傳注同形；敦煌本 P3462「竄」字作。又「寅」字敦煌本 P2748、觀智院本或作形，「宀」下短橫變作兩點，混作「穴」。

偏旁「宀」字俗書或少一點作「冖」，如「寵」字內野本或作，「寇」字內野本、足利本、上圖本（影）、上圖本（八）或作，足利本、上圖本（八）或作；隸古定古本尚書寫本「義」字作「誼」，敦煌本尚書諸本、和闐本寫作，島田本、內野本、上圖本（元）、足利本、上圖本（影）、上圖本（八）或作。

「冖」「宀」相混作，「宀」與「穴」又相混，故俗書中又有「冖」作「穴」，如「瞑」字敦煌本 P2516 作2，右上「冖」混作「穴」。

又偏旁「襾」字與「雨」字書寫形混，如「覆」字敦煌本 P5557、岩崎本、

九條本、上圖本（元）或作 覆 。

（45）「丑」旁混似「刃」（刄）例

隸古定古本尚書寫本「丑」旁常其下少一畫寫作 刄 ，字形混似「刃」，如「好」字《汗簡》、《古文四聲韻》錄古尚書作： 𡚾𡚾 汗 6.81 𡚾 四 3.20 ，从丑从子，內野本、觀智院本、足利本、上圖本（影）、上圖本（八）或作 𡚾𡚾 。「羞」字敦煌本 P2630、觀智院本、上圖本（影）、上圖本（八）或作 羞羞羞 。「姓」字內野本皆作「𤯍」，足利本、上圖本（影）、上圖本（八）亦多作此形，《書古文訓》「好」字皆作 𡚾 ，隸古定古本尚書寫本多作 𡚾 ，所从 刄 即「丑」旁特殊寫法，依此「姓」字作「𤯍」可隸定爲「𤯍」字。

（46）己、已、巳相混例

「已」字九條本、內野本、足利本、上圖本（影）、上圖本（八）多作 巳 形，與「巳」混同。「异」字內野本、足利本作 异 ，「异」字从 㠯 （已）聲，其上應作「已」；「忌」字九條本、內野本、足利本、上圖本（影）、上圖本（八）作 忌 ；又「圯」字內野本、足利本、上圖本（影）或作 圯 形，「己」旁「巳」混同，而混作「圯」。「己」字敦煌本 P3871、內野本、足利本、上圖本（影）或作 巳 ，其「已」字亦作此形，俗寫「己」、「已」、「巳」常寫混不分。

（47）系、糸、幺相混例

俗書「系」「糸」常相混作，或省略其下點畫混作「幺」，「幺」俗書則其下常多加點畫，與「糸」相混。如「繇」字上圖本（八）作 繇 ，偏旁「系」字上少一畫混作「糸」，如「孫」字島田本、古梓堂本、上圖本（影）、上圖本（八）或作 孫孫 。「絲」字上圖本（八）作 絲絲 ，偏旁「糸」字下形筆畫省簡，岩崎本則下形省作一畫作 絲 。足利本、上圖本（影）「絲」字 絲 ，其右「糸」上多一畫混作「系」，敦煌本 P3615 作 絲 ，「糸」混皆作「系」。

「彝」字尚書敦煌寫本多作 彝 形，敦煌本 P2748 或作 彝 ，所从「糸」形省變作「幺」。「幻」字敦煌本 P2748 作 幻 ，左形混作「糸」；敦煌本 P3767 作 幻 ，「幺」作「糸」下點畫省作一筆「幺」。

（48）攵、殳相混，混作「欠」例

俗書偏旁「攵」「殳」常相混作，其義類可通，又「攵」俗寫時上橫往往折內而訛混作「欠」，如「敵」字敦煌本 S799、P2748、岩崎本、九條本、上圖本

（元）或作 ，漢石經亦變爲「殳」作 漢石經.公羊.文 17。如敦煌本 P2516 作 ，內野本、足利本、上圖本（八）或作 。如「斁」字島田本或作 。又「斂」字敦煌本 P2516、岩崎本、上圖本（元），偏旁「攴」字變作「殳」；足利本、上圖本（影）或作 ，偏旁「攴」訛混作「欠」。「寇」字漢石經尚書殘碑〈康誥〉作 ，九條本「寇」字或作 「攴」作「殳」，如漢代作： 春秋事語 12 祀三公山碑。「懌」字九條本或作 ，爲「斁」字之俗訛，偏旁「攴」字訛混作「欠」。

如「發」字敦煌本 P2516 作 ，岩崎本或作 ，上圖本（元）或作 ，所从「殳」寫作「攴」。

（49）攴、又相通例

偏旁「攴」「又」字形相近，義類亦通，俗書二旁常相通用，如「敘」字敦煌本尚書、日古寫本多作 。又「叔」字島田本作 、九條本作 ，則「又」作「攴」。

（50）支、攴（攵）、文、夊、友相混例

「支」俗寫時上橫筆未由左貫穿而混作「支」，如內野本、上圖本（影）、上圖本（八）作 ，「岐」字內野本、足利本、上圖本（影）、上圖本（八）或作 。「技」字內野本、足利本、上圖本（影）、上圖本（八）或作「伎」，作 。

偏旁「攴」「攵」俗寫時或上多一橫而混作「友」，如《隸釋》錄漢石經〈多方〉「我則致天之罰」「致」字作 ，敦煌本 P2748、九條本、上圖本（元）、上圖本（八）「致」字或作 ，由漢簡作 流沙簡.屯戍 8.4 而變，與漢碑作 孔宙碑 北海相景君碑類同。敦煌本 P2748、九條本、上圖本（元）、上圖本（八）「致」字或作 ，偏旁「攵」字混作「支」，與漢碑作 尹宙碑同形；敦煌本 P3670、P2643、P2748、S5626、P2630、S2074、岩崎本、島田本、九條本多作 ，復「支」形右上多一點；上圖本（八）「致」字或作 ，「攵」又變作「支」。其演變過程是：攵→→友→支→支→支。「敟」字九條本作 ，偏旁「攵」訛似「友」。

「修」字敦煌本 P2533 作 ，右上「攵」隸定作「支」；內野本「修」字或作 ，「攵」寫作「文」；天理本、觀智院本、足利本、上圖本（影）作 ，高昌本、敦煌本 S801 作 ，敦煌本《經典釋文・舜典》P3315、P3752、S799、

P2748、岩崎本、九條本「修」字作 、，「攵」混作「夂」；敦煌本 P3615 作 ，「攵」混作「支」。「寇」字敦煌本《經典釋文・舜典》P3315 作 ，內野本或作 ，「攴」混作「文」。

（51）「㪅」混作「敞」例

俗書「㪅」左下內部筆畫省寫作二畫或變作口，而與「敞」，相混，如「蔽」字上圖本（影）、上圖本（八），偏旁「㪅」俗寫混作「敞」，當由「蔽」隸變如 漢石經論語殘碑形而左下筆畫俗寫作口，岩崎本「蔽」或作「弊」寫作 ，乃假「弊」爲「㪅」字，亦從「㪅」之俗字作「敞」。又「鱉」字足利本、上圖本（影）作 ，上圖本（八）或作 ，「幣」字觀智院本、足利本、上圖本（影）、上圖本（八）作 ，由漢碑變作 孫叔敖碑而俗寫。

（52）「韱」旁混作「䩉」例

俗書「韱」旁多作「䩉」，所從「㸚」多省作「戈」，復「韭」少一畫作「非」作 ，如「纖」字內野本、足利本、上圖本（影）、上圖本（八）作 ，敦煌本 P3169、P3469 作 ；「纖」字或作「韱」，如岩崎本、九條本作 ，「殲」字敦煌本 P2533、《書古文訓》或作 ，上圖本（八）或省作 ，敦煌本 P5557、S799、岩崎本、九條本作 。「韱」旁與漢碑作 議郎元賓碑 4.17.3 夏承碑同形。

（53）九、几、儿相混例

俗書「九」、「几」、「儿」常相混作，「九」書寫時，「丿」不出於「乙」之上，寫作「几」而相混。如「宄」字《說文》「，從宀九聲」，敦煌本《經典釋文・舜典》P3315 作 ，敦煌本 S799、觀智院本、上圖本（元）、上圖本（八）亦或作此形。又「宄」字上圖本（元）或作 ，爲「宄」俗字 所混作「几」形再混作「儿」。「允」字敦煌本上圖本（影）、上圖本（八）或作 ，則「儿」混作「几」

（54）「九」混作「丸」例

俗寫字形常多一點相混不分，「九」常混作「丸」，如「宄」字岩崎本或作 ，其下多一點，「仇」字神田本、九條本或作 ，偏旁「九」字多一點作「丸」。

（55）「一」混作「灬」、「丶、丶、丶」、「〜」例

俗書常將一橫「一」或改寫作四點「灬」，或作波折狀「〜」當爲「灬」之

連筆，如隸古定古本尚書寫本中「與」字或作「与」上圖本（元）寫作[与]，「一」作波折狀爲「灬」之連筆，上圖本（八）寫作[与]，「一」變作「灬」。隸古定古本尚書寫本疆字作「畺」，上圖本（八）或寫作[畺]，兩「田」之間及下部的「一」均變作「灬」。如「底」字或作「底」，敦煌本 P2533 作[底]，「殛」字足利本、上圖本（八）或作[殛殛]。「丞」字隸古定古本尚書寫本或作「丞」字，敦煌本 S799 寫作[丞]、天理本作[丞]，其下「一」作波折狀，上圖本（影）、上圖本（八）或「一」寫作「灬」[丞丞]；如「丕」字九條本、上圖本（元）、上圖本（八）作[丕丕丕]。「繼」字敦煌 P3767 作[繼]，右下橫筆「一」變作「灬」。「殺」字或作「煞」岩崎本、九條本或作[煞煞]，所從「灬」寫作一畫。

「或」字上圖本（元）或作[或]₁，「口」下橫筆變作三點「、、、」；敦煌本 P2643 或作[或]，所從「口」寫作「厶」形，其下橫筆作波折狀；觀智院本或作[或]。

（56）「灬」「从」「一」相混例

「灬」書寫時筆畫變化、第三筆方向改變而混作「从」，如「庶」字《隸釋》存漢經尚書殘碑作[庶]，敦煌本 S799、P3767、S2074、岩崎本、九條本、足利本、上圖本（影）、上圖本（八）亦多作[庶庶]形，上圖本（影）或訛作[庶]。

「从」書寫時筆畫變化寫作四點，而混作「灬」，如「憸」敦煌本 P2630 字作[憸]。又「灬」常寫作四點筆畫相連，或作「一」，如「斂」字敦煌本 P2643 作[斂]。其演變過程是：从→灬→一。

（57）火、大相混例

俗書偏旁「火」「大」點畫、橫筆相混，筆畫改變，「火」之點畫連筆書寫而混作橫筆，「大」則橫筆改作點，「火」「大」相混。如「災」字敦煌本 P3670、P2643、岩崎本、上圖本（元）、足利本、上圖本（影）、上圖本（八）或作[災災]，足利本、上圖本（影）或作[災]；「靈」字俗字作「灵」上圖本（八）或作[灵]，足利本、上圖本（影）或作[灵]，「火」混作「大」。「耿」字足利本、上圖本（影）、上圖本（八）或作[耿]。「熙」字敦煌本 S2074、上圖本（影）、上圖本（八）或作[熙]，敦煌本 P3605.3615 作[熙]，[熙熙]可見由「火」混作「大」之跡。

「美」字岩崎本、內野本、足利本、上圖本（影）、上圖本（八）作[美美]，其下「大」混作「火」。

（58）止、山相混例

俗書「止」「山」常筆畫改變，短橫畫、直筆相寫混，「止」訛混作「山」，「山」亦有混作「止」。如「岐」字敦煌本 P3615、P3169 作 岐；「涉」字敦煌本 P3670、內野本或作 涉涉，敦煌本 P2516、岩崎本、上圖本（元）或作 涉涉涉，敦煌本 S799 作 涉，又「陟」字敦煌本《經典釋文・舜典》P3315「陟」字作 陟，敦煌本 S801、P2748、S2074、P2630、九條本、觀智院本或作 陟陟，其右皆為「步」之俗訛，「止」訛作「山」。

又「陶」字日古寫本多作 陶陶；「岡」字九條本作 罡，與 罡 華芳墓誌側同形，為俗寫訛變，此即「罡」字，《隸辨》引《六書正訛》云：「『岡』別為『罡』」。上圖本（影）、上圖本（八）作 岡岡。又「綱」字岩崎本、上圖本（八）作 經，九條本、上圖本（元）或作 綱，「山」皆訛作「止」。

（59）止、心相混作 心

「心」「止」毛筆書寫形近常相混，如「止」字敦煌本 S799、岩崎本或作 心 正，與 止 居延簡.甲 11 止 武威醫簡 70 止 魯峻碑等形類同，而與「心」字的隸書或作 心 形相混。

（60）形構下方「木」、「水」相混例

形構下方「木」旁俗書因形近或混作「水」，如「梅」字上圖本（元）、上圖本（八）作 𣗳𣗳，乃移木於下之 𣗳 形之訛，「木」混作「水」，而與「海」字或作 𣱶 混同。

亦有「水」旁混作「木」者，如「榮」字內野本、上圖本（影）作 榮榮，居延簡作 榮 居延簡乙 131.18，皆「水」旁混作「木」而混作「榮」。

（61）广、厂、疒相混例

如「廢」字敦煌本 P2748、S6017 或作 廢、P3752、P2516 或作 廢、九條本、上圖本（元）、上圖本（影）或各作 廢廢廢、上圖本（八）或作 廢廢，「广」混作「疒」，《說文》「癈，固病也」，此為假「癈疾」字為「興廢」字。此當為「廢」之俗字，而《說文》「癈，固病也」，以此「癈疾」字假借為「興廢」字，亦可。「廖」字內野本、上圖本（八）或作 廖廖，「广」旁混作「广」，而作「廖」。

偏旁「厂」「广」隸變或有混作，二旁古或通用，如「底」字《漢書・地理

志》引〈禹貢〉「厎可績」「厎績」「厎平」「厎慎」皆作「底」，內野本、足利本、上圖本（影）、上圖本（八）「底」字或从「广」作底，敦煌本 P2533 亦作「底」字底。敦煌本 P3615、P3169、S799、P2643、P2516、神田本、岩崎本、島田本、九條本或作厎厎厎厎，敦煌本 P5522、P4033 或作底，偏旁「氐」隸變俗作似「互」、「玄」形，岩崎本、內野本、天理本或作厎厎，皆「厂」混作「广」，爲「底」之俗字「底」字形。

（62）弓、方相混例

「弓」旁俗書長改方折曲筆爲點橫而混作「方」，如「引」字上圖本（影）作方，「弘」字觀智院本作弘，又「彊」字島田本、上圖本（八）作彊，「張」字觀智院本作張，「矧」字上圖本（八）作矧，部件「弓」混作「方」。

「方」旁也有混作「弓」者，如「旅」字上圖本（八）或作旅。

（63）力、刀相混例

「力」「刀」二旁形近常混作不分，如「脅」字岩崎本、九條本、上圖本（八）作脅，「協」字敦煌本、日古寫本或作協協，「功」字或作功，敦煌本 P5557、P2748、岩崎本或作功，「幼」字敦煌本 P2643、內野本、上圖本（元）、足利本、上圖本（影）、上圖本（八）多作幼幼，所从「力」皆作「刀」。

「勦」字敦煌本 P2533 作勦，其右从「刀」，是爲「剿」字。「勦」字《釋文》云：「子六反，《玉篇》子小反。馬本作『巢』，《說文》刀部「剿」字「絕也」，下引「周書曰『天用剿絕其命』」，段注謂天寶以前本如是，謂衛包改《釋文》「剿」爲「勦」，「剿」爲「巢」，《說文》刀部無「剿」字，然水部「灑」字云：「讀若夏書『天用剿絕』」，《墨子·明鬼下》所引亦作「剿」，又《玉篇》卷 17 刀部「剿」下「勦」字云「同上」，《說文》力部「勦」字訓「勞也」，是今本作「勦」乃「剿」之誤。

「刀」旁書寫時或左撇筆出頭而混作「力」，如「罰」字敦煌本 P2533、P2643、《書古文訓》或作罰罰，敦煌本 P3670、P2748、P3767、S2074、神田本、岩崎本、島田本、九條本、上圖本（元）或作罰罰。

（64）刂（刀）混作寸

刂（刀）旁書寫時或因形近而多一畫混作「寸」，如「罰」字敦煌本 P5557、P2516、S2074、S799、P2748、日諸古寫本或作罰罰，由罰孫子 **82** 變作罰江陵

10 號漢墓木牘 2 再演變成此形从寸，漢魏碑已見从「寸」作 武梁祠 唐扶頌
張壽碑。

（65）「方」混作「扌」例

「方」旁書寫得形如「扌」旁，改方折爲直筆，如「於」字敦煌本 S5745、
觀智院本、足利本、上圖本（影）、上圖（元）作 ，「遊」字敦煌本 P2748、
九條本、上圖本（影）、上圖本（八）或作 ，上圖本（影）或簡作 ，
左旁「方」皆混作「扌」形。

（66）「羊」旁混作「業」、「菐」例

俗書「羊」旁中常多一縱筆寫與「業」旁及其俗書「菐」相混，「業」內
野本、上圖本（元）、足利本、上圖本（影）、上圖本（八）作 ，與 張
納功德敘碑類同。「濮」字神田本、上圖本（八）作 ；「僕」字上圖本（元）
作 ，敦煌本 P2630、岩崎本或作 ，敦煌本 S2074 作 ；「撲」字敦煌本
P3670「撲」字作 ，上圖本（影）、上圖本（八）作 ，岩崎本作 ，上圖
本（元）「撲」字作 ，偏旁「扌」字變作「木」；「樸」字岩崎本作 ，偏旁
「木」字變作「扌」，其「羊」旁皆與混作「業」「菐」，與「僕」作 建武泉
范類同。

（67）「业」與「屮」「艹」相混例

如上例「羊」旁混作「業」、「菐」，「羊」旁上「业」變作从「艹」，如「濮」
字內野本、足利本、上圖本（影）作 ，「僕」字岩崎本、內野本、足利本、
上圖本（影）、上圖本（八）或作 ，上圖本（元）作 ，足利本「撲」字作
，上圖本（影）、上圖本（八）作 ，「撲」字敦煌本 P3670 作 ，「樸」
字內野本作 ，足利本作 。「業」字內野本、上圖本（元）、足利本、上圖
本（影）、上圖本（八）作 ，「叢」字敦煌本 P3605 作 ，「业」變作「屮」
與「艹」相混。

「业」簡省變作从「艹」，「艹」旁則或變繁作「业」，如敦煌本 S799 或作 。

（68）形構上方部件「大」「夫」相混例

字體形構上方部件「大」俗寫常在左右撇捺筆上各多一點，而混作「夫」，
部件「夫」則俗寫其上常省略二點，而混作「大」。如「侉」字內野本、足利本、
上圖本（影）作 ；「奄」字敦煌本 S2074、足利本、上圖本（影）或變作 ；

「奮」字敦煌本《經典釋文・舜典》P3315 作；「奪」字敦煌本《經典釋文・舜典》P3315 作；「柰」字九條本、內野本作，與漢代作漢帛書老子甲30春秋事語90鮮于璜碑類同，爲《說文》篆文之隸變俗寫，「木」變作「大」，《玉篇》大部「奈」字「正作『柰』」，「奈」爲俗字，足利本、上圖本（影）、上圖本（八）作，其上「大」混作「夫」。又如「僚」字內野本、上圖本（影）、上圖本（八）或作1，與冀州從事郭君碑類同，其偏旁「尞」字上少二畫。漢魏碑「尞」、「寮」、「僚」通用，如劉寬碑「公卿百△（僚）」，祝睦後碑「△（僚）屬」《隸釋》謂「以寮爲尞」，魏元丕碑「群△（僚）」《隸辨》謂「亦以尞爲寮」。

（69）口旁、厶旁相通例

古文字「○」形隸定作「口」或作「厶」，如「公」字甲骨文作甲編628，金文作令簋盂鼎休盤郑公華鐘、魏三體石經〈無逸〉、〈君奭〉古文作「」，多从○形，間有从⊙，隸定作「公」，而有「自環爲厶」「背厶爲公」之語〔註36〕、「兌」作「兖」，「容」作「窋」等等，「厶」、「口」相通已見於戰國時期。〔註37〕

如「單」敦煌本 P2748 作，「口」寫作「厶」，與漢石經作漢石經.春秋.文14同。「獸」字內野本或作，上圖本（八）或作，島田本、上圖本（八）或作，右上、左下「口」皆或寫作「厶」。「勛」字或作古文「勗」敦煌本 S801、S799 及神田本、內野本足利本、上圖本（影）、上圖本（八）、多从貟作。又「或」字敦煌本 P2643、P2516、S799、岩崎本、九條本、上圖本（元）、

〔註36〕高鴻縉云：「按八爲八，乃分之初文，○爲物之通象，物平分則爲公矣，——此字甲文金文俱不从厶，而韓非子竟有自環爲厶之語，則此字形體之省變，必在戰國末期，其後小篆沿之耳。」《中國字例》三篇，台北：廣文書局，1964.10，頁16。

〔註37〕曾良，《俗字與古籍文字通例研究》，南昌：百花洲文藝出版社，2006，頁 76～77。曾良云古籍中帶「口」部件的漢字往往寫成「厶」而成爲俗字，如「拘」寫作「抅」等，也有「厶」寫成「口」的，如「强」字爲俗字，正字爲「強」，《說文》虫部：「強，虫斤也。从虫弘聲。」徐鍇云：「弘與強聲不相近，秦刻石从口，疑从籀文省。」曾良以爲如此則秦代「厶」、「口」二旁相通，然以「公」字爲例，「厶」、「口」相通已見於戰國時期。

足利本、上圖本（影）或作[字形][字形]，與漢碑或作[字形]白石神君碑同形，《干祿字書》：「[字形]或：上通下正」，[字形]爲俗書「口」寫作「厶」；九條本或作[字形]，岩崎本或作[字形]，「厶」形復與其下橫筆合書，張涌泉謂「[字形]係[字形]手寫連書所致。[字形]俗書又加點作[字形]。」〔註38〕。「國」字敦煌本 S2074、岩崎本、島田本、九條本、足利本或作[字形][字形]，九條本或作[字形]，乃「域」字作[字形]形之俗寫訛變，所從「口」寫作「厶」與「戈」之橫筆、「土」合書訛混作「至」。

「厶」旁也混作「口」，如「弘」字岩崎本、內野本、觀智院本、上圖本（八）作[字形]，漢代已常見「弘」寫作「弘」，如[字形]漢帛書.老子甲後 346[字形]春秋事語[字形][字形]漢印徵[字形]孔龢碑等。「鈆」字《史記・夏本紀》、《漢書・地理志》、敦煌本 P3615、日諸古寫本、《書古文訓》、唐石經、各刊本（除《蔡傳》本外）皆作「鈆」，「鈆」即「鉛」字，從厶、口形之隸變常互作。《釋文》：「鈆，寅專反，字從台，台音以選反。」《說文》金部「鉛」字從金台聲，與專反，《撰異》云：「《五經文字》水部曰：『沿，《說文》也，從台，台音鈆。沿，經典相承隸省。』玉裁謂隸省『鈆』、『沿』恐與『公侯』字相混無別，故不從唐石經而作『鉛』、『沿』」。

（70）「口」旁、「人」相通例

隸書書寫時「口」旁常寫作「人」，如現存及《隸釋》所錄漢石經尙書殘碑「哉」字分別作[字形]漢石經[字形]隸釋，漢碑作[字形]好哉泉范[字形]武氏石闕銘[字形]曹全碑[字形]等，敦煌本 P2748、S5626、上圖本（影）或作[字形][字形]，天理本或作[字形]；「嚴」字內野本或作[字形]，內野本、上圖本（八）或作[字形]，「口」變作「人」。

字形結構中「人」亦常寫作「口」，如「坐」字內野本、上圖本（元）、足利本、上圖本（影）、上圖本（八）作[字形]，《說文》篆文作[字形]，漢代隸變或從二口：[字形]孫子 186[字形]孫臏 36[字形]武威簡.有司 7[字形]史晨碑[字形]漢石經.儀禮.燕禮，《說文》古文從二人相對作[字形]，[字形]形之左上「人」作「口」；「脞」字敦煌本 P3605、內野本作[字形][字形]之偏旁「坐」字與此同。

（71）「夅」旁混作「夆」

俗書「夅」旁下部「牛」筆劃變化作三短橫而混作「夆」，如「降」字神田本、岩崎本、九條本或作[字形][字形]，由敦煌本 P2748 或作[字形]，左下多一飾點，飾點變作短橫而來。足利本、上圖本（影）、上圖本（八）「降」字或作[字形][字形][字形]，

左下「屮」變作「干」形；上圖本（影）、上圖本（八）又或作降降，「屮」又變作「丰」，可見俗書偏旁「夅」混作「夆」的演變過程。

（72）冃、日、罒相混例

俗書「冃」旁書寫時字形內短橫筆下移，與左右相連而混同「日」；又「冃」「罒」旁常筆畫變化，字形內橫筆變作直筆而相混。如「冕」字內野本、觀智院本、足利本、上圖本（影）、上圖本（八）或作冕冕，偏旁「冃」內「二」筆畫變化變作「人」形，與「网」字或作内混同，觀智院本或作冕，偏旁「冃」混作「罒」（网）。「勖」字內野本、足利本、上圖本（影）、上圖本（八）、或作勗，敦煌本 P2748、上圖本（影）或作勗勗，「冒」字敦煌本 P2748、九條本、內野本、足利本、上圖本（影）、上圖本（八）或作冒冒，內野本或作冒，上圖本（影）或作冒，皆「冃」旁混同「日」。「勖」字九條本作勖，敦煌本 S799 作勗，「冒」字九條本或作冒，觀智院本或作冒，「冃」混同「罒」。

又如「罰」字敦煌本 S5745 作罰，「置」字敦煌本 P2516、岩崎本作置置，上圖本（元）作置，偏旁「网」（罒）混作「冃」、「日」。

（73）奚、爰、妾相混例

「奚」俗寫中間「幺」省作二橫與「爰」相混，如「傒」字上圖本（八）或作傒傒，或省作後，偏旁「奚」寫與「爰」字混同，「爰」字上圖本（八）〈咸有一德〉「爰革夏正」作爰，則混作「奚」字。

偏旁「妾」俗寫混作「奚」、如「後」字上圖本（元）、上圖本（八）或作後後後，與「傒」字上圖本（八）或作傒傒相混同。

（74）「廾」混作「寸」例

「廾」書寫時或左筆較短變作點，而直筆末俗書多勾起，故形近混作「寸」，如「棄」字上圖本（八）或作古文「弃」弃，變作弃，其下混作從「寸」，又如「彝」字上圖本（八）或作彝，「弇」字上圖本（八）作弇。

（75）「育」旁混作「有」例

俗書「育」旁「左」形省略「工」作「大」而混作「有」，如「惰」字上圖本（元）作惰，偏旁「忄」字俗訛作「火」，右形省作「有」；「隨」字敦煌本 P3615、足利本、上圖本（影）、上圖本（八）或作隨隨，與漢碑作隨陳球後碑隨嚴訢碑同形，敦煌本 P3615 或作隨。「墮」字上圖本（八）作墮，與墮陳球

後碑同形。敦煌本 P3605「墮」字作 ，爲「隳」字，「育」亦混作「有」。

（76）「矢」旁混作「失」、「天」、「夫」

俗書「矢」旁書寫時或出頭訛混作「失」，或少左一撇訛混作「天」、「夫」。如「疾」字內野本、足利本、上圖本（八）或作 ，「矣」字內野本或作 ，或少一畫變作 ，敦煌本 S799、P2630、九條本或作 ，「矢」字訛變作「夫」，足利本、上圖本（影）、上圖本（八）或變作从「天」： 。

（77）彥、產相混例

上圖本（影）「彥」字作 ，與「產」字混同，其左旁注作「彥」 ，漢代「顏」字偏旁「彥」字即見訛混作「產」，如： 漢帛書老子甲後 315 （同前）190 扶風出土漢印。

（78）「彖」旁、「聿」旁、「肅」字混作「隶」

俗書「彖」旁、「聿」旁、「肅」字或混同寫作「隶」。如「麓」字足利本、上圖本（影）作 ，爲《說文》古文从彖作 之俗寫，所从「彖」訛作「隶」。「肄」字敦煌本 P2643 作 ，「聿」旁訛混作「隶」。「肅」字足利本、上圖本（影）、上圖本（八）或省變作 ，上圖本（影）或作 2，省訛與「隶」相混。

（79）「禾」混作「木」

俗書「禾」旁或少一撇而混作「木」，如「懷」字敦煌本 P2533、S799 或作「㦿」寫作 ，「穧」字上圖本（影）作 ，岩崎本字作 ，「禾」訛混作「木」。

（80）「亡」混作「已」、「巳」

隸古定古本尚書寫本「無」字多作「亡」 ，足利本、上圖本（八）或作 ，其上一點或變作一短橫，左直筆向上延伸，而變作 形，再變作 ，進而混作「已」、「巳」。如敦煌本 S799、P2630、P3871、島田本、九條本、內野本、上圖本（元）、觀智院本、足利本、上圖本（八）或作 ；足利本、上圖本（影）或變作 ；足利本、上圖本（影）、上圖本（八）又變作 。

（81）襄、裹作 例

隸古定古本尚書寫本「懷」字多作「裹」。俗書「裹」中間「眔」字罒之下訛省作一橫，與「衣」之下半合書似「衣」，多寫作 形，與漢簡作 西陲簡 51.11

同，敦煌本 S5745、P3670、P2516、P3781、九條本、內野本或作 裹裹，岩崎本或又省作 裹，形近漢印作 裹漢印徵。俗書「裹」或又作 裹，如上圖本（八）或作 裹，又「懷」字《隸釋》存漢石經尚書殘碑〈無逸〉「懷保小民惠鮮鰥寡」作懷，敦煌本 P3615、P2478、P2074 或作 懷，足利本、上圖本（影）或作 懷，上圖本（八）或作 懷懷，「壞」字上圖本（八）作 壞，足利本、上圖本（影）則作 壞。

偏旁「襄」字俗書下形或變似「衣」作 裹，上圖本（八）「壞」字或作 壞，與「裹」或作 裹混同。

（82）岡、罔作 罔混同例

「岡」字上圖本（影）、上圖本（八）作 岡岡，所從「山」訛作「止」。「罔」字觀智院本、上圖本（影）、上圖本（八）或作 罔，所從「亡」隸變俗寫混作「止」。「岡」「罔」二字俗寫皆有作 罔形。又「綱」字岩崎本、上圖本（八）作 綱，九條本、上圖本（元）或作 綱，所從「岡」作 岡形。

（83）畐、胥混作 胥例

偏旁「畐」其下「耳」俗書與「月」相混，「口」下一橫與「口」合書，而寫作 畐與「胥」字作 胥混同，「楫」字岩崎本作 楫，《龍龕手鏡》「揖」字作「揖」，右形與此同。「胥」字敦煌本 P3670、P2516、P2748、S2074、岩崎本、上圖本（元）或作 胥、島田本或作 胥，所從「足」省形，與漢代作 胥 居延簡甲564 胥 居延破城子殘簡 胥 桐柏廟碑 胥胥 禮器碑同形。

（84）「夏」、「憂」、「复」旁同形作 复夏例

「夏」字足利本、上圖本（影）或作 复夏，或再省作 夏，上以一點表「百」形之省，下則作似「反」，其演變過程為：夏夏夏→复夏→夏

「憂」字足利本、上圖本（影）、上圖本（八）或作 憂憂憂，所從心、夊合筆省似夊、友、友等形，如 憂武榮碑 憂衡方碑，足利本〈太甲上〉「王徂桐宮居憂克終允德」作 复，與「夏」字作 复同形，為俗字省形而混同，其演變過程為：憂→憂憂憂→复。

「复」旁或俗寫作 复夏、夏，如「復」字足利本、上圖本（影）、上圖本（八）或作 復復復，其右形與足利本、上圖本（影）「夏」字作 复夏同形，曹全碑「復」作字 復夏，其右亦變似「夏」字。足利本、上圖本（影）或作 後後，

「复」旁爲 [圖] 省簡，又「腹」字足利本、上圖本（影）或作 [圖] ，「复」旁與「夏」字由 [圖] 形省寫作 [圖] 形混同，其演變過程爲： [圖] → [圖] → [圖] 。

（85）昏、昬不別例

《說文》日部「昏」字：「从日氏省，氏者下也，一曰民聲。」段注云：「从氏省爲會意，絕非从民聲爲形聲也。蓋隸書淆亂，乃有从民作『昬』者，俗皆遵用」「昏」字古从「氏」形，甲骨文作： [圖] 粹715 [圖] 佚292 [圖] 粹717，楚簡作： [圖] 郭店.唐虞22 [圖] 郭店.老乙9 [圖] 郭店.老甲30，秦作 [圖] 雲夢.日乙156，訛變作从「民」，漢代皆隸變俗寫作从「民」，如 [圖] 漢帛書老子甲41 [圖] 春秋事語95 [圖] 武威醫簡64，秦漢以後「昏」、「昬」爲一字，「昏」、「昬」旁亦不別。如「昏」字敦煌本P2533、S11399、S799、岩崎本、九條本、上圖本（元）、足利本、上圖本（影）、上圖本（八）或作「昬」，或多一點作 [圖][圖] 。「婚」字漢簡作 [圖] 流沙簡.簡牘3.22，岩崎本作 [圖] ，乃「昏」旁作「昬」，而省作「民」。

2、字形混淆

（1）幼、幻混作 [圖]

俗書「力」旁常混作「刀」，而「幻」字右旁「ㄅ」或改作「刀」，如內野本或作 [圖] ，而與「幼」字敦煌本P2643、內野本、上圖本（元）、足利本、上圖本（影）、上圖本（八）作 [圖][圖] 混同。

（2）戒、式混作 [圖]

「戒」字《說文》篆文作 [圖] ，金文作 [圖] 戒鬲，敦煌本P3752、P5557、P2643、P2516、S2074、P2630、岩崎本、九條本、觀智院本、上圖本（元）或作 [圖][圖][圖][圖] 形，从「廾」省變，與漢代隸變作 [圖] 武威簡燕禮1 [圖] 石門頌 [圖] 漢石經.詩等類同。「式」字九條本或作 [圖] ，「工」下多二飾點，與「戒」字或作 [圖] 形混同。

（3）「趣」混作「趍」

「趣」字內野本、觀智院本、上圖本（八）作 [圖][圖] ，所從「芻」訛變作「多」，與漢簡、漢碑「趣」字或作 [圖] 武威簡.泰射48 [圖] 西狹頌同形，《廣韻》上平10虞韻「趣」字俗作「趍」「本音池」。「趣」「趍」音義俱異，《說文》走部「趍」字訓「趍趙夂也」，段注云：「『趍趙』雙聲字，與『峙躇』、『簜箸』、『蹢躅』皆爲雙聲轉語」。「趣」字俗訛作「趍」，乃「芻」俗寫形近訛誤作「多」，非二字通同，如尚書敦煌本P3871、九條本「芻」字作 [圖] ，此爲「芻」字俗寫。

《集韻》平聲二 10 虞韻「芻」俗作「丑」，「丑」即 （鄒.孔宙碑）形之變，《隸辨》謂「諸碑從『芻』之字多省作 」，敦煌本 P3871.九條本所從「芻」又變作 ，與「多」字變作 形混。《集韻》平聲二 10 虞韻「芻」或從艸作「蒭」，又云「俗作『丑』『茻』非是」，丑、茻即如「芻」「蒭」俗寫作 、。故「趨」字「芻」旁俗訛作「多」，亦即俗寫作 內野本、觀智院本、上圖本（八）武威簡.泰射 48 西狹頌，而與「趍趙」之「趍」字混作同形。

（4）「亂」訛混作「乳」

「亂」字俗書其「爪」下「𤔔」形或訛作「孑」（子），秦簡俗寫省變作 雲夢.爲吏 27，漢帛書再省「冂」變作 漢帛書老子甲 126 孫子 186，而與「乳」字形同，如內野本〈伊訓〉「時謂亂風」「亂」字作 ，左旁注「乱」（），俗書「亂」訛混作「乳」。

（5）弔、予混作例

「弔」的俗字與「予」形似，敦煌本 P2643、P2516、P2748、足利本、上圖本（影）、上圖本（八）或作 ，中直筆未上貫，下形變似「巾」；岩崎本、內野本、上圖本（元）、足利本、上圖本（影）、上圖本（八）或再變作 ，混作「予」。

（6）氐氏、祗祇相混例

俗寫字形多一畫或少一畫常相混不分，「氐」、「氏」旁常相混，「祗」、「祇」二字亦混，神祇當寫作「祇」，表示恭敬義者當寫作「祗」，古籍中二字常常相混，漢魏隸碑中就早已相混，隸古定古本尚書寫本中相混例亦常見。「祗」字足利本、上圖本（影）、上圖本（八）或下少一畫作 ，誤爲「祇」字，漢碑「祇」字亦或誤爲「祗」，如：陳球碑「孝友△穆」，《隸辨》謂「『神祇』之『祇』從『氏』，碑蓋誤」。

又「鴟」字上圖本（影）或作 ，上圖本（八）或作 ，偏旁「氐」字少一畫作「氏」，爲「鴟」字之訛。

（7）「降」混作「際」

「降」字內野本、足利本、上圖本（影）、上圖本（八）或作 ，於右上「夂」形加飾筆作 ，飾筆或左右對稱作 形而與「際」字右上形混近。上圖本（影）〈伊訓〉「皇天降災假手于我有命」「降」字作 ，乃「降」

字右上「夂」形加左右對稱之飾筆，如 形，而作 與「際」形混。

（8）「承」混作「羕」例

「承」字神田本、岩崎本、九條本、內野本、上圖本（元）、足利本、上圖本（影）、上圖本（八）多寫作 形，岩崎本、上圖本（元）或少一畫作 ，又「烝」字神田本、上圖本（八）作「承」寫作 ，此形乃「承」字兩側「八」（廾）形下移，形似从羊从水，與「羕」混同。

（9）丞、烝、亟相混例

「烝」字敦煌本 S799 作「丞」寫作 、天理本作 ，其下「一」作波折狀，上圖本（影）、上圖本（八）或變作「灬」作 形， 形右「フ」混似「口」，足利本、上圖本（影）「烝」字或作 ，乃作「丞」字混作「亟」。

（10）績、續相混例

「績」字〈文侯之命〉「嗚呼有績予一人永綏在位」上圖本（影）作「續」 1，內野本作 2 但由其塗改之跡可推知原亦作「績」，當是「績」字偏旁「責」 秦公簋與「續」之古文「賡」 說文古文續形近相訛混，又「績」「賡」韻近，故有作「續」字。「績」「續」二字形漢碑亦見訛近，如《隸辨》「績」字下錄 度尚碑「△莫匪嘉」 楊統碑「考△丕論」，按云「即『續』字，字原誤釋作『績』」，又郙閣頌借「續」爲「績」，「績」字作 郙閣頌「經紀厥△」，《隸釋》云：「以厥績爲厥續」，《隸辨》按云「書堯典『九載績用弗成』古文尚書作『續』，穀梁傳『伯尊其無續乎』釋文云『續本又作績』，績與續古或借用」。敦煌本 P2643、上圖本（影）「續」字作「績」 ，二字偏旁形混又韻近而誤作，且二字古有相通之例。

（11）豐、豊相混例

「豐」字敦煌本 P2643、P2516、S799、岩崎本、九條本、觀智院本、上圖本（元）、足利本、上圖本（影）、上圖本（八）或作 ，「豐」「豊」二者字形接近而相混。

（12）僉、命作 混同例

「命」字九條本、上圖本（八）「命」字或作 ，敦煌本 P2516 或作 ，漢代隸書作 孫子 42 韓仁銘，其「口」、「卩」筆畫稍變。上圖本（影）「命」字或作 ，當變自 形，「口」、「卩」筆畫與中間直筆結合省

併，且「卩」與「口」類化同形，變似「中」，足利本、上圖本（影）、上圖本（八）「命」字或作 ◇◇◇◇◇，其右下一點為飾筆。

「僉」字上圖本（影）或作◇，中間二口與其左下「人」合書，上圖本（八）或作◇，中間二口與其上短橫合書。上圖本（影）、上圖本（八）「僉」字分別或作◇◇，中間二口與其下「人」合書，原下作「从」省作「人」，此形與二本「命」字作◇、◇形混；上圖本（八）〈大禹謨〉「朕志先定詢謀僉同」「僉」字作◇，與該本「命」字由◇而◇◇變作◇之形混同。其演變過程為：

命◇→◇→◇→◇→◇→◇
僉◇→→→→◇◇→◇

（13）循、脩、修、佾混作 ◇◇ 例

漢碑「循」字或作◇楊君石門頌，或變作◇景北海碑陰，與「脩」字隸變俗書從「彳」作◇北海相景君碑混同，「脩」字敦煌本 P2516〈說命下〉「爾交脩予罔予棄予」作◇，與之相類。周一良《魏晉南北朝史札記・三國志》札記：「唐人寫本中脩與循、劉與鄧，形體極為相近，因而古書中脩循、劉鄧每致互訛」（頁41），「脩」「循」二字書寫形似，俗書「目」「月」、「彳」「亻」相混，又「攵」筆畫變化，「盾」之上形筆畫割裂，故「循」「脩」二字俗書相混皆作◇形，《隸續》云：「◇楊君石門頌◇北海相景君碑二字隸法只爭一畫，書碑者好奇所以從省借用」。「循」字上圖本（影）作◇，足利本作◇，上圖本（八）作◇，皆為「修」字，乃「循」「脩」二字俗書相混，又「脩」「修」通用，故諸本誤「循」為「脩」而寫為「修」字。魏三體石經〈梓材〉「惟其陳修為厥疆畎」「修」字隸體作「脩」◇，內野本「修」字亦或作「脩」，神田本、九條本「修」字或作◇◇，即「脩」之俗寫。

隸古定古本尚書「逸」字多作「佾」「佾」，岩崎本〈盤庚上〉「予亦拙謀作乃逸」寫作◇，「亻」混作「彳」，字形中間多一畫，「月」混作「日」，九條本〈立政〉「乃惟庶習逸德之人」「逸」字作◇，則「月」混作「目」，與九條本「修」字或作「脩」◇、漢碑「循」字或作◇楊君石門頌混近。

（14）安、女、妥作 ◇ 例

「安」字島田本、上圖本（元）、足利本、上圖本（影）、上圖本（八）等或作◇，原從宀之形省變為女字上方左右兩點，此形是承戰國「安」字從宀而

來，與《古文四聲韻》所錄 [字形] 四 1.38 裴光遠.集綴類同。「安」〔註39〕字甲骨文作 [字形]
後 1.9.13 [字形] 乙 4251 反，金文作 [字形] 安父簋 [字形] 哀成弔鼎 [字形] 格伯簋 [字形] 陳猷釜。「宀」西周
金文或作「厂」，至春秋戰國時「宀」旁或省寫作人，如侯馬盟書「定」作 [字形] 侯
馬 1.65、鑄客鼎「客」作 [字形] [字形] 鑄客鼎等等，「安」字戰國作 [字形] 歷博 1979.2 [字形] 璽彙
178 [字形] 曾侯乙 48 [字形] 包 2.11.7 [字形] 侯馬 198.12 [字形] 侯馬 200.31 等形即多作从人， [字形] 侯馬
200.31 可見由从宀至从人的演變痕跡，包山楚簡已近乎盡作从人。《古文四聲韻》
錄「安」字作 [字形] [字形] 四 1.38 裴光遠.集綴，《汗簡》錄作 [字形] 汗 5.67，从宀皆作从人， [字形] 四
1.38 所从人又分爲左右兩筆。

又「威」字上圖本（影）、上圖本（八）或作 [字形] [字形] [字形]，所从「女」上橫
筆寫作二點，與日古寫本「安」字或作 [字形] 形混同。「偄」字上圖本（影）、上
圖本（八）作 [字形] [字形]，所从「女」內野本作 [字形]，「綏」字岩崎本、九條本、上
圖本（影）或作 [字形] [字形]，「女」上兩點又變作一短橫。上圖本（影）「綏」字或
作 [字形]，「妥」旁混作 [字形]。

（15）烏、焉相混作 [字形]

島田本、上圖本（八）〈洪範〉「王乃言曰嗚呼箕子」、島田本〈旅獒〉「嗚
呼夙夜罔或不勤不矜細行」、〈微子之命〉「嗚呼乃祖成湯克齊聖廣淵」、上圖本
（八）〈康誥〉「王曰嗚呼封汝念哉」、「王曰嗚呼小子封」、〈周官〉「嗚呼凡我有
官君子」等「嗚」字作 [字形] [字形]，乃「烏」字隸變作 [字形] 魏三體（隸），俗寫作 [字形] [字形]，
上形訛作「正」，訛混作「焉」。

「焉」字敦煌本 S799 神田本、九條本或作 [字形] [字形]，與尚書敦煌寫本、日古
寫本「烏」作 [字形] [字形] 混同。

造成隸古定本《尚書》寫本文字形體混淆的演變方式，要言之有下列諸項，
而有些形體混淆是經由數個演變方式而造成的，如：

（一）形體相近而書寫混淆，如扌、才、寸相混；弔、予混作；豐、豊相

〔註39〕張涌泉以爲 [字形] 爲「安」字草書楷化俗字（《漢語俗字研究》，湖南：岳麓出版社，
1995，頁 76）。然戰國「安」字已多作从人兩筆之形，如： [字形] 曾侯乙 48 [字形] 包 2.11.7 [字形]
侯馬 198.12 [字形] 侯馬 200.31 等形， [字形] 侯馬 200.31 可見由从宀至从人的演變痕跡，包山楚
簡已近乎盡作从人。《古文四聲韻》所錄 [字形] 四 1.38 裴光遠.集綴與此類同， [字形] 當是戰
國時代以見書寫的字形。

混;

（二）筆畫變化、混同而混淆，如：形構上方一短橫、直筆、一點、一撇混作不分；衤、礻與禾相混；二、冫、工、七相混；「亡」混作「已」、「巳」；

（三）筆畫增減而混淆，如木混作扌、才、寸；衤、礻相混；「彖」旁、「聿」旁、「肅」字混作「隶」；氏氐、祇祗相混；戒、式混作𢦏；

（四）因筆畫合併而混淆，如僉、命作僉混同

（五）因筆畫草化而混淆，如阝、氵相混；「夏」、「憂」、「复」旁同形作夌夊；

（六）因隸書寫法而與他字混淆，如「朁」混作「替」、「贊」混作「賛」、「𧶊」、「替」；「趯」混作「趙」；「亂」訛混作「乳」；烏、焉相混作焉；循、脩、修、侑混作𢚩𢚩等等。

（七）因隸定寫法不分，如「口」旁、「厶」旁相通等等。

（二）較固定的特殊寫法

隸古定本《尚書》寫本中，有不少字如革作革、賓作賓等等在作偏旁時也是如此寫，形成比較固定的寫法，掌握常見的偏旁特殊寫法，能便於辨識寫本的俗字，如「革」字作偏旁時常作革，便可知鞠為「鞠」字，「辰」多作辰，「氐」多作互、玄、𢆶，如底底底皆為「底」字，「砥」字敦煌本 P5522 作砥、岩崎本作砥，「鴟」字岩崎本作鴟；「雚」常作雈雈，如「觀」字作觀觀、「勸」字作勸勸。寫本常見較固定的特殊寫法中，因書寫的筆畫寫法改變者，亦屬於「書法的變化」一類的文字變化類型。

1、「土」加一點作土圡圡例

尚書敦煌各本、日諸古寫本「土」字及偏旁或右加一點作土圡圡圡圡圡，如敦煌本《經典釋文・舜典》P3315「土」字作圡，「土」字古作土盂鼎土毫鼎土司土司簋土陶彙 3.499土璽彙 2837 形，土圡圡圡圡圡或變自戰國文字偏旁「土」作：土地.郭店.太一 1圡坡.包山 188圡坡.璽彙 2161圡坤.璽彙 1263，或為《隸辨》謂「按『土』本無點，諸碑『土』或作『圡』，故加點以別之」，由漢碑作圡衡方碑而來。俗書中「土」寫作「圡」，「士」寫作「士」「土」均可，以點的有無來區別。又如「墨」字岩崎本或作墨，「基」字上圖本（元）作基，敦煌本 S799、岩崎本、九條本或作基基基，「隍」字敦煌本 P3871、九條本、古梓堂本作隍隍，偏旁「土」字作「圡」。

2、「口」簡省作「、、」，「吅」省略為「灬」「⺗」「丶ノ」「一」或省
　去例，三口省作「吅」「口」

寫本「口」或簡省作「、、」，如「歌」字作「哥」，所从口形變作二點，
如上圖本（八）或作哥。

部件「吅」常省略作「一」「丶ノ」「⺗」「灬」或省去。如「單」字上圖本
（八）或作單，足利本、上圖本（影）或作單，上圖本（八）「單」字或作單，
「吅」省變各作四點、三點、二點。如「獸」字足利本、上圖本（影）、上圖本
（八）或作獸獸，「戰」字足利本、上圖本（影）或作戰，「吅」省作三點，
「墠」字上圖本（八）作墠，「吅」省作二點。「嚴」字足利本、上圖本（影）、
上圖本（八）或作嚴，「吅」省作「丶ノ」。

「吅」亦省作四點，如「讓」字上圖本（影）、上圖本（八）各或作讓讓。
「吅」或省作「一」，「驫」字上圖本（八）作驫。「吅」或省去不寫，如「讓」
字上圖本（八）作讓，與漢印讓王讓相同，「驫」字上圖本（影）或作驫，寫
作崔旁。

俗書三口則省作「吅」或「口」，如「顳」字上圖本（影）或作顳，偏旁
「篇」字所從三口省作「吅」，上圖本（元）或作顳，三口省作「口」；九條
本或又省變作顳。

3、字形下部「田」「臼」作「旧」，又「臼」混作「田」

俗書「田」「臼」在字形下部常筆畫改變作「旧」，「臼」又再混作「田」如
「奮」字敦煌本《經典釋文・舜典》P3315作奮，九條本、內野本、上圖本（影）、
上圖本（八）或作奮，「田」變作「旧」。「滔」字內野本、足利本、上圖本（影）、
上圖本（八）則作滔，「蹈」字足利本、上圖本（影）作蹈蹈，「燄」敦煌本
P2748、足利本、上圖本（影）、上圖本（八）作燄，「慆」字足利本、上圖本
（影）、上圖本（八）作慆，皆「臼」變作「旧」。

「蹈」字岩崎本作蹈，「臼」混作「田」。

4、「辰」作「辰」例

「辰」字敦煌本 S799、島田本、內野本、足利本、上圖本（影）、上圖本
（八）「辰」或作辰，寫本俗書多作此形，乃隸書辰魏品式辰上林鼎字形內一
短直筆右移、勾筆之直畫向上拉長，俗寫筆畫變化而作辰。「振」字敦煌本

S801、吐魯番本均作振，「辰」旁亦作「辰」。

5、「卯」作夗、夘例

「卯」俗書常作夗、夘形，左形筆畫變化寫似「夕」或「歹」，如敦煌本P2748、上圖本（影）或作夗夗，足利本作夘，九條本作夘，觀智院本作夗，上圖本（影）或作夘，復右形變作「阝」。又「茆」字作「茆」足利本、上圖本（影）作茆。

「卿」字之左旁，亦多變似「夕」或「歹」，如敦煌本 P5543 作卿，上圖本（元）、足利本、上圖本（影）、上圖本（八）或作卿卿。

6、「㣇」旁作㣇㣇、混作「敢」

「微」字篆文作微，俗書將中下隸變作「儿」的人形變作「口」，「人」「口」隸書俗寫本就相通用，如「微」字上圖本（影）、上圖本（八）或作微微微，「美」字作「媺」，敦煌本 P2643 寫作媺。又「微」字敦煌本 S799、上圖本（八）或作微微，敦煌本 P2516、島田本、上圖本（元）或作微微，敦煌本 S801、S2074、P2630 作微微，「儿」之左筆方向改變往內勾起與短橫結合變似「歹」、「耳」，又與其上「山」結合或寫似「敢」，如 P2643 作微，《古文四聲韻》錄「微」字作微四1.21 籀韻、漢代作：微漢帛書老子甲85微縱橫家書196微孫臏24微漢石經.詩.式微微趙寬碑等，皆為「微」字隸變俗寫。「媺」敦煌本 P2516 作媺，上圖本（元）作媺，《古文四聲韻》錄「美」字作媺四3.5 籀韻，「㣇」俗訛與「敢」混同。

7、「臧」旁作「冫」「戊」例

俗書「臧」旁常省變作「冫」「戊」，如「臧」字岩崎本、九條本、上圖本（八）或作臧臧，形如臧漢帛書老子甲後 279臧漢石經.易.說卦等，所从臧其左「爿」變作「冫」，再省變作「戊」，如敦煌本 P3670、九條本或作臧臧，與漢碑作臧鮮于璜碑同形。

8、「雚」旁作萑、雈例

俗書部件「艹」常省變作「宀」「冖」，「吅」又多省作「一」或二點，因此「雚」旁常作萑、雈，如「觀」字九條本、天理本、足利本、上圖本（影）、上圖本（八）或作觀，岩崎本、九條本或作觀，「勸」字足利本、上圖本（影）

或作 [image]，敦煌本 P3670、S2074、P2630 或作 [image]；「讓」字上圖本（影）、上圖本（八）各或作讓 [image]；「驪」字上圖本（八）作 [image]。

9、「睪」旁作「尺」例

俗書「睪」旁多寫作「尺」，乃自日本人長期使用漢字而創造的俗字「澤」字作「沢」〔註40〕而類化，「澤」字足利本、上圖本（影）或作 [image]，又「懌」字足利本、上圖本（影）或作 [image]，「釋」字內野本、足利本、上圖本（影）或作 [image]。

10、「睪」旁作「睪」「睪」「睪」例

寫本偏旁「睪」常「罒」上多一撇作「睪」，其下「幸」或又多一畫作「睪」，或變作形似「夆」寫作「睪」。如「斁」字敦煌本 P2748、上圖本（元）、上圖本（八）或作 [image]，上圖本（八）或作 [image]；「釋」字敦煌本 S799、九條本、觀智院本、上圖本（八）或作 [image]，內野本或作 [image]，上圖本（八）或作 [image]；「澤」字岩崎本、九條本、內野本或作 [image]，上圖本（八）或作 [image]；「斁」字敦煌本 P2748、上圖本（元）、上圖本（八）或作 [image]。

11、「屰」旁作「羊」「手」「芉」例

「屰」旁寫本多作「羊」「手」「芉」形，「凵」形變作「一」，如「厥」字觀智院本或作 [image]，敦煌本 P2748、上圖本（八）、上圖本（元）或作 [image]，與漢代作 [image]漢帛書.老子乙前 115 [image]孫臏 10 [image]天文雜占 4.4 類同，《隸釋》錄漢石經〈無逸〉〈立政〉「厥」字作 [image]隸釋。「朔」字敦煌本 S801、P2533、P5557、神田本作 [image]，九條本、天理本稍變作 [image]，漢代隸寫作 [image]上林鼎 [image]武威簡.秦射 4 [image]漢石經.春秋等。上述諸形「屰」旁寫法皆與隸書寫法有關。

12、「賓」作「賔」例

「賓」字敦煌本 P2748、島田本、內野本、觀智院本、足利本、上圖本（影）、上圖本（八）作 [image][image][image]等形，與漢代作 [image]老子乙前 22 下 [image]武威簡.士相見 1 [image]漢石經.儀禮同形，爲《說文》篆文 [image]之隸變隸書寫法。「濱」字內野本、足利本、上圖本（影）、上圖本（八）作 [image]，敦煌本 P3615、岩崎本作 [image]，「賓」亦作「賔」。

〔註40〕張涌泉謂「日本人長期使用漢字創造了一些獨特的俗體字，如实（實）、図（圖）、沢（澤）」（張涌泉，《漢語俗字研究》，湖南：岳麓出版社，1995，頁46）。

13、「旨」作百百例

「旨」字俗書上形「匕」筆畫變化作「宀」、「二」，而寫作「百」或「百」，《集韻》上聲五5旨韻「旨」字「或作百」，「百」與漢碑作百 白石神君碑同形，敦煌本 P2643、P2516、岩崎本、上圖本（元）作百；「指」字《隸辨》引《五經文字》云：「指，石經作指」，敦煌本 P2643、P2516、內野本或作指指；岩崎本、島田本或作指，偏旁「旨」作百而上筆變作撇；敦煌本 P2516、岩崎本、上圖本（元）或作指指，後者「旨」作「百」。又如「稽」字敦煌本 P2516、P2748、S2074、P2630、九條本或作䭾䭾，天理本、觀智院本作䭾。

14、「取」作取例

俗書「取」常作「取」，如漢碑作取 李翊碑，《隸辨》謂碑訛作取「即『耴』字，从耳下垂，讀若輒，與取異」。按从乚之字，如「孔」字即隸變作孔 衡立碑。又如「叢」字內野本、足利本、上圖本（影）、上圖本（八）或作叢，「趣」字敦煌本 S2074、九條本作趣趣，所从「又」皆省變作二點「く」，「取」作「取」。

15、「巨」作臣、混作「臣」例

俗書「巨」常下多一畫作臣，與「臣」相近，如臣漢印徵臣 晉辟雍碑。又九條本「距」字作岠，「渠」字作渠、「距」字作岠、「柤」字或作柤等等。「鉅」字或作「巨」，敦煌本 S799 作臣，岩崎本作岠，「巨」皆混作「臣」。

16、「巫」作㞢例

俗書「巫」中多一橫作㞢，如敦煌本 P2748「巫」字作㞢，漢印即見此形：王 漢印徵，或受「坐」字下从「土」影響。「筮」字敦煌本 P2748、島田本作筮，敦煌本 S801 作筮，「誣」字九條本、上圖本（八）作誣，「澀」字九條本作澀，上圖本（影）所从「巫」又訛變作㲋。

17、「革」作草例

俗書「革」旁多作草，部件「廿」混作「艹」（艸），中直筆未貫穿口形，如「鞠」字敦煌本 P3670、P2643、P2516、岩崎本、上圖本（元）、上圖本（八）「鞠」字或作鞠鞠，足利本、上圖本（影）、上圖本（八）或變作鞠，內野本、足利本或多一畫作鞠。

18、「血」作血例

俗書「血」上常多一短橫，漢碑已見作邱耿勳碑，「恤」字隸古定古本尚書寫本多作「卹」，敦煌本《經典釋文・舜典》P3315 作邭，敦煌本 P2516、S2074 岩崎本、九條本、觀智院本、上圖本（八）亦或作邱。

19、「旦」作旦例

「旦」字敦煌本 S801、P2748、岩崎本、九條本、上圖本（元）作昷旦，「日」、「一」間多一短直筆，與昷孫臏 11.3 昷居延簡甲 19B 旦定縣竹簡 24 旦武威醫簡 29 旦孫叔敖碑同形，當源自昷頌鼎昷頌壺旦包山 145 旦璽彙 0962 等。又如「亶」字敦煌本 P3670、神田本或作亶亶，岩崎本、九條本或作亶亶，「暨」字觀智院本或作暨。

20、「恖」作怱、忩例

俗書偏旁「恖」常寫作「怱」、「忩」，其上「囱」草寫作「匆」形，且與「匆」字形近，音又相通，而筆劃又省；「囱」改寫作「忩」則與音相通，筆劃較省有關。如「聰」字內野本、足利本、上圖本（影）、上圖本（八）或作聰，與聰譙敏碑同形，足利本、上圖本（影）或作聰，「怱」俗訛「忽」；上圖本（八）或作聰聰；島田本、九條本、上圖本（元）、上圖本（影）、上圖本（八）或作聰，與聰楊叔恭殘碑類同，敦煌本 P2516、S6259、S2074 或作聰聰，與聰張遷碑類同，岩崎本、九條本或作聰。又「總」字內野本、足利本、上圖本（影）、上圖本（八）或作總；足利本、上圖本（影）或作總，；上圖本（八）或訛變作總、內野本或變作總。敦煌本 P3628、P2516、上圖本（元）或作總總總，形類總樊敏碑。

21、「作」作「作」

隸古定本《尚書》寫本「作」字多作作作，漢石經尚書「作」字作作漢石經，與魏三體石經〈多方〉、〈立政〉「作」字隸體作作魏三體（隸）同形，《隸釋》錄漢石經尚書殘碑亦作作隸釋，作作即作隸書字形，惟下改作一長橫。

22、「夌」「麥」作「麦」例

如「陵」字九條本、足利本、上圖本（八）作陵形，上圖本（影）或作陵陵

形，皆由《說文》篆文[陵]隸變俗書而來，與秦簡作[陵]睡虎地 8.8，漢代作[陵]老子
甲 26[陵]禮器碑[陵]漢石經.周易等同形。岩崎本、內野本「陵」字作[淩]，寫作「淩」
字，俗書「氵」、「阝」混作，「夌」旁皆作「麦」。

「麹」字敦煌本 P2643、P2516、岩崎本作[麹麹]，與[麹]居延簡甲 1303[麹]晉
辟雍碑同形，「麥」字秦、漢簡或作[麦]雲夢日乙 6[麦]居延簡甲 1470A[麦]西陲簡 55.2，《玉
篇》「麦」爲「麥」之俗字。

「麦」同爲「夌」「麥」之俗字形。

23、「夋」旁作[夋夋]例

如「俊」字足利本、上圖本（影）或作[俊俊]，爲「俊」字隸體作[俊]魏三
體俗寫，「俊」字又作「畯」，敦煌本 P2516、S2074、島田本、九條本或作[畯畯]，
內野本、上圖本（元）、足利本、上圖本（影）、上圖本（八）或作[畯]，「浚」
字足利本、上圖本（影）作[浚浚]，爲篆文[浚]之隸變俗寫，如漢代作[浚]武威醫
簡 80 乙[浚]西狹頌。諸形右皆从「夋」作之[夋夋]。

24、「多」作[多]、[多]例

「多」俗書多作[多]，其上「夕」變作「口」，如神田本、岩崎本、內野本
或作[多]，「侈」字岩崎本、內野本、觀智院本或作[侈]，「移」字岩崎本作[移]。「多」
俗書亦多作[多]，如敦煌本 P2516、岩崎本或作[多多]，敦煌本 P2748「移」字作
[移]。

25、「戔」旁作[戔]、[戔]例

「戔」旁俗書多作[戔]、[戔]，上半省作二畫，而似「土」、「士」等形，如「賤」
字上圖本（影）作[賤]，與漢簡作[賤]縱橫家書 45[賤]相馬經 7 下。類同。「淺」字敦
煌本 P4033、九條本、足利本、上圖本（影）、上圖本（八）皆作[淺]。「踐」字
島田本、九條本、足利本、上圖本（影）、上圖本（八）作[踐踐踐]。

26、「屬」寫作[屬]

「屬」字岩崎本、九條本作[屬]，上圖本（元）作[屬]，內野本、足利本、上
圖本（影）、上圖本（八）、《書古文訓》或作[屬屬]，皆爲篆文[屬]之隸變俗寫如
秦簡作[屬]睡虎地 25.53、漢代作[屬]漢帛書.老子甲 24[屬]居延簡甲 763[屬]流沙簡補遺 1.19[屬]
石門頌等，其下「蜀」字混作「禹」，形同[屬]淮源廟碑，从尸从禹。

27、「后」寫作圅

「后」俗書多寫作圅，其橫筆與「丿」相交，下形寫如「右」，如敦煌本
P2533、P3670、P2643、P2516、S799 作圅圅。

28、「微」少一短橫、或作徴例

俗書從「微」之字常少中間一短橫，或又「山」上移，寫作「徴」，如敦
煌本《經典釋文‧舜典》P3315「徽」字作徽，九條本、內野本、足利本、上
圖本（影）、上圖本（八）作徽徽形，敦煌本 P2748 作徽，P3767、上圖本
（八）字或作「山」上移之形薇薇，與晉荀岳墓志陰作徽類同。「微」字敦
煌本 S801、S2074、P2630 作徽徴，敦煌本 P2516、島田本、上圖本（元）或
作薇薇，「徽」字敦煌本《經典釋文‧舜典》P3315、P3752、島田本、九條
本、上圖本（八）作薇薇，皆移「山」形於上。

29、「害」作害

「害」字俗書中間三橫常少一畫，《古文四聲韻》錄古孝經「害」字作全四
4.12，秦簡「害」字即作害睡虎地 8.1，漢代或作害漢帛書.老子甲後 193害孫臏 167害
淮源廟碑，岩崎本、島田本、足利本、上圖本（影）、上圖本（八）「害」字亦作
害形，敦煌本 S799 作害。

30、「升」寫作卅升

「升」字俗書多寫作卅升，左上撇與下撇書寫時筆畫與「夕」相近，而
寫與「外」字形近，如敦煌本 P2643、P2516、岩崎本、上圖本（元）、古梓堂
本、足利本、上圖本（影）、上圖本（八）或作卅朴卅升，右所從「十」下
多一點飾筆；內野本或作外，「升」字形構左右析分；上圖本（元）、足利本、
上圖本（影）、上圖本（八）亦或析分，作升外形。

隸古定本《尚書》寫本中較固定的特殊寫法，這些特殊寫法有許多是為了
更省便的書寫，其類型大致可分為下列諸項：

（一）**筆畫增減**的特殊寫法，如「且」作旦；「害」作害；「巨」作臣；
「巫」作𡜠

（二）**筆畫類型、方向、距離、長短等書法變化**的特殊寫法，如「后」寫
作圅；「戔」旁作戋、戋；「升」寫作卅升；「多」作昜、舀；「取」作「耴」

（三）**為區分形近偏旁**的特殊寫法，如「土」加一點作「圡」

（四）**偏旁改易**的特殊寫法，如「睪」旁作「尺」；

（五）**偏旁位移**的特殊寫法，如「微」作㣲；

（六）**隸書書法或楷書草化**的特殊寫法，如「革」作草；「賓」作「賓」；「夌」「麥」作「麦」「恩」作怨、㤅、「夋」旁作夋夋；「屬」寫作屬

（三）形構類化

1、偏旁涉上下文字而類化

（1）與上文相涉而誤作

「咨」字足利本、上圖本（影）〈君牙〉「夏暑雨小民惟曰怨咨」句中作㤪，是涉前「怨」字从心而誤作「㤪」，下文「冬祁寒小民亦惟曰怨咨」則無誤。

「戒」字足利本「儆戒無虞」作戒，與上文「儆」字相涉而从人。

「底」字岩崎本〈微子〉「我祖底遂陳于上」作祗，乃與上文「祖」偏旁「示」相涉所誤作「祗」。

上圖本（八）〈益稷〉「鳳皇來儀」「皇」字作「凰」凰，《廣韻》「凰」本作「皇」，《史記·五帝本紀》「鳳皇來翔」、《漢書·昭帝紀》「鳳皇集東海」等「鳳」皆作「皇」。其後「鳳皇」受前字「鳳」影響類化而作「鳳凰」。

上圖本（八）〈牧誓〉「比爾干立爾矛」「矛」字作戈，乃與上文「稱爾戈」「戈」字相涉誤作。

（2）與下文相涉而誤作

「遒」字敦煌本 P2533、P3752 作遒遒1，為《說文》酋字或體「遒」字之隸變，與遒禮器碑側類同。九條本作遒2，其所從「酋」字訛作看，乃與下文「徇」字作「循」循之右形看相涉而誤作。

2、字體內部形體相涉而類化

（1）字體內部上下相涉類化

「羹」字岩崎本、上圖本（元）各作羹羹，形構變作上下二「美」。

「讒」字敦煌本《經典釋文·舜典》P3315 作讒，上圖本（元）作讒，內野本或作讒，原右偏旁「毚」从㲋从兔，此字右旁上下類化變作从二「兔」。

「變」字足利本、上圖本（影）作變，其下「又」與「火」類化，變作下从「火」寫混似「大」，上圖本（八）或作變，其下亦類化變作「火」而作「灬」。

「漆」字九條本或作 ，右爲「桼」字俗體「柒」之訛變，下形與其上「來」相涉類化，變作从二「来」（來）。

「奏」字上圖本（八）或作 ，其上篆形 寫作 ，其下與上形相涉而類化作 。

（2）字體內部左右相涉而類化

「顛」字敦煌本 P5557、P2516、上圖本（元）、上圖本（八）或作 ，从二「眞」，九條本「顛」字或作 ，則从二「頁」，皆「頁」旁「眞」旁形近相涉而類化同形。

「矧」字或作或體 ，上圖本（影）〈大誥〉「矧肯構」「矧」字作 ，从二「矢」，乃「矢」旁與「矢」形相涉而類化同形。

「命」字上圖本（影）或作 ，乃「口」與「卩」中間直筆結合省併，且「卩」與「口」類化同形，變似「中」。

（四）形構增繁

隸古定本《尚書》寫本文字中有形構增繁、形體繁化現象，但不如簡化字多見，《說隸》云：「隸固出於小篆，而亦兼用古籀」，即說明一部份形體繁化字的來源，因隸古定古本《尚書》寫本文字有不少是來自古、籀文，有些則來自篆文的隸古定，不過多是已走樣的俗訛字，如「惇」字篆文 ，寫本作 。這些來自古、籀文、篆文的形構增繁字，列入下節「隸古定字變化類型」說明。

隸古定古本《尚書》寫本中文字形構增繁的變化，部份是因寫者「尙茂密」所致，如「覃」作 ，「席」作 ，「弱」作 ，「漆」作 等，有些因爲訛變而繁化，如「飛」作 。部份則是增加偏旁以強調該字的義類，如「道」作 等。此外毛筆書寫講究字形均稱、平穩方正，爲求字體的整體協調，常增加飾點、飾筆，也是隸古定本《尚書》寫本文字形體增繁的變化類型。隸古定本《尚書》寫本文字形構增繁的類型有：

1、字形繁化

「古」字內野本或作 ，口形中增一「、」，當承自戰國文字「古」字作如 古陶 5.464 中山王壺 古幣.布空大 古幣.圜.上 242 之形。

「覃」字敦煌本 P3615 作 ，其下原一直筆此形增變爲二直筆，乃爲求字

形之方正勻稱。

「席」字岩崎本、內野本、觀智院本、上圖本（八）或作􀀀，上圖本（八）或變作􀀀，「广」內形繁化訛變作「帶」，「席」本从巾庶省聲，但一般人以爲「芇」不成字，於是遂繁化改爲形近的「帶」。

「弱」字敦煌本 P3169 作􀀀，變自隸變俗寫如秦簡作􀀀睡虎地 17.141 形，手寫繁化之變體。

「漆」字內野本、上圖本（八）「漆」字或作􀀀􀀀，即《箋正》所謂六朝俗體「漆」字，右上形繁化變爲「來」。

「龍」字足利本、上圖本（影）或作􀀀􀀀，其左形作「啻」，與《古文四聲韻》錄「龍」字􀀀四 1.12 王存乂切韻漢印「龍」字作􀀀漢印徵等左从「帝」相類，􀀀􀀀爲「龍」字之訛，其左（􀀀）訛變繁化作「啻」。

2、增加偏旁

（1）增加義符

「牆」字敦煌本 P3871、九條本各或作􀀀􀀀，右形與漢碑「牆」字或作「廧」􀀀曹全碑􀀀武斑碑類同，「牆」字作「墻」當爲「廧」字贅加義符「土」。

「几」字觀智院本〈顧命〉「憑玉几」作􀀀，爲「几」字增表義之偏旁，卻是訛作「機」之簡體字「机」。

「道」字觀智院本〈顧命〉「皇后憑玉几道揚末命」作􀀀，其左注寫「道」字，孔傳云：「大君成王言憑玉几所道稱揚終命」簡朝亮《尚書集注述疏》云：「孝經云『非先王之法言不敢道』則道者，言也。」此从口之「􀀀」應爲道說字之異體，乃增義符以區別專指之義。

（2）形體訛變造成贅加偏旁

「飛」字岩崎本作􀀀，左形與􀀀晉張朗碑類同，由隸書作􀀀漢石經.易.乾.文言左形訛變，訛變而作贅加偏旁从二「丑」从「飛」。

「梅」字岩崎本作􀀀，乃由移木於下之􀀀字「木」俗訛作「水」，訛誤作􀀀􀀀上圖本（元）、上圖本（八），再加回義符「木」。

「夷」字敦煌本、觀智院本或作􀀀􀀀，爲隸書作􀀀漢石經之訛變，左下爲贅增義符「人」（􀀀），或作「人」之隸古定形（􀀀）。

3、偏旁繁化、重複

如「戈」旁繁化變作「戊」、「戎」，其義類相通：「戡」字九條本〈君奭〉「惟時二人弗戡」作戡；「戲」字上圖本（影）或作戲，敦煌本 P2516、岩崎本、足利本、上圖本（影）或作戲戲，偏旁「戈」字變作「戊」，與《隸釋》錄漢石經尚書作戲戲，漢石經殘碑作壹戈石經尚書殘碑類同；上圖本（元）或從「戎」作戲戲，偏旁「戈」字繁化變作「戎」。

「姦」字島田本〈微子〉「好草竊姦宄」作姧，從二女從干，應是「奸」之異體，本有義符「女」再贅增重複。

4、增加飾點、飾筆

古人毛筆書寫講究字形均稱、平穩方正，爲求字體的整體協調，常增加飾筆。有些是書寫習慣使然，有些是受其他字影響。如「氏」、「民」等末筆上勾而順勢在字形右上加飾點，「友」「夭」「犬」等捺筆右下則好加一撇飾筆，「聿」、「升」、「命」作命等則在直筆右下好加飾點，以求字體平穩；又「友」「夭」等可能是受「犬」字影響，右上又加飾點；「奄」、「奈」作「奈」在其上「大」之左右加飾點作「夾」，一方面是受「尞」字影響，亦是爲使字形均稱。

（1）右上加飾點

「氏」字或「氏」旁、「民」字或「民」旁：「氏」字敦煌本 P5543、S799、九條本、上圖本（元）、足利本、上圖本（影）作氏；「民」字岩崎本、天理本、九條本、觀智院本、上圖本（元）、足利本、上圖本（影）、上圖本（八）或作民民；「昏」字敦煌本 P5557、S2074、內野本、足利本、上圖本（影）、上圖本作昏昏，敦煌本 P2533、S11399、S799、岩崎本、九條本、上圖本（元）、足利本、上圖本（影）、上圖本（八）或作「昬」作昬昬；「婚」字上圖本（八）作婚，上圖本（元）、上圖本（影）作婚婚，岩崎本作婚，所從「昬」省作「民」，亦多一飾點。

「支」字或「支」旁：「技」字敦煌本 S799、P3871、岩崎本、九條本或作「伎」伎伎，所從「支」多一飾點。

「友」字：敦煌本 S799、九條本、內野本、上圖本（元）、觀智院本、上圖本（八）或作友友，右上多一飾點，與「犮」字形近。

「夭」字或「夭」旁：「夭」字敦煌本 P2643 作夭，「沃」字敦煌本 P2643、上圖本（元）作或沃沃，右上多一點，P5557 作沃，其右下復多一撇，P2516、

岩崎本、上圖本（元）再變作 ![] 。

（2）形構上方「大」左右加飾點作「夳」

如「奄」字敦煌本 S2074、足利本、上圖本（影）或變作 ![]；「奮」字敦煌本《經典釋文·舜典》P3315 作 ![]，「奪」字該本作 ![]；「奈」字作「奈」，足利本、上圖本（影）、上圖本（八）寫作 ![] 。

（3）直筆右下加飾點

「聿」字或「聿」旁：「聿」字內野本、足利本、上圖本（影）、上圖本（八）作 ![]；「津」字敦煌本 P4033、P2643、日古寫本多作 ![]；「律」字足利本、上圖本（影）、上圖本（八）多作 ![]；「建」字敦煌本 P2643、P2516、P2748、岩崎本、觀智院本、上圖本（元）或作 ![]，內野本、足利本、上圖本（影）、上圖本（八）或作 ![] 。「肄」字敦煌本 P2748、神田本、岩崎本、九條本、內野本、上圖本（元）、足利本、上圖本（影）、上圖本（八）多作 ![] 。

「命」字俗書本作或作 ![] 上圖本（影），變自 ![]，![] 其下變似「中」，俗書直筆右下好加飾點，足利本、上圖本（影）、上圖本（八）即作 ![] 。

「升」字俗書多寫作 ![]，右所从「十」下多一點飾筆，與「外」形近，如敦煌本 P2643、P2516、岩崎本、上圖本（元）、古梓堂本、足利本、上圖本（影）、上圖本（八）或作 ![] 。

「拜」字敦煌本 P2748、岩崎本、九條本、觀智院本、上圖本（元）、足利本、上圖本（影）、上圖本（八）或作 ![]，九條本、內野本、上圖本（影）、上圖本（八）「拜」字或作 ![]，直筆右下加一飾點，足利本、上圖本（影）「拜」字或 ![]，訛變作从玨从下。

（4）捺筆右下加一撇飾筆

「夭」字或「夭」旁：「夭」字岩崎本或作 ![]，右上多一飾點之外，復右下多一撇，與漢碑作 ![] 夏承碑 ![] 石門頌相類，敦煌本 P2516 作 ![]，上圖本（元）或作 ![] 。「沃」字敦煌本 P5557 作 ![]，P2516、岩崎本、上圖本（元）再變作 ![] 。

「犬」字或「犬」旁：如「獻」字敦煌本 P2748 或作 ![]，如 ![] 張公神碑 ![] 李翊碑等形之偏旁「犬」變作「犮」、「犮」。「臭」字岩崎本、上圖本（元）或作 ![]，「獸」字敦煌本 P3605.3615、S799 或作 ![]，「戾」字 P2748、S6017、島田本或作 ![] 。

（五）形構省變

書寫者爲求便捷常將字形結構加以省略或省變，或常將分屬不同形構之筆畫或部件加以結合、共用，而使字形或結構改變，或將文字形構同形的偏旁以重文符號簡省，筆畫多、複雜的部份、或不重要的部份則常省略以符號「＝」、「米」、「、」等表示。隸古定古本尚書寫本文字形構省變類型有：

1、字形省變

「飛」字上圖本（影）省略字形左半變作⟨圖⟩。

「能」字內野本、上圖本（影）或省作⟨圖⟩，亦省略字形左半。

「聲」字上圖本（八）或省形作⟨圖⟩，足利本、上圖本（影）、上圖本（八）或變作⟨圖⟩，下形混作「巴」。

「胥」字足利本、上圖本（影）、上圖本（八）作⟨圖⟩，足利本此形旁注「胥」⟨圖⟩⟨圖⟩，乃「胥」字俗書作⟨圖⟩⟨圖⟩省略字形下半，寫似「匹」，爲所從「疋」作「正」字而俗寫。

「聖」字足利本、上圖本（影）、上圖本（八）多作⟨圖⟩⟨圖⟩，當由⟨圖⟩滿城漢墓宮中行樂錢⟨圖⟩池陽宮行鐙等而字形省變，「耳」類化作「口」、二「口」俗寫省作「丶ノ」並左右對稱。

2、省略偏旁

（1）會意字省略部分偏旁

「法」字足利本或作⟨圖⟩，爲《說文》篆文作「灋」省「去」。

「安」字上圖本（元）〈盤庚上〉「惰農自安」作「女」。

「侈」字上圖本（影）作⟨圖⟩。

（2）形聲字省略義符，以聲符爲字

「譁」字上圖本（八）〈費誓〉「公曰嗟人無譁聽命」作⟨圖⟩。

「慰」字岩崎本作⟨圖⟩。

「厭」字敦煌本 P2748、內野本、上圖本（八）作⟨圖⟩⟨圖⟩。

「雖」字足利本、上圖本（影）作⟨圖⟩。

「譸」字上圖本（八）作⟨圖⟩，爲「壽」字隸古定俗訛字形，此以「壽」爲「譸」。

「圖」字足利本、上圖本（影）或作⟨圖⟩，與漢碑「圖」字作⟨圖⟩韓勅後碑同，

《廣韻》「圖俗作圖」，俗書「圖」字以聲符「啚」爲之。

「島」字「島夷卉服」岩崎本作 _鳥，《集韻》上聲 32 晧韻「島」字古作「鳥」，以聲符爲「島」字。

3、偏旁省形

「婚」字岩崎本作 _婚，偏旁「昏」作「睧」又省形作「民」。

「慇」字敦煌本 P2630 作 _慇，即「慇」字所從「民」缺筆，《說文》心部「慇，痛也，从心殷聲」，「慇」「慇」音近假借。

「髲」字神田本作 _髲，所從「髟」省「彡」形。

「師」字岩崎本或作 _帀（〈說命中〉承以大夫師長、〈說命下〉事不師古），敦煌本《經典釋文・堯典》P3315「師」字云「或作師」，二形與《古文四聲韻》，_帀四 1.17 籀韻 _所四 1.17 籀韻類同，左旁「尸」、「口」乃「𠂤」（ _𠂤 ）之省形〔註41〕，「巾」、「斤」則爲「帀」之俗訛。

「塵」旁俗多作「厘」，《集韻》平聲三 2 僊韻「塵」字或作「厘」，《廣韻》「纏」字俗作「纏」下云：「餘皆仿此」，唐碑「纏」、「瀍」、「躔」字旁多有從「厘」者〔註42〕，敦煌本 P2748、九條本「瀍」字作 _瀍，「厘」爲「塵」之省形。

4、三個重複部件省略作二個、二個省略作一個

如「眾」字內野本、足利本、上圖本（影）或作 _眾，其下原從三人之偏旁「㐺」（ _㐺 ）字則省作二人「从」。三口或省作「吅」，如「籲」字上圖本（影）或作 _籲。

5、不同形構之筆畫或部件省併、共用

「側」字岩崎本或作 _夊、島田本或作 _夊、足利本或作 _夊、上圖本（影）或作 _夊，當由「庂」字訛變，其下「人」形與「广」之左撇筆結合而形訛近「夂」「夊」。

「命」字上圖本（影）或作 _命，乃「口」與「卩」中間直筆結合省併，且

〔註41〕 徐在國謂此形「所從的尸可能是聲符，也可能是 _𠂤 之壞文造成」，《隸定古文疏證》，合肥：安徽大學出版社，2002，頁 134。

〔註42〕 參見《尚書隸古定釋文》卷 4.4，劉世珩輯，《聚學軒叢書》7，台北：藝文印書館。

「卩」與「口」類化同形，變似「中」。

「品」字足利本、上圖本（影）、上圖本（八）作品、「藻」字作藻、「臨」字作臨，其「品」下二口共筆。

「岱」字岩崎本作㦵㦵，乃變自佽孔宙碑佽華山廟碑，偏旁「亻」省復與「戈」之橫筆相合，變作从「戌」。

「僉」字上圖本（影）或作㑒，上圖本（八）或作僉，上圖本（影）、上圖本（八）「僉」字又或作㑒僉，中間二口筆畫共用，且與其下「人」合書。

「勞」字敦煌本 P2748 或作芳，其下「力」復與其上筆畫結合寫似「万」。

「葬」字上圖本（元）或作葬葬，其上「艹」、「死」之橫筆共用。

「匡」字足利本或作匡，上圖本（影）或作匡匡，所從「王」（㞷）之下橫筆與偏旁「匚」共用，古陶、古璽亦有作此共筆者，如匡璽彙 4061匡陶彙 4.96匡山東 002；上圖本（八）或作匡，則其中之上橫筆與偏旁「匚」共用。

「幼」字敦煌本 P3670、P2516、岩崎本或作幼幼幼1，偏旁「幺」在左上，下橫筆與「力」共用，岩崎本或作物，當自多武威簡.士相見 11多孔宙碑乡曹全碑而來。

「競」字足利本、上圖本（影）「競」字作竞，《說文》誩部「競」字篆文作競，从誩从二人，此形「言」變作「音」，二「音」之下半「曰」與二「人」省併。

「堯」字在寫本中上半「垚」有簡省併寫作「𡉀」形，如內野本、足利本作堯，敦煌本 P2516 或作堯；下方「兀」之橫畫或與「垚」共用，如敦煌本 P2643 或作堯。

6、以符號簡省形體

書寫者為求便捷，常見將文字形體以符號簡省，如相同的偏旁或部件，包括形構類化而同形者，用重文符號——兩點「=」（丶、丶）或「マ」——表示省略，如「姦」作𡚼；形構中筆畫多、複雜的部份、或不重要的部份常省略以符號「=」、「米」、「、」等表示，如「歲」作𡵉、「斷」作断、「遷」作迁等；也有作草書簡省為符號「リ」者，如「臨」作临、「師」作师等。

（1）用重文符號簡省：「=」（丶、丶）、「マ」表示重複部件

相同的偏旁上下重疊時，下一偏旁的俗書往往用兩點「=」（丶、丶）表示省

略，有時重文符號寫作「﹀」。如「脅」字足利本、上圖本（八）作![脅]；「協」字足利本、上圖本（影）、上圖本（八）或作![協恊]；「劦」字上圖本（影）作![劦]；「蟲」字上圖本（八）作![蟲]；「姦」字上圖本（元）、足利本、上圖本（影）、上圖本（八）作![姦姦]；「孱」字上圖本（八）作![孱]，足利本作![孱]，「綴」字足利本、上圖本（影）或作![綴]，所从「叕」下形作「﹅」為同形部件「又」之重文符號「＝」。

俗書因字體內部形構上下類化而同形者，亦用重文**符號**簡省，如「羹」字岩崎本、上圖本（元）各作![羹羹]，與秦、漢簡作![羹]**睡虎地 19.180**![羹]**武威簡·少牢 8**類同，其上下類化而同形，字形作二「羔」重疊，足利本、上圖本（影）作![羹]，其下「＝」為重文符號，原當亦字體內部上下類化之![羹羹]形。「讒」字敦煌本《經典釋文·舜典》P3315 作![讒]，上圖本（元）作![讒]，內野本或作![讒]，原右偏旁「毚」从怎从兔，此字內部上下類化變作从二「兔」。足利本、上圖本（影）、上圖本（八）「讒」字或作![讒讒]，左下「＝」為重文符號，其左為二兔之省。

（2）以「一」表示重複部件

如「參」字上圖本（八）或作![參]，足利本、上圖本（影）或作![參]，「＝」、左右各一短橫，皆表字形中省略重見的「厶」。

（3）部分形構作省略符號「一」

偏旁形構下方三點「小」常省略作「一」，如「糸」寫作「纟」：「紹」字敦煌本 P2516、岩崎本、上圖本（元）、九條本或作![紹紹]；「就」字內野本、上圖本（影）或省作![就]，九條本或多一畫作![就]；「影」字上圖本（影）變作![影]；「願」字內野本作![願]。

又「參」字足利本、上圖本（影）或作![參]，一長橫「一」表示省略「厽」。

（4）部分形構作省略符號「＝」（丶、乀）

（丶、乀），如「歲」下形省作「＝」，足利本或作![歲]，「穢」字或作![穢]，所从「歲」皆與《古文四聲韻》錄「歲」字![歲]**四 4.14 崔希裕纂古**同形，「山」為「止」之訛。「顧」字上圖本（影）或作![顧]，岩崎本、九條本、內野本、古梓堂本、足利本、上圖本（影）或作![顧顧]，與![顧]**街談碑**![顧]**樊敏碑**類同，《隸釋》謂顧顧即「顧」字，《玉篇》頁部「顧」字俗作「頋」，![顧顧顧]皆是「顧」之俗省字，左下為「隹」之省形，疑即以省略符號「＝」寫作（乀）取代。「幾」字足利本

或作元、上圖本（影）或作元，上圖本（八）或作𢇻，其上所从「絲」寫作省略符號「＝＝」。

　　形構下方「巳」（卩）省略作二點ヽ，如「遷」字敦煌本 P2748 或作遷，足利本、上圖本（影）、上圖本（八）或作遷，P2748、觀智院本、上圖本（元）、足利本或省訛作遷遷；「倦」字內野本、足利本、上圖本（影）、上圖本（八）皆作倦。

　　形構下方「日」「曰」或「口」省略作二點「＝」（ヽ、ヾ），如「會」字足利本、上圖本（影）或作會會，「曾」字上圖本（影）作曾。俗書中由部件「月」混作「日」或「曰」者亦省略作二點「＝」（ヽ、ヾ），如「渭」字，日諸寫本多作渭，足利本或省略作渭；「謂」字島田本、內野本、足利本、上圖本（影）、上圖本（八）或作謂，足利本、上圖本（影）、上圖本（八）或省略作謂謂。「謨」字上圖本（影）或作謨，下形作省略符號「＝」，當爲𦋅說文古文謨慕之省寫。

　　（5）部分形構作省略符號「夕」

　　「樂」字或作樂樂，其上「夕」爲表上形省略之符號。

　　（6）部分形構作省略符號「米」

　　如「幽」字足利本、上圖本（影）、上圖本（八）或作幽2，由漢碑或省變作𡵞夏承碑而來，其內「ヾ」即表省略，再與字形中間直筆結合，寫作省略符號「米」。又如「齒」字足利本、上圖本（影）或作齒，「爾」字內野本或作爾1，觀智院本、上圖本（八）或省變作爾爾；「肅」字內野本、上圖本（八）或作肅肅，上圖本（元）或作肅，形如肅孔寵碑肅史晨奏銘肅張納功德敘，《干祿字書》謂「肅，俗肅字」。「斷」字內野本、足利本、上圖本（影）、上圖本（八）或作斷，其左形省變，《玉篇》斤部「断」字同「斷」，断爲俗字。「繼」字敦煌本 P2748、P2630、九條本、內野本、足利本、上圖本（影）、上圖本（八）作繼繼。「屢」字足利本、上圖本（影）或變作屢。上述諸字形中皆有部分形構作省略符號「米」。

　　（7）部分形構作省略符號「、、、」「、」

　　如「榮」字足利本、上圖本（影）或作榮，「營」字足利本、上圖本（影）或作營，「勞」字足利本、上圖本（影）、上圖本（八）或作勞勞，其上「炏」省作三點「、、、」。

「學」字內野本、足利本、上圖本（影）、上圖本（八）或作学，「斅」字足利本、上圖本（影）、上圖本（八）或作敩敩敩，「學」之上形省作三點。

「躅」字足利本、上圖本（影）、上圖本（八）或作蠋蠋，「蜀」旁中「虫」省略作一點（丶）或兩點（ζ）。

（8）部分形構作省略符號「リ」

「臣」、「𦣞」等草書簡省為省略符號「リ」，如「臨」作「临」，「師」作「师」，「堅」作「坚」，「歸」作「帰」，此處「リ」為表左旁形體省略之符號。

如「監」字敦煌本 P2748、足利本、上圖本（影）、上圖本（八）或省作临监监。「賢」字足利本、上圖本（影）、上圖本（八）或作賢。

「師」字足利本、上圖本（影）、上圖本（八）或作师师师师等形，左形皆「𦣞」之省作「リ」。

「歸」字足利本、上圖本（影）或作「帰」帰帰。「擊」字足利本或變作擊，上圖本（影）或作擊，其上左半省作リ。

（六）形構改移

書寫者為使字形結構的比例勻稱，往往移動偏旁，並且省去部份形體以協調字形結構的方正。有些文字形構的改移是來自古、籀文，如「崇」字傳抄著錄古尚書文字作𡫳汗 4.51𡫳四 1.11，《漢書・郊祀志》「𡫳高」，顏師古曰：「𡫳，古崇字」，敦煌本 P3315、S799、上圖本（八）、《書古文訓》「崇」字或作𡫳𡫳。這些來自古、籀文、篆文的形構改移，列入下節「隸古定字變化類型」說明。

然而有些文字形構的改移有任意性，為寫者任意所致，與結構的比例或方正無關，如「崑」字作崑，「承」字作承承。隸古定古本尚書寫本文字形構改移的類型有：

1、上下形構移作左右

「聖」字敦煌本 P3752、P3871、上圖本（八）或作聖，「壬」移於口下，原作上下形構改移作左右形構，與郭店〈緇衣〉19 引〈君陳〉句 [註43]「聖」

〔註43〕上博〈緇衣〉10、11 引〈君陳〉員：「未見聖，女如丌丌弗克見，我既見，我弗貴聖。」郭店〈緇衣〉引〈君陳〉員：「未見聖，如其弗克見，我既見，我弗迪聖。」

緇衣 19 今本〈緇衣〉引〈君陳〉：「未見聖，若己弗克見，既見聖，亦不克由聖。」

字作 [圖] 郭店緇衣 19 相類。

「島」字上圖本（影）作 [圖]，移偏旁「山」於左，《集韻》上聲 32 皓韻「島」字亦書作「嶋」。

「摯」字上圖本（八）作 [圖]，移手於丮下。

「聲」字內野本作 [圖][圖]，與〈趙寬碑〉作 [圖] 趙寬碑同形，偏旁「耳」移於左下。

2、左右形構移作上下

「斁」字內野本、足利本、上圖本（影）、上圖本（八）或作 [圖]，移左旁「睪」之「罒」於上。

「誓」字敦煌本 S801 作 [圖]，原作上下形構，其上「折」之「扌」旁下移。

「稽」字足利本、上圖本（影）、上圖本（八）或作 [圖][圖]，「禾」上移，變爲秂上旨下之形，與《古文四聲韻》所錄《汗簡》作 [圖]四 1.27 類同。

「崐」字〈胤征〉「火炎崐岡」敦煌本 P5557 作 [圖]，上下形構「崑」與左右形構「崐」二字同。

3、其他形構改移

「咎繇」之「咎」字敦煌本《經典釋文・舜典》P3315、S5745、岩崎本或作作 [圖]，其右上「人」形變作「卜」，右移成左右形構。

「岱」字岩崎本作 [圖][圖]，本作上下形構，其下「山」上移入「亻」旁「戈」旁之內，「亻」與「戈」橫筆相合，變似从「戊」。

「崐」字〈胤征〉「火炎崐岡」九條本作 [圖]，偏旁「昆」上下錯置，與「皆」訛混。

「囂」字上圖本（元）作 [圖]，移上下「吅」於左右兩側，與 [圖] 武威簡.泰射114 [圖] 漢印徵同形。

「承」字寫本往往混作「丞」，神田本、岩崎本、九條本、內野本、上圖本（元）、足利本、上圖本（影）、上圖本（八）多寫作 [圖][圖]，將「承」字中間「了」之上部「フ」寫成「ソ」，又把三橫置於上，兩側「水」（廾）形下移，與「丞」混同。

晚出古文〈君陳〉云：「凡人未見聖，若不克見，既見聖，亦不克由聖。」

（七）偏旁易換

1、聲符替換

「翼」字內野本、足利本、上圖本（影）、上圖本（八）或作[字形]，乃從羽弋聲，「狱」字之俗訛，「狱」、「翊」聲符更替。

「遷」字足利本〈書序・咸有一德〉「仲丁遷于囂作仲丁」作[字形]，從辵千聲，為聲符替換。

「鴟」字上圖本（八）作[字形]，「氐」古音端紐脂部，「至」古音章紐質部，「鴟」、「鴉」乃聲符更替。

2、義符替換

「牆」作「墻」：足利本、上圖本（影）「牆」字或作[字形]，《玉篇》土部「墻」字「正作牆」，「墻」為「牆」之俗字，二字義符替換。

「祗」作「低」：敦煌本 S799〈武成〉「敢祗承上帝」「祗」字作[字形]，「示」旁換作「亻」。

「葬」作「塟」：內野本、足利本或作[字形]，上圖本（影）或變作[字形]，為漢簡「葬」字或作[字形]武威簡.服傳 **48** 之再變，即「塟」字之訛變，「塟」字見於《正字通》，所從「茻」之下「艹」改易為「土」，義類可通，乃改易其義符的一部分。

3、改義符換作聲符

「恥」作「耻」：「恥」字敦煌本 P2516、上圖本（元）作[字形][字形]，所從「心」左少一點，與漢碑作[字形]尹宙碑同形，《干祿字書》「[字形][字形]：上俗下正」。內野本、足利本、上圖本（影）、上圖本（八）或作[字形]，漢碑即有變作從「止」之形：[字形]譙敏碑，《說文》心部「恥」字從心耳聲，「恥」的俗字作「耻」，是因原有聲旁「耳」失去表音作用，而「心」的隸書或作[字形]，與「止」作[字形]形近，且讀音與「恥」相近，因此「止」取代「耳」為聲旁，而作從耳止聲。岩崎本「恥」字或作[字形][字形]，「止」旁俗訛作「正」、「山」。

「曼」作「曽」：漢碑「曼」字作[字形]孔寵碑，從「又」變從「寸」，「又」「寸」義類相通，「寸」又變作「方」，如「蔓」字作[字形]校官碑，《隸辨》云：「碑復變『寸』從『方』。《楚辭・九歌》『石磊磊兮葛蔓蔓』洪興祖補注『蔓俗作』，隸古定古本尚書寫本「曼」旁多作「曽」，如「慢」字內野本或作[字形]，上圖本

（八）或作 ![慢]，或假「嫚」爲「慢」字，敦煌本 S801 作 ![嫚]、上圖本（元）作 ![嫚]，「曼」由從「又」變作「寸」再變作「方」，皆是形近相混，變作「万」，一則由於形近，一則具有表音作用。慧琳《一切經音義》卷三「傲慢」條下云：「曼字从又，俗从万，訛也」。「曼」字古與「萬」同音，《左傳・桓公五年》「曼伯爲右拒」《釋文》：「曼，音萬」錢大昕《十駕齋養新錄》卷二「曼」條云：「古有重脣而無輕脣，故曼、萬同音。今吳中方音千萬之萬如曼，此古音也」可見俗書改「曼」字又旁爲「万」（俗以「万」爲「萬」之俗字）具有表音作用〔註44〕。

（八）書法的變化

　　隸古定本《尚書》寫本文字形體，有因書法的變化，如書寫的筆畫寫法改變，或是字形的隸書書法俗寫，或是將字形草化的俗書作楷定、楷化的書寫，也有文字草書書法的楷定、楷化，這些都是因書法的變化而使寫本文字形體產生變化，其變化也包括形構的省變，及字形的訛變。其中書寫的筆畫寫法改變、字形書寫的變化，有些已是寫本常見的較固定寫法，也是造成文字形體混淆的原因。

1、筆畫書法的變化

　　（1）「一」在下（如土、壬、壬等字其下一橫）寫作「凵」例

　　俗書「一」在下，如「土」、「壬」、「壬」等字其下一橫，往往以二筆寫成「凵」（筆順爲凵丨）。如「陸」字九條本或作 ![陸]；「垂」字敦煌本《經典釋文・舜典》P3315 作 ![垂]，敦煌本 S799、岩崎本、觀智院本、足利本、上圖本（影）、上圖本（八）或作 ![垂][垂]，上圖本（影）、上圖本（八）或省筆作 ![垂][垂]，上圖本（影）或作 ![垂]，與漢碑「垂」字作： ![垂]鄭固碑 ![垂]華山廟碑 ![垂][垂]孔龢碑等類同。「淫」字敦煌本 P2516、S799、P3767、P2748、S2074、岩崎本、島田本、九條本、內野本、足利本、上圖本（影）、上圖本（八）多作 ![淫][淫]，其右下「壬」其下一橫寫成「凵」。

　　（2）形構上方「ㄣ」「刀」「マ」「フ」形寫作「厶」「丷」例

　　俗書字體形構上方之「ㄣ」「マ」常爲求書寫便捷筆畫變作「厶」「丷」。

〔註44〕參見張涌泉，《漢語俗字研究》，湖南：岳麓出版社，1995，頁51。

如「象」字敦煌本 P5557、內野本、足利本或作 象象，上圖本（八）或作 象象，內野本或作 象，內野本或作 寫。「勇」字九條本、上圖本（元）、足利本、上圖本（影）或作 勇勇勇，上圖本（八）或作 勇。「免」字內野本、足利本或作 兔兔，上圖本（影）、上圖本（八）或作 兔兔。「魚」字上圖本（八）或作 奠，內野本、足利本、上圖本（影）作 魚。「鮮」字內野本、上圖本（八）或作 鮮鮮，上圖本（八）或作 鮮，足利本、上圖本（影）、上圖本（八）或作 鮮。「召」字敦煌本 P2516、P2748、岩崎本、九條本、觀智院本、上圖本（元）或作 召，「昭」字寫本多寫作 昭昭。

（3）形構下方直、點、撇、捺等四筆寫作「从」「灬」例

字體形構下方直、點、撇、捺等四筆書寫時筆畫變化寫作「从」「灬」，如分、亦、兼等字或偏旁其下四筆變作「灬」，「从」「灬」又或相混作。「兼」上圖本（影）、上圖本（八）、觀智院本或寫作 兼兼，內野本或作 兼，下方四筆筆畫變化作「从」；敦煌本 S2074、P2630、九條本、內野本或作 兼兼，與漢簡作 兼居延簡甲 2042A 兼武威簡.有司 15、漢碑作 兼華山廟碑同形，下形由「从」再變作「灬」。「廉」字上圖本（八）作 廉，內野本作 廉，與 廉武威簡.有司 6 廉曹全碑等同形，「謙」字敦煌本 S801 字作 謙₂，如 謙漢印徵 謙嘉祥畫像石題記等形，上圖本（八）作 謙，與 謙禮器碑側相類。

「寡」字敦煌本 P2748 作「寡」，張參《五經文字·宀部》：「寡寡：上《說文》，下石經」（頁 15），其下「分」四筆變作「灬」。

「亦」字上圖本（八）變作 亦，敦煌本 S2074 作 亦，與漢碑作 亦華山廟碑 亦郁閣頌、「弈」字 弈尹宙碑所從「亦」類同，《隸辨》云：「按《字原》誤書作 亦」；敦煌本 P3871、岩崎本、九條本、內野本變作 亦亦亦₂，其上變似「夕」；其下四筆變作「灬」。

（4）形構內「大」寫作「工」「工」例

「因」字敦煌本 S2074、九條本、內野本、觀智院本、上圖本（影）或作 因因，《干祿字書》：「囙因，上俗下正」，漢碑「因」字或作 因尹宙碑 因史晨碑，其內「工」「工」形為「大」之俗寫。又如「器」字 P3315、上圖本（影）、上圖本（八）或作 器，形構內「犬」俗混作「大」，如漢簡作 器居延簡、甲 2165，島田本、內野本、足利本、上圖本（元）或作 器器，形構內「犬」混作「大」

再變作「工」，與[囂]居延簡.甲 712 類同。

（5）筆畫方向變化例

「兜」字足利本、上圖本（影）、上圖本（八）或作[兜兜]，其上左右部件
筆畫方向相反。

2、字形的隸書書法或其俗寫

「習」作[習]：「習」字和闐本、日古寫本、《書古文訓》或作[習習習]，「白」
變作「日」，「羽」作ヨヨ形，如漢碑作[習]婁壽碑[習]孔宙碑等形。

「夷」作[夷]：「夷」字內野本、足利本、上圖本（影）、上圖本（八）或作
[夷夷]形，漢石經「夷」字作[夷]漢石經，皆隸書書法字形。

「庚」作[庚]：「庚」字漢石經作[庚]，敦煌本 P2643 作此隸書形[庚]，直筆下
加一飾點。

「乘」作[乘]：隸古定尚書敦煌諸本、日諸古寫本「乘」字多作[乘乘乘乘]，
為隸書字形，與魏三體石經〈君奭〉「乘」字隸體作[乘]、漢碑作[乘]魯峻碑[乘]
孫根碑[乘]繁陽令楊君碑等同形。

「男」字作[男]：「男」字敦煌本 P2533 作[男]、九條本、觀智院本或作[男]，《說
文》篆文作[男]，所從「力」與漢代隸寫作[男]睡虎地 13.59[男]武威醫簡 85 甲[男]漢石經.
春秋.昭 4 年同，[男]則「力」未出頭，變作篆文「刀」之隸古定。

「韋」作[韋]：「違」字隸古定尚書寫本多作「韋」，如敦煌本、岩崎本、九
條本、上圖本（影）、觀智院本或作[韋韋韋]等形，魏三體石經〈無逸〉隸體作[韋]，
皆是《說文》篆文「韋」[韋]隸書寫法。

「番」作[番]：「蕃」字作「番」，九條本作[番]，「審」字敦煌本 P2516、岩
崎本、內野本、觀智院本、足利本、上圖本（八）或作[審審]，《說文》「番」
字篆文[番]，「釆」或俗寫作「米」形，乃隸書[番]西狹頌所作形體。

「離」作[離]：「離」字敦煌本 P2516、S2074、九條本作[離離]，其左從「禹」，
與漢碑作[離]景北海碑陰[離]韓勑碑[離]曹全碑類同，《隸辨》云：「按《顏氏家訓》
以『離』側配『禹』為世俗書，《經典釋文》條例亦謂『離』邊作『禹』直是字
訛。諸碑『離』或作『雜』，相仍積習有所自來。」此形乃由篆文[離]隸寫作[離]睡
虎地 24.28[離]孫臏 49[離]漢帛書老子乙前 45 上等形而變。

「我」作[我]：上圖本（八）〈文侯之命〉「扞我于艱若汝予嘉」「我」字作[我]，

左俗訛作「禾」，與華山廟碑作 [圖] 華山廟碑同形，爲隸書俗寫。

3、字形草化俗寫的變化、草書楷化或隸定

匸旁寫作「一辶」、「辶」「廴」：匸作偏旁寫作「一辶」，就是書法的變化，並非匸、辶可以混用。「匸」旁書寫時常析離，上橫筆變作一短橫、一點，或變作「宀」，乚則與「辶」草化俗寫省一點作乚相混，「辶」又與「廴」相混。

彡、彳旁寫作「氵」：「彡」「彳」作左半偏旁多寫作「氵」，如「復」作 [圖][圖]，「得」作 [圖][圖]，「須」作 [圖] 等，這是最初由草書變化而來的，本來不同於水旁。

頁旁省作「丶（氵）」例：「頁」旁草書變作丶，與「氵」或「彡」三筆草化連書同形，如「顯」字足利本、上圖本（影）或作 [圖][圖]，「顧」字上圖本（影）或作 [圖]，「順」字上圖本（影）或作 [圖]。

「盡」作 [圖]：「盡」足利本、上圖本（影）字作 [圖][圖]，爲草書楷化俗字，宋時常見俗字〔註45〕。

「貴」作 [圖]：「貴」字上圖本（影）作 [圖]，爲「貴」俗書草化字形，又如「遺」字上圖本（影）或作 [圖][圖]，與漢簡 [圖] 武威醫簡 60 類同。

「聽」作 [圖][圖]：「聽」字足利本、上圖本（影）「聽」字或作 [圖]，足利本或變作 [圖]，偏旁「悳」字受草書影響而省變，形與《書古文訓》或作 [圖] 相類，其右下爲草書「心」形。[圖] 則「耳」旁變作「敢」之左形「耳」，乃由 [圖] 孔宙碑 [圖] 無極山碑再變。

「弱」作 [圖]：「弱」字寫作 [圖]，字形爲从二「苟」，並非增加筆畫或移改結構所致，而是源自書法的變化。「弱」字敦煌本 P3169 作 [圖]，變自隸變俗寫如秦簡作 [圖] 睡虎地 17.141，敦煌本 P3670、P2643 作 [圖][圖]，張涌泉謂 [圖][圖] 即「弱」的手寫變體〔註46〕，書寫草化，島田本、九條本、上圖本（八）或作 [圖]，由 [圖]

<hr>

〔註45〕宋孫奕《履齋示兒編》卷九《文說》：「初，誠齋先生楊公考校湖南漕試，同僚有取《易》義爲魁，先生見卷子上書『盡』字作『尽』，必欲擯斥。」錢大昕《十駕齋養新錄》據此謂「尽」爲宋時俗字。參見張涌泉，《漢語俗字研究》，湖南：岳麓出版社，1995，頁 76。

〔註46〕敦煌伯（P）4094 號《王梵志詩集・他貧不得笑》「他貧不得笑，他 [圖] 不須欺」斯（S）76 號《食療本草》「甜瓜」下云：「多食令人羸憊虛 [圖]，腳手少力」。見：張涌泉，《敦煌俗字研究》，上海：上海教育出版社，1996，頁 206。

再變，其單旁與「茍」字草書相近因訛成从二茍，⿱變作「口」。

「耇」作苟、苟：「耇」字敦煌本 P2516〈微子〉「咈其耇長」作苟，偏旁「老」其上「耂」草寫，手寫筆畫變體省訛形近「山」，上圖本（影）、上圖本（八）「耇」字或作苟，「耂」訛成「山」，與「茍」相混。「敬」字敦煌本《經典釋文・堯典》P3315 作敬，爲篆文作敬之隸定俗訛，「茍」旁俗寫與「耂」混同。

「德」作㥁：說明詳見本章第一節隸古定古本《尙書》特殊文字形體探析、壹.隸古定《尙書》寫本特殊文字形體——特殊俗字形體。

「聖」作𡉜𡉜：同上。

「淵」作渊：同上。

（九）訛誤字

「懿」訛誤作懿：「懿」字敦煌本 P2748 作懿，所从「壹」誤作「豈」且上移，進而與「皺」相類化，右上「次」變作「皮」，訛誤作从皺从心。

「思」訛誤作恩：「思」字上圖本（八）作恩，訛與「恩」字混同。

「出」訛誤作生：岩崎本〈微子〉「我其發出狂」「出」字作生，乃訛誤爲「生」字。

「若」訛誤作「弟」：九條本〈梓材〉「惟曰若稽田既勤敷菑」「若」字作「弟」其旁書有若字：弟若，故知「弟」字乃若字之誤寫，因其形構上方形近而誤作。

「用」訛誤作由：上圖本（八）〈洪範〉「次二日敬用五事」「用」字作由，其下傳云：「五事在身，用之必敬，乃善也。」亦以「由」爲「用」，由爲「由」之訛誤字。

（十）六朝、唐代新造字

「歸」作「皈」：足利本、上圖本（影）「歸」字或作皈皈，「皈」爲六朝俗字「皈爲歸」「皈」之訛新造的俗字，《龍龕手鏡・自部》「皈，音歸」，今作「皈」則是「皈」的訛變。

「地」作「坔」：內野本〈金縢〉以後「地」字皆作坔，《集韻》「地」字下云「唐武后作『坔』」，《一切經音義》卷 54「坔，古地字，則天后所制也」，

「坚」乃武周所制新字。

二、《書古文訓》文字形體變化類型

　　《書古文訓》雖是宋代刊印隸古定《尚書》刻本，但經與各本傳鈔古文《尚書》相比對，其中許多文字形體是由唐人俗書別體而來，宋代尚有唐本隸古定《尚書》流傳，《書古文訓》之文字形體當有據於唐本，也因襲繼唐人抄本混雜俗書的文字變化。與隸古定《尚書》寫本文字形體變化類型相較，《書古文訓》所見大致相類。

（一）形體混淆

1、偏旁或部件混淆

　　（1）形構上方一短橫、一點、一撇混作不分

　　一點變作一撇：《書古文訓》「文」字作「迄」或作夋，「宀」寫作「亠」，與「文」字敦煌本 P3767、岩崎本或寫作文同。

　　（2）工、乇相混例

　　俗書部件「乇」書寫時「乚」或筆畫分寫而變作「工」，如「尼」字漢碑作尼衡方碑，「泥」字岩崎本、上圖本（八）或作泥，岩崎本又變作泥，「昵」字上圖本（元）或作昵，上圖本（元）、上圖本（影）、上圖本（八）或作昵昵，「耆」字上圖本（八）或作耆，《書古文訓》受俗書影響「尼」字作尼。

　　（3）犬、犮相混例

　　俗書「犬」右下多一撇，與「犮」相混同，「岳」字《書古文訓》〈禹貢〉「至于岳陽覃懷底績」作嶽，右下「犬」作「犮」，即爲俗書混作，「岳」爲「嶽」字古文。

　　（4）易、昜相混例

　　俗書「易」、「昜」常相寫混，《書古文訓》「揚」字或作《說文》古文「敭」寫作敭，與隸古定古本尚書寫本多作敭同，「昜」旁混作「易」。

　　（5）竹、艹相混例

　　「竹」旁寫作「艹」隸書時就已開始，「篤」字《書古文訓》或作篤，當爲「篤」之俗字，「竹」「艹」不分。

（6）氵冫相混例

俗書「氵」旁或少一畫混作「冫」，如「沖」字敦煌本 P2748、S6017、內野本或作沖沖，《書古文訓》亦受俗書影響作沖，《玉篇》冫部「冲，俗沖字」。

（7）辶、廴相混例

偏旁「辶」俗寫常上少一點，又筆畫分開，而混作「廴」，如「乃」字隸古定古本《尚書》多作「迺」，《書古文訓》或作迺，內野本、足利本、上圖本（影）、上圖本（八）多作迺，為《說文》「迺」字篆文作迺之隸變俗寫。

（8）彳、亻相混例

隸古定古本尚書「逸」字多作「伩」「佟」，《書古文訓》或作俗，「亻」混作「彳」，乃受俗書影響。

（9）「今」「令」相混例

偏旁「今」「令」俗書常混作不分，如「含」字內野本、足利本、上圖本（影）、上圖本（八）或作含，《書古文訓》或作含，上亦从「令」。又「琳」字《書古文訓》作「玲」各為玲，與敦煌本 P3169玲、鄭本同。

（10）「贊」混作「替」、賛

俗書部件「兂」混作先、无、天，亦混作「夫」，故俗書偏旁「朁」混作「替」、「贊」混作「賛」，又訛混作「替」。

如「贊」字《書古文訓》或作賛，「瓚」字《書古文訓》作賛與內野本、足利本、上圖本（影）或作賛，內野本、上圖本（八）或作瓚同形，《五經文字》云：「『賛』，經典相承隸省」，《書古文訓》又作賛，其上變作从二「无」。

（11）乂、又相混例

「乂」字書寫與「又」隸古定作乂乂形近，為與「又」作乂區別，乃於「乂」上加一點而與右筆合書，作乂，又混似「又」字，如「凶」字岩崎本、島田本、九條本、上圖本（八）或作凶，原交陷之形「乂」寫混作「又」，《書古文訓》或作凶，則俗書凶形之變。

（12）「畀」混作「卑」例

「畀」字書寫時左下「丿」筆上移而寫混作「卑」，魏三體石經〈多士〉「畀」字古文作畀、篆體作畀，晁刻古文尚書、《書古文訓》「畀」字多作畀，為畀魏三體之隸古定，與《書古文訓》「俾」字或作「卑」作畀形近。

（13）阝、卩相混例

「阝」「卩」俗書常相混作，「恤」字隸古定古本尙書多作「卹」，《書古文訓》或寫作卹，與敦煌本 P2643、內野本、足利本、上圖本（影）、上圖本（八）皆同，偏旁「卩」作「阝」。

（14）己、巳、巳相混例

俗寫「己」、「已」、「巳」常寫混不分，如「已」字《書古文訓》皆作巳；「异」字《書古文訓》作异，與內野本、足利本或作异同形，「异」字从巳（已）聲，其上應作「已」。「已」字《書古文訓》皆作巳。

（15）「糸」「幺」相混例

俗書「系」「糸」常相混作，或省略其下點畫混作「幺」，「幺」俗書則其下常多加點畫，與「糸」相混。《書古文訓》〈盤庚中〉「曷不暨朕幼孫有比」「幼」字作紉，偏旁「幺」俗訛作「糸」。

（16）「糸」「系」相混例

「繇」字《書古文訓》或作繇繇，或「系」省作「糸」作繇絲繇繇繇繇。

（17）攵、又相通例

偏旁「攵」「又」字形相近，義類亦通，俗書二旁常相通用，如「敘」字《書古文訓》或作叙，與隸古定古本尙書寫本多作㪤同。

（18）口旁、厶旁相通例

古文字「○」形隸定作「口」或作「厶」，故俗書「口」旁、「厶」旁相通，《書古文訓》「勳」字或作古文「勛」，受俗書影響作勛，「損」字作損，與隸古定古本尙書寫本常作勛損同形。又「吝」字《書古文訓》作㖟，九條本作㖟，「口」旁、「厶」旁相通，㖟與㖟同。

（19）「口」旁、「人」相通例

《書古文訓》〈周官〉「貳公弘化寅亮天地」、〈顧命〉「越玉五重陳寶赤刀大訓弘璧琬琰」「弘」字作弘，爲篆文弘之隸變俗寫。因口旁、厶旁相通，漢代已常見「弘」寫作「弓」，如弓漢帛書.老子甲後 346 春秋事語弓弓漢印徵弓孔龢碑等，而隸書書寫時「口」旁常寫作「人」，如現存及《隸釋》所錄漢石經尙書殘碑「哉」字分別作𢦏漢石經𢦏隸釋，漢碑作𢦏好哉泉范𢦏武氏石闕銘𢦏曹全碑𢦏等，故「弘」字有作弘，其演變過程爲：弘→弓→弘。

（20）月、日、皿相混例

「勗」字《書古文訓》或作，所从「月」變作「日」，即俗書「月」旁書寫時字形內短橫筆下移，與左右相連而混同「日」。

（21）昏、昬不別例

如「婚」字《書古文訓》作，偏旁「昏」作「昬」，與漢簡作流沙簡.簡牘3.22同，秦漢以後「昏」、「昬」爲一字，「昏」、「昬」旁亦不別。

（22）「鐵」旁混作「戴」例

俗書「鐵」旁多混作「戴」，所从「𢧵」省作「戈」，如「殲」字《書古文訓》，「鐵」旁與漢碑作議郎元賓碑4.17.3夏承碑同形。

2、字形混淆

（1）引弘相混作「弘」例

《書古文訓》〈周官〉「貳公弘化寅亮天地」、〈顧命〉「越玉五重陳寶赤刀大訓弘璧琬琰」「弘」字作，爲篆文之隸變俗寫。因口旁、厶旁相通，漢代已常見「弘」寫作「引」，如漢帛書.老子甲後346春秋事語漢印徵孔龢碑等，而隸書書寫時「口」旁常寫作「人」，故「弘」字有作，與「引」字或隸變隸書作「弘」陳球碑西晉三國志寫本混同。

（二）較固定的特殊寫法

1、「旨」作百例

「旨」字俗書上形「匕」筆畫變化作「一」、「二」，而寫作「百」或「𠮟」，《集韻》上聲五5旨韻「旨」字「或作百」，「百」與漢碑作白石神君碑同形，《書古文訓》「旨」字作，「指」字作指，《隸辨》引《五經文字》云：「指，石經作指」。

2、「恩」作怱、㤙例

俗書偏旁「恩」常寫作「怱」、「㤙」，如「聰」字《書古文訓》或作聰，與譙敏碑同形，「總」字《書古文訓》或作總。

3、「取」作「取」例

「取」字《書古文訓》作取，與李翊碑同形，所从「又」皆省變作二

點「<」。

　　4、「屬」寫作屬

　　「屬」字《書古文訓》或作属，皆爲篆文屬之隸變俗寫，其下「蜀」字混作「禹」，形同屬淮源廟碑，从尸从禹。

（三）形構類化

　　1、字體內部形體相涉而類化

　　（1）字體內部左右相涉而類化

　　「材」字《書古文訓》多作材，左右相涉而類化，作从二「才」。

　　「顚」字《書古文訓》或作顛，从二眞，「頁」旁與左形「眞」形近相涉而類化。

　　（2）字體內部部件與偏旁相涉而類化

　　「命」字晁刻《古文尚書》、《書古文訓》皆作命，僅一例〔註47〕作帝，由「命」字作命 命 帝 命演變：「口」「卪」訛混且相涉類化皆作「巾」，變作从二「巾」，短橫與卪直筆結合又與「巾」形相涉類化成三「巾」變作命 帝。

（四）形構增繁

　　1、字形繁化

　　「邪」字《書古文訓》作「衺」或作衺，其中「牙」多一畫。

　　「古」字內野本或作古，口形中增一「、」，當承自戰國文字「古」字作如古古陶 5.464古中山王壺古古幣.布空大古古幣.圜.上 242 之形。

　　「覃」字敦煌本 P3615 作覃，其下原一直筆此形增變爲二直筆，乃爲求字形之方正勻稱。

　　2、增加偏旁

　　（1）增加義符

　　「業」字作�，見於《書古文訓》〈盤庚上〉「紹復先王之大業」、〈周官〉

〔註47〕《書古文訓‧書序》〈費誓〉「魯侯『命』伯禽宅曲阜徐」「命」作帝，然各本無「命」字。

「功崇惟志業廣惟勤」，《說文》「業，大版也」，𣶒當爲「業」增義符之或體。

（2）增加聲符

「砥」字《書古文訓》作𥐚，其上爲「砥」字，「氐」旁俗寫作互、玄、亙，下形與「旨」字俗寫同形，爲累增聲符「旨」。

（3）形體訛變造成贅加偏旁

「感」作「戚」字《書古文訓》或作儢儢，爲「戚」字隸書俗訛如漢碑從「亻」作儢楊統碑形，右旁再變回「戚」，訛變爲贅增「亻」旁。

3、偏旁繁化

「漂」字《書古文訓》作灁，《集韻》平聲三4宵韻「漂」字「或作灁」，「灁」爲「漂」聲符繁化之異體。

4、增加飾點、飾筆

「岳」字《書古文訓》〈禹貢〉「至于岳陽覃懷底績」作嶽，右下「犬」多一撇飾筆與「犮」相混同，爲俗書混作，「岳」爲「嶽」字古文。

（五）形構省變

1、字形省變

「胤」字《書古文訓》或作𦙤，當爲避諱缺筆。

2、省略偏旁

俗書多以聲符爲字，省略義符，〈秦誓〉「殆哉邦之杌隉曰由一人」《書古文訓》「一」字作「弋」弋，爲「弌」之俗寫作聲符「弋」。又如「岱」字《書古文訓》「岱畎絲枲鉛松怪石」作代；「端」字作耑；「瘠」字作脊；「鉅」字作巨；「傷」字多省作𦱃；「鼖」字《書古文訓》作賁，「賁」爲「鼖」之聲符。「逾」字《書古文訓》〈武成〉「既戊午師逾孟津」、〈顧命〉「無敢昏逾」作俞，乃以聲符「俞」爲「逾」字。

3、偏旁省形

「瀍」字《書古文訓》作渾，偏旁「𢆶」俗多省作「厘」。

「職」字《書古文訓》〈胤征〉「羲和廢厥職」作耺，爲宋元的通俗寫法，「職」本是從耳戠聲，把戠聲中的「音」省去作「耴」，如《京本通俗小說‧拗

相公》：「我宋以來，宰相解位，都要帶個外任的戡銜〔註48〕」。

4、不同形構之筆畫或部件省併、共用

「匡」字《書古文訓》「匡」字或作匡，所从「王」（坒）之下橫筆與偏旁「匚」共用。

（六）形構改移

1、上下形構移作左右

「璧」字《書古文訓》作𤫖，與漢碑作𤩹堯廟碑𤩹史晨奏銘同，皆移「王（玉）」於左下。

「晢」字《書古文訓》「明作晢」作晰，所从「月」爲「日」之訛誤，「日晢時燠若」作晰，皆移「日」於左。

2、左右形構移作上下

「御」字《書古文訓》〈大禹謨〉「御眾以寬」作𢓜，乃下移「卩」旁。

3、其他形構改移

「囂」字《書古文訓》作𢘇，移上下「吅」於左右兩側，與𩐃武威簡.泰射114𤲃漢印徵同形。

「咎繇」之「咎」字《書古文訓》或作𠧩，其右上「人」形變作「卜」，右移成左右形構。

（七）偏旁易換

1、義符替換

「牆」字《書古文訓》或作廧，漢碑「牆」字亦或作「廧」廧曹全碑廧武斑碑，二字乃義符替換。

「短」字《書古文訓》皆作挓，《集韻》「短或从手（挓）」，《廣韻》「挓同短」，秦簡「短」字作短睡虎地15.98，漢代作：短相馬經5上短流沙簡.屯戍14.9短韓仁銘，「扌」當爲「矢」之俗寫訛變，挓便爲「短」形符更替之或體。

〔註48〕參見張涌泉，《漢語俗字研究》，湖南：岳麓出版社，1995，頁115。

（八）書法的變化

1、筆畫書法的變化

筆畫長短變化例：如「胡」字《書古文訓》或作胡，偏旁「古」橫筆縮短變作「占」。

2、字形的隸書書法俗寫

「習」作習：「習」字《書古文訓》作習，與漢碑作習婁壽碑習孔宙碑同。

「工」作丅：「工」字《書古文訓》或作丅，與丅漢印徵工曹全碑等隸書形體同。

3、字形草化俗寫的變化、草書楷化或隸定

「聽」作聽：《書古文訓》〈洪範〉「四曰聽五曰思」「聽」字作聽，其右下為草書「心」字形。

「耇」作耇：「耇」字《書古文訓》〈召誥〉「今沖子嗣則無遺壽耇」作耇，其上「耂」變作「止」，乃偏旁「老」其上「耂」草寫，手寫筆畫變體如敦煌本P2516 作耇，上形草化寫近「艹」之草寫，上圖本（影）、上圖本（八）「耇」字或作耇，「耂」則訛成「山」。

（九）訛誤字

「後」誤作迻：《書古文訓》「汝無面從退有後言」「後」字作迻，《說文》辵部「迻」字「遷徙也」弋支切，與「後」字音義皆異，此當為「後」字古文迻隸定作迻之訛，偏旁「夊」下形與「多」下形「夕」筆畫相近，而誤寫為「多」，誤作「迻」。

「度」訛誤作尾：《書古文訓》「度」字或作尾，為「宅」字古文庄之訛誤，「宅」「度」古相通用。

「蔽」訛誤作蕀：《書古文訓》〈康誥〉「蔽時忱」「蔽」字作蕀，「敝」旁之「㡀」訛作「豆」。

「相」訛誤作眛：《書古文訓》「無相奪倫」「相」字作眛，「木」訛作「未」，為眛之訛誤，《書古文訓》「相」字則多作眛，「木」、「目」左右易位，與《汗簡》錄「相」字作古孝經𣋇汗2.15 類同，𣋇汗2.15 左為「目」之訛。

第四節　隸古定本《尚書》隸古定字形體變化類型

隸古定本《尚書》隸古定字形體變化類型，以字例方式說明，其變化受隸古定本《尚書》傳抄書寫的性質影響，即使刻本《書古文訓》亦然，有些隸古定字形體變化受俗書書寫或其變化類型影響所致。

一、隸古定《尚書》寫本隸古定字形體變化類型

（一）形體混淆

1、因俗書寫法而偏旁或部件混淆

（1）形構上方一短橫、直筆、一點、一撇混作不分

一短橫變作一撇：如「視」字隸古定古本《尚書》敦煌寫本、日諸古寫本多作「眎」，爲𥄎**說文古文視**之隸定，敦煌本 S799、上圖本（元）、上圖本（影）或作眎眎，偏旁「示」字上短橫斜寫變作一撇與「尔」字混同，內野本、足利本或作眎眎，變作从耳从尔（介）之形，古梓堂本變作眎。

直筆寫作點（十混作亠）：如「克」字足利本、上圖本（影）或作亰，上直畫變作點「丶」，「十」混作「亠」，爲內野本、上圖本（八）或作亰亰，《說文》古文克之隸古定訛變俗字。

（2）右旁「彡」作夂、混作「久」例

俗書「彡」第三筆常寫作點丶，形體混作「久」，寫本隸古定字形作「彡」者受俗書影響亦然，如「功」字古本《尚書》多作㓛**書古文訓**，爲𢦏**魏三體**𢦏**說文古文工**之隸古定，足利本、上圖本（影）或作㓛㓛，「彡」混作「久」形。「文」字作「彣」〔註 49〕上圖本（影）作彣彣，敦煌本《經典釋文・堯典》P3315「文」字作彣，从文从勿，與《古文四聲韻》「文」字錄《籀韻》作彣彣**四 1.33** 相類，其右久、夕、大、勿等形即「彣」字偏旁「彡」混作之形。其演變過程爲：彡→夂→夂（久）、夕、大、勿。

（3）形構下方「木」、「水」相混例

〔註 49〕「文」字由省簡去胸前刻畫紋飾的人正面直立之形而成，作 **蔡侯盤** **中山王壺**，而與本即象人正面直立的「大」字作 **曾侯乙鐘** **鄂君啓舟節**形近而易相混，故於其右上再加飾筆作 **包山 203** **戰國玉印**，以明紋飾之意，而演變成从彡之「彣」。參見本論文《尚書》文字辨析之「文」字條。

　　形構下方「木」旁俗書因形近或混作「水」，寫本隸古定字亦然，如「困」字足利本、上圖本（影）寫作 ，為 說文古文困隸古定字俗訛，其上「止」混作「山」，其下「木」混作「水」。

　　亦有「水」旁混作「木」者，如「洛」字上圖本（八）或作 ，為傳抄古尚書「洛」字 汗 5.61 四 5.24 隸定作 之俗寫訛變。又「滎」字內野本、上圖本（影）作 滎，如居延簡作 居延簡乙 131.18，皆「水」旁混作「木」而混作「滎」。

　　（4）「舟」、「丹」、「月」旁相混例

　　如「前」字，敦煌本 P2516、上圖本（影）多為「歬」篆文 隸定寫作 歬，「朧」字內野本、足利本作 朧，偏旁「丹」與「舟」混近，上圖本（八）作 ，偏旁「丹」混近「月」。

　　又「驩」字敦煌本《經典釋文‧堯典》P3315「驩兜」作「」吺」作「鵬」，偏旁「丹」字形訛作「月」。

　　（5）「亡」旁訛混作「言」

　　隸古定古本尚書寫本「亡」旁多俗寫作 形，與「言」上半多短橫筆形近，而「亡」旁便訛混作「言」。如「舞」字隸古定古本尚書寫本多作 ，為《說文》「舞」字古文 隸定，內野本、足利本、上圖本（影）〈舜典〉「百獸率舞」俗訛作 ，為敦煌本 P3605.3615、內野本、上圖本（八）或俗寫作 ，所從「亡」作 形訛混作「言」。

　　（6）「宀」訛混作「山」例

　　「崇」字或作「崧」，上圖本（元）「崇」字或作 ，為「崧」之寫誤，「宀」訛混作「山」，乃「宀」左右筆畫方向變化向上訛混作「山」。

　　（7）「丌」混作「开」例

　　「丌」書寫時直畫或拉長上貫而混作「开」。如「其」字尚書敦煌寫本、日諸古寫本多作「丌」、「亓」，「亓」為「丌」之或體，敦煌本《經典釋文‧堯典》P3315「其」字作 ，足利本、上圖本（八）或作 ，岩崎本〈冏命〉「格其非心」「其」字變作 ，皆「丌」混作「开」之變。又如「期」字敦煌本 S574 作 。

　　（8）止、山相混例

俗書「止」「山」常筆畫改變，短橫畫、直筆相寫混，「止」訛混作「山」，「山」亦有混作「止」，隸古定字亦常見。如「族」字傳抄古尚書作 **(字形)** 汗 **1.7**(字形)(字形)四 **5.3**(字形)六書通 **325** 隸定作(字形)，內野本皆作(字形)；「前」字隸古定古本尚書寫本多作(字形)，敦煌本 S799 或變作(字形)(字形)；「旅」字隸古定古本尚書寫本多作(字形)說文古文旅之隸定(字形)，敦煌本 S2074、P3871、吐魯番本、島田本、內野本、足利本、上圖本（影）、上圖本（八）或作(字形)，敦煌本 P3169、P3628、岩崎本、九條本或作(字形)(字形)，敦煌本 S799、S2074 或作(字形)，皆「止」混作「山」。

「動」字隸古定本《尚書》寫本多作「踵」，敦煌本 S801、P3670、S2074、S799、P2516、岩崎本、九條本、內野本、足利本、上圖本（八）或寫作(字形)(字形)，上圖本（影）或作(字形)、上圖本（元）或作(字形)，皆「踵」字之俗訛，「止」混作「山」。

「寶」字作(字形)爲傳抄古尚書(字形)汗 **1.4**(字形)四 **3.21** 之隸定，觀智院本寫作(字形)，上圖本（八）或作(字形)(字形)(字形)，上圖本（影）或作(字形)，皆「山」混作「止」。

「戰」字九條本或作(字形)，《玉篇》卷 10 止部「(字形)」古文戰，敦煌本 P2533、內野本、足利本、上圖本（影）、上圖本（八）或作(字形)，(字形)(字形)爲《古文四聲韻》錄古老子「戰」字作(字形)(字形)四 **4.23**、(字形)郭店.語叢 **3.2** 之隸定。敦煌本 S799、九條本、內野本、上圖本（八）或作(字形)(字形)，敦煌本 S2074、九條本、足利本、上圖本（影）或作(字形)(字形)，乃隸定作(字形)之俗寫，其上所從「山」爲「(字形)」〔註50〕作(字形)之隸變爲「止」形之訛。

「困」字敦煌本 P2643、內野本、「困」字或作(字形)(字形)，爲傳抄古尚書作(字形)汗 **3.30**(字形)四 **4.20**(字形)說文古文困之隸定，敦煌本 S801、S2074、岩崎本、九條本、內野本、上圖本（八）或作(字形)，九條本或作(字形)，原上所從「止」訛作「山」。

「會」字敦煌本 S801、P3615、P3169、岩崎本、九條本、內野本、足利本、

〔註50〕湯餘惠云：「此字上部从方人，方人爲旗斿，从方人之字不少和旌旗有關，如旒、旛、旂、旌等均是。頗疑『斿』即『斿』字，所从『井』旁乃『丹』之訛寫（古文井、丹相近亦混）。『斿』與『戰』古音並屬章紐元部，係同音字，故《釋名・釋兵》說：『通帛爲斿。斿，戰也』用『戰』爲『斿』字做音訓。所以上引古老子二例，應是『斿』假借爲『戰』，而非『戰』之本字。說見湯餘惠，〈釋斿〉，《吉林大學古籍整理研究所建所十五週年紀念文集》，頁 66～67，長春：吉林大學出版社，1998。

上圖本（影）、上圖本（八）作 岁；S799 作 岁，與 岁 四 **4.12** 石經類同；九條本
或作 炭炭，岩崎本或作 炭，與 炭 四 **4.12** 崔希裕纂古類同，皆傳抄古尚書「會」
字作 岁汗 **4.51** 四 **4.12** 六 **276** 隸古定訛變，爲《汗簡》「會」字部首 巾汗 **4.51** 形之
訛，源自甲骨文 乙 **2763** 反 京津 **2746** 乙 **422**（《甲編》頁 **53**）等字，从「止」「巾」，
高明、何琳儀釋此形爲「會」，又《集韻》去聲 14 泰韻「會」字「古作帇岁俗」
等。「澮」字寫本均作 浼，《集韻》字「古作沛浼，通作澮」。「會」、「澮」字
傳抄古尚書、寫本諸形其上「山」皆爲「止」之訛，惟《汗簡》「會」字部首巾
汗 **4.51**、《集韻》錄一古文形不訛，可見傳抄古文、六朝俗字已多見「止」訛爲
「山」之例。

（9）矛、予相混例

「矛」、「予」二旁常相混作，如「野」字《說文》古文作 埜，秦簡作 埜睡
虎地.**6.45**，漢代作 埜天文雜占 **1.5**，野、埜說文古文野乃从「予」聲，傳抄古尚書「野」
字作 埜汗 **6.73** 埜四 **3.22** 皆誤从「矛」。

（10）日、目、月混作例

俗書「日」、「目」、「月」常混作，隸古定字俗寫亦然，如「省」字作「眚」
內野本、足利本、上圖本（影）、上圖本（八）多作 省，其下「目」少一畫混作
「月」；上圖本（影）或作 省，「目」混作「日」。

「愼」字作傳抄古尚書 昚汗 **3.34** 昚四 **4.18**、昚說文古文愼、昚魏三體.多方.古文
愼隸古定字敦煌本 S801、P3605.3615、P2533、S2074、岩崎本、島田本、九條
本或作 昚昚，敦煌本《經典釋文·舜典》P3315 作 昚、P3752、島田本、內
野本、足利本、上圖本（影）、上圖本（八）或作 昚，內野本、上圖本（八）
或訛作 睿，下形「日」俗混作「目」

（11）目混作耳、身例

俗書「日」、「目」書寫時右直畫拉長而末筆短橫向右上斜寫，易與「耳」、
「身」混淆，「視」字內野本、足利本或作 眂眂，爲眂說文古文視隸定作「眂」
字之俗字，「目」旁即與「耳」、「身」混淆。

2、因偏旁形體隸古定而混淆

（1）篆文「人」（冗）隸古定作「刀」「几」例

篆文「人」（冗）隸古定字多作「刀」「几」形。如「從」字敦煌本《經典

釋文‧舜典》P3315 作 ，尚書敦煌寫本（除 P2748、P2630 外）、日諸古寫本多作 ，內野本或作 ，皆形似二刀，P3670、P2516、上圖本（影）或作 形，皆《說文》從部「从，相聽也，从二人」「从」字篆文 之隸古定，漢印即作 漢印徵。《玉篇》隸定作「从」，其下「刕」字注云「同上，篆文」，「从」為「從」字初文，甲金文作 前 7.7.4 後 1.27.2 宰桃角 陳喜壺等。

「幾」字足利本、上圖本（影）、上圖本（八）或作 ，「機」字足利本、上圖本（影）作 ，「璣」字上圖本（八）或作 ，《集韻》平聲 8 微韻「幾」古作「𢆶」，為「幾」字省「戈」之形〔註51〕，「𢆶」下為篆文「人」 形之隸古定作「几」形。

（2）古文「示」（）隸古定混作爪、瓜、川、刂例

《說文》「示」字古文作 ，古本《尚書》寫本多作隸古定，而變似「爪」，如岩崎本、內野本、足利本、上圖本（影）、上圖本（八）多作 ，「禋」字內野本作 ，「祿」字內野本或作 ，「禮」字內野本、上圖本（元）、足利本、上圖本（影）、上圖本（八）或作 ，上圖本（八）或作 。寫本 說文古文示也見混作「瓜」，如「祖」字敦煌本《經典釋文‧舜典》P3315 作 ，下云：「古文祖字，古示邊多作 ，後放此。」足利本、上圖本（八）或作 ，敦煌本 P3315「神」字作 。

說文古文示也見省作混似「川」，如「祖」字上圖本（八）〈說命下〉「佑我烈祖」作 。

3、隸古定字形因俗訛而與他字或其俗書混淆

（1）㲱（暨）、「臬」俗訛混作「泉」

魏品式石經〈咎繇謨〉「暨益奏庶鮮食」（今本〈益稷〉）「暨」字古文作 ，隸體作 ，可隸定作「泉」，敦煌本 P3469、P2516、岩崎本、九條本、上圖本（元）、足利本、上圖本（影）等「暨」字即或作 ，與 魏品式同形，即今「洎（㲱）」字。隸古定古本尚書寫本「暨」字多作「㲱」，如敦煌本《經典

〔註51〕鳳翔秦公大墓出土之石磬銘文「璣」字作 ，許師學仁謂其所從「幾」字或涉上半二「糸」形連筆於下半「人」形，「𢆶」應是此字右形之隸變。參見：許師學仁，《古文四聲韻古文研究古文合證篇》，台北：文史哲出版社，1999，頁 24。徐在國，《隸定古文疏證》「幾」字條，頁 86（合肥：安徽大學出版社，2002）。

釋文・堯典》P3315 作泉，及泉 P2533 泉 P2643 泉 S799 泉 P2748 泉內野本等，其下本從水變作從禾，「臮」爲「洎（泉）」字之訛，「臮」下所從「巫」（巫）爲「水」之訛。

俗書「自」或少一畫作「白」，如足利本、上圖本（影）、上圖本（八）「暨」字寫作泉，上作「白」與「泉」字混近。「暨」字作「臮」，其下本從「水」，後隸變楷定作從「巫」，俗書「水」「巫」相混，故「臮」又混作「泉」，如九條本、上圖本（元）、觀智院本、上圖本（影）「暨」字作泉，《古文四聲韻》「泉」下錄禾 四 2.5 說文，此爲《說文》古文臮禾之形誤入「泉」下，可見「臮」「泉」早已相混。其演變過程爲：泉→臮→泉→泉。

「梟」字敦煌本 S2074、上圖本（影）或作泉 泉1，所從「木」訛作「水」，九條本或作泉，復「自」變作「白」，與「泉」字混同。

（2）臮（暨）俗訛混作「衆」

「暨」字作「臮」足利本、上圖本（影）或訛混作衆 衆，俗書其上「自」有橫作「血」，「臮」下所從「巫」（巫）又與「衆」同而訛混作「衆」。

（3）「亂」隸古定字亂訛變與「率」俗書相混同作率 率 率

「亂」字古文作亂召伯簋 亂魏三體.呂刑 亂楚帛書乙，隸古定古本尚書寫本作隸古定字，敦煌本 P3169、P2533、P2643、《書古文訓》或作率 率 率形，岩崎本、九條本、上圖本（八）或作率；敦煌本 S799 或作亂，其中間之形訛變作昌，左右「幺」變作「糸」；觀智院本或作率，其上「爪」變作「亠」與中間訛變作昌合書作「言」形，與「率」字俗書中間變作「言」作率上圖本（影）.上圖本（八），再左右「幺」變作兩點作率 率.敦煌本 S799.P2748.S2074.岩崎本.九條本.上圖本（元）.上圖本（八）相訛混。「亂」字上圖本（影）或變作從言作率，與「率」字變作率 率.上圖本（影）、上圖本（八）相混。隸古定古本尚書寫本中「亂」字、「率」字皆俗訛作率 率形。

又「亂」字敦煌本 P4509、S2074、P2516、內野本、觀智院本、上圖本（元）、足利本、上圖本（八）或變作率，P3767 或作率，左右「幺」變作兩點，內野本、足利本、上圖本（影）、上圖本（八）「亂」字或作率，其上「爪」又變作「亠」而與「率」字訛同。其演變過程是：

亂：■■ → ■ → ■ → ■ → ■ 率；

■ ← ■ ← ■ ：率

亂：■■ → ■ → ■ → ■ 率

（4）「享」（亯）、「盍」隸古定字與「合」俗書相混作 ■■■■

「享」（亯）字篆文作 ■，金文或作 ■乖伯簋楚嬴匜，隸古定古本尚書寫本「享」（亯）字多作此二形之隸古定 ■■■。而隸古定古本尚書寫本「盍」字或作 ■■ 形，爲「合」字楚簡作 ■包山214■信陽1.39■郭店.老子甲26 形之隸古定，「享」（亯）字、「合」字（盍字初文）古文字形相近，隸古定字形則混同。又「合」字俗寫「口」或混作「日」、「今」或混作「令」，如敦煌本 P3767 作 ■，亦與「享」字、「合」字俗書混同。

「享」（亯）字敦煌本 P3670、岩崎本或作 ■■，上形「亼」隸古定作「人」，敦煌本 P2643、九條本、上圖本（元）或變作 ■■■，內野本、上圖本（影）、上圖本（八）或作 ■■，敦煌本 S2074、岩崎本「享」（亯）字或作 ■■，上形「亼」隸古定俗訛混作「今」、「令」，俗書「今」、「令」混用。「盍」字敦煌本 S6017 作 ■，內野本、觀智院本、上圖本（八）「盍」字或作 ■，敦煌本 P2748、內野本或變作 ■■，皆爲「合」字楚簡作 ■包山214■信陽1.39■郭店.老子甲26 隸古定字或俗訛字，上形亦或隸古定俗訛混作「今」、「令」，與「享」（亯）字或作 ■■ 混同。

（5）「年」篆文隸古定 ■ 俗訛與「季」相混

「年」字敦煌本 P2643、P3767、足利本、上圖本（影）或作 ■■，爲《說文》篆文 ■ 之隸古定：「年，穀孰也，从禾千聲」。上圖本（影）「年」字或變作 ■，其下本从千，俗書直筆末好勾起，而與「季」字混同。

（6）「丌」（厥）隸古定字 ■ 訛變與「元」（其）、「亦」相混

「厥」字多作「丌」之隸古定形 ■■■，內野本、上圖本（八）或作 ■，九條本或再變作 ■，內野本、上圖本（影）、上圖本（八）或其中多一點作 ■■ 等等。內野本、足利本、上圖本（影）、上圖本（八）「厥」字或作 ■■■ 等，與「其」字隸古定古本尚書寫本多作「元」，下多一點作 ■■■ 同形，「厥」「其」二字義同通用，又 ■■■ 形與「厥」字作 ■■ 形近，或二字形近混用，或異本「厥」作「其」，「厥」字諸本又有作 ■■■具，皆是隸古定古本尚書寫本

「其」字所作字形。

　　隸古定古本尚書寫本「其」字亦有作「厥」「釆」 ⿱ ，如足利本、上圖本（影）〈說命中〉「惟其能爵罔及惡德」作 ，疑「其」字作 形與「厥」字或作「釆」 變作 形相混同，進而寫作「厥」字，內野本、上圖本（八）〈君奭〉「其終出于不祥」「其」字作 ，上圖本（八）〈君陳〉一例亦作此形，上圖本（八）大誥二例或作 ，皆是寫本「厥」字形。其演變過程是：釆（厥） ↔ ↔ ↔ ↔ ↔ （其）

　　「亦」字〈湯誥〉「嗚呼尚克時忱乃亦有終」上圖本（影）作 ，〈召誥〉「亦敢殄戮用乂民若有功」上圖本（八）亦作「亓」，即「其」字，「亦」「亓」形近相混。「斯」字《汗簡》錄古尚書作： 汗 6.76，古寫本多作 ，內野本或中間多一點作 ，或作 ，岩崎本或作 ，「亓」旁皆混作「亦」。

　　（7）「釆」（厥）隸古定字 俗訛作 與「戎」相混

　　隸古定古本尚書寫本「厥」字作「釆」或形體寫與「戎」相混，乃「釆」作 ，豎勾之筆與筆畫十位置相易，內野本、上圖本（八）或變作 ，足利本、上圖本（影）或多一點又變作 ，字形已與「戎」相近，足利本、上圖本（影）、上圖本（八）或再訛增一撇寫作 ，與「戎」字混同。

　　（8）「衡」隸古定字 訛變與「思」、「興」俗作 混同

　　「衡」字上圖本（八）或作 ，爲傳抄古尚書「衡」字 汗 4.58 形之隸古定訛變，與「興」字足利本、上圖本（影）、上圖本（八）作 、「思」字足利本、上圖本（影）作 相混同。「思」字足利本、上圖本（影）或作 ，《說文》篆文作 ， 形所从「囪」其下少一畫，「心」字變作「大」，字形當變自 四 1.19 碧落碑 古孝經 汗 4.58 碧落碑 汗 4.58 牧子文。「興」字足利本、上圖本（影）、上圖本（八）多寫作 等形，當是「興」字俗書省變，與 千甓亭.建興磚相類。

　　（9）「昏」（昬）隸古定字 俗寫與「旦」俗作 相混同

　　島田本、內野本、上圖本（八）、「昏」（昬）字或作 ，《汗簡》錄古尚書作 汗 3.34 之隸古定〔註52〕，上圖本（八）〈牧誓〉「昬棄厥肆祀弗荅」「昏」（昬）

〔註52〕《箋正》謂「＝」古文下，日下爲「昏」，此「俗別造會意字」，《集韻》昏古作旦，黃錫全以爲此當是「旦」字，「以旦爲昏，猶如典籍以亂爲治、以故爲今、

字作旦，當爲「旦」之誤，與「且」字俗寫似「且」字作且相混同。

4、隸古定字形混同

（1）「奏」、「敢」隸古定訛變作敦混同

敦煌本《經典釋文・舜典》P3315「奏」字作奏，下云「如字，又作孝，古文作敦」，敦爲㪍說文古文奏之隸古定訛變，左上撇畫下筆畫析離，訛變似「宀」，而與「敢」字敦煌本、日古寫本由敢說文篆文敢敢說文古文敢隸古定訛作敦相混同。

5、因隸古定字形訛混而作相混字之今本文字

如足利本、上圖本（影）「始」字〈說命下〉「念終始典于學」作「稽」字嵆嵆，乃「始」字傳鈔《尚書》古文㣈（汗 5.64）㣈四 3.7 之隸古定字乩，與「稽」字隸古定本作「乩」相混淆而改作今本「稽」字。

（二）較固定的隸古定字偏旁寫法

1、篆文「人」（⺅）隸古定作「刀」「几」

（詳見上文「因偏旁形體隸古定而混淆」）

2、古文「示」（丌）隸古定作「爪」、「瓜」

（詳見上文「因偏旁形體隸古定而混淆」）

3、篆文「刀」（刀）隸古定作「夕」例

「利」字內野本〈太甲下〉「臣罔以寵利居成功」作秒，爲《說文》篆文㓝之隸古定，「刀」隸古定作「夕」。

4、「酉」旁作古文隸古定形「酉」例

寫本「酉」旁常作古文隸古定形「酉」，魏三體石經〈無逸〉「酗于酒德哉」「酒」字古文作酉，此爲「酉」字，「酒」字岩崎本、九條本作酒。「奠」字敦煌本 P2643、P2516 作奠，內野本、上圖本（影）、上圖本（八）或作奠奠，上圖本（元）、觀智院本作奠奠形，岩崎本作奠。「鄭」字內野本或作鄭，上圖本（元）或作鄭。諸字「酉」旁皆作古文酉魏三體之隸古定。

以襄爲羸等，乃反訓字」可爲參考。說見：黃錫全，《汗簡注釋》，武漢：武漢大學出版社，1993，頁 246。

5、「食」作古文隸古定形「」例

「食」字內野本、足利本、上圖本（影）、上圖本（八）或作，「養」字內野本、足利本、上圖本（影）、上圖本（八）或作，「食」旁亦作，爲《說文》篆文「食」之隸古定。

6、「之」作篆文隸古定形「」例

「之」字敦煌本 P5557、P3670、P2748、島田本、內野本、足利本、上圖本（影）、上圖本（八）多作爲篆文之隸古定，與今日楷書相異。上圖本（八）或析離作。

7、「需」旁作隸書隸古定形「恵」例

「孺」字敦煌本 P2748、P2630 作，偏旁「需」字與漢碑「濡」字、「繻」作堯廟碑景北海碑陰所从同形，《集韻》平聲二 10 虞韻「儒」或作「僡」、「濡」或作「潓」、「檽」或作「橞」，偏旁「需」字皆作「恵」形。

（三）形構類化

隸古定字變化類型「形構類化」往往與書寫俗作有關，書寫時因上下出現文字或字體內部形體相互影響，潛意識下往往出現「類化」的文字變化。

1、涉上下文字而類化

上圖本（八）〈牧誓〉「比爾干立爾矛」「矛」字作，乃與上文「稱爾戈」「戈」字相涉誤作。

〈湯誥〉「茲朕未知獲戾于上下」內野本、足利本、上圖本（影）「獲」字作，《玉篇》、《集韻》「戾」古文作「獻」，此處乃「獲」字與下文「戾」相涉而誤作其古文。

2、字體內部偏旁相涉而類化

（1）字體內部左右相涉而類化

「稽首」「稽」字傳抄古尚書作四 3.12汗 2.23 稽見尚書，从旨从「𦣻」（首），隸定爲「䭫」，敦煌本 P2643 作，偏旁「𦣻」（首）字訛作，巛形下與「旨」類化作，天理本、觀智院本作，左右已類化形近。九條本、觀智院本或作，「旨」旁俗作與右旁「首」相涉類化，變作从二「首」，寫成「䭫」。

「斯」字敦煌本 P3871、內野本、上圖本（八）、《書古文訓》「斯」字作，

從「亓」從「斤」，內野本或作 ![字形] ![字形]，右旁「斤」與「亓」相涉類化，字形變似從二「亓」。

（2）字體內部部件與偏旁相涉而類化

「兜」字內野本、足利本、上圖本（影）或作 ![字形] ![字形] ![字形]，爲「叟」字之俗訛，敦煌本《經典釋文・堯典》P3315 作 ![字形] ![字形]，原在左旁的「口」上移，「殳」之上方部件「几」類化作「口」，變作 ![字形]，上從二「口」下從「又」。

「析」字敦煌本 P2643、P2516、《書古文訓》皆作 ![字形] ![字形]，爲傳抄古尚書作 ![字形]汗 6.76 之隸古定字，從片從斤，上圖（元）本作 ![字形]，「片」形與右側「斤」形相涉而筆畫寫近。九條本「析」字作 ![字形]，此字則「斤」形與左側「片」形相涉類化，字形訛作「牀」。岩崎本「析」字作 ![字形]，此字亦左右偏旁相涉，訛作「所」。

（四）形構增繁

《說隸》云：「隸固出於小篆，而亦兼用古籀」，即說明一部份形體繁化字的來源，因隸古定《尚書》寫本文字有不少是來自古、籀文，有些則來自篆文的隸古定，其中作篆文形體的隸古定字相較於今日正體楷字亦屬於形構增繁字，而來自古、籀文的隸古定字在轉寫時也有許多訛變或贅增的筆畫或形體。

1、形體訛變造成贅加偏旁、筆畫增繁

「稽」字或作「乩」岩崎本〈盤庚上〉「卜稽曰其如台」作 ![字形]（合），〈盤庚中〉「不其或稽自怒曷瘳」「稽」字作 ![字形]，其偏旁「占」字上加「人」，與《古文四聲韻》所收王存乂《切韻》 ![字形]四 1.27 ![字形]四 1.27 形近，![字形]![字形]之右形是「乩」字所從乚訛變，![字形]（合）移「人」（乚所訛變）於上，![字形]則訛變而加回「乚」，乃贅加偏旁。

「天」字內野本、足利本、上圖本（影）、上圖本（八）或作 ![字形]1，敦煌本 P2516 作 ![字形]，筆畫方向略異，皆 ![字形]魏三體 ![字形]汗 1.3 ![字形]四 2.2 等形隸古定。內野本「天」字或作 ![字形]![字形]，中間多一點，敦煌本 P5557 或作 ![字形]，其中筆畫增繁變作「从」。

2、作篆文隸古定字形而增繁

「粟」字內野本作 ![字形]，上圖本（八）或又變作 ![字形]，上圖本（影）或作 ![字形]，皆作篆文 ![字形] 隸古定字形。

（五）形構省變

1、省略偏旁

「居」字隸古定古本尙書多作 ![居] 居，《玉篇》「屈」古文居，敦煌本 P2748
〈多士〉「今爾惟時宅爾邑繼爾居」作 ![立]，爲**會意字省略偏旁「尸」**。

2、偏旁省形

「恭」字或作「龔」敦煌本 P2516 或作 ![龑] 龑形，「龍」旁右側省簡作「巳」。
上圖本（八）或作 ![竜] 竜，所從「龍」省變作「竜」。

「蟻」字《書古文訓》作蛾，觀智院本作 ![蛾] ，爲「蛾」字，《說文》虫部
「蛾」字「羅也，从虫我聲」次於「蠶，蠶丁螘也」「螘，蚍蜉（段注：俗作蚍
蜉）也」二字間，「蛾」蓋爲「螘」類，「蟻」即「螘」之或體，段注云：「『蛾
羅』見〈釋蟲〉，許次於此當是『螘』一名。蛾，古書說『蛾』爲『蚍蜉』者多
矣，『蛾』是正字，『蟻』是或體，許意此『蛾』是『螘』」。「蛾」「蟻」二字古
相通同，如《禮記・檀弓》「蟻結於四隅」《釋文》：「蟻亦作蛾」，〈學記〉「蛾子
時術之」《釋文》：「蛾或作蟻」。「蛾」爲「蟻」字之聲符省形。又隸書法有「省
文」，省略部分字形，《隸釋》卷十〈陳球後碑〉「爾時蠻□賊胡蘭李硏等蜂聚蛾
動」（頁 113）洪適云：「漢人隸書法有所謂省文者，如爵之爲尉，鶴之爲雀是
也。經傳多書蟻作蛾，似亦省文」。明代方以智《通雅一・疑始・專論古篆古音》
「古我、義字通」，上古「我」、「義」同音。

（六）形構改移

1、上下形構移作左右

「咎繇」之「咎」字敦煌本《經典釋文・舜典》P3315、S5745、岩崎本或
作作 ![外]，其右上「人」形變作「卜」，右移成左右形構。

2、左右形構移作上下

「恭」字敦煌本 P2516 或作 ![龑]，乃作「龔」字，「共」移至「龍」右下，
字體變作左右形構。

3、其他形構改移

「歲」字上圖本（八）或作 ![歲]，其上形爲「止」「戈」合書且上移，形訛
似「此」，「少」爲「步」下「少」之變，乃源自 ![甫] 爲甫人盨之形，傳鈔古尙書

作〔形〕汗 5.68〔形〕四 4.14〔形〕六 275，隸古定作〔形〕，「止」訛作山變作〔形〕〔形〕形之形構改移。

4、部件或偏旁方向錯置

「敢」作〔形〕〔形〕：隸古定寫本尙書敦煌諸本（P26435 之外）、日古寫本「敢」字多作〔形〕〔形〕，乃由〔形〕說文篆文敢〔形〕說文古文敢訛變，其左下「古」形與「子」字古文〔形〕魏三體古文〔形〕甲 680〔形〕令簋相混，隸古定訛作「子」。

（七）偏旁易換

《汗簡》錄古尙書「岐」字作：〔形〕汗 4.51，《古文四聲韻》錄此形爲「歧」字：〔形〕四 1.15，「歧」當是「岐」之誤，皆同形於《說文》邑部「邔」字古文作〔形〕从枝从山，「岐」爲「邔」字或體。上圖本（影）「岐」字或作〔形〕，上圖本（八）或作〔形〕，偏旁「山」字作「土」，義類可通，〔形〕所从「支」俗訛作「攴」。

（八）書法的變化

隸古定本《尙書》寫本隸古定文字形體，或受俗書影響有筆畫書法的變化，或是字形作篆體隸寫的隸古定字形變化，其變化也包括形構的省變，及字形的訛變。其中書寫的筆畫寫法改變、字形篆體隸寫的變化，有些已是寫本隸古定文字常見的較固定寫法，也是造成文字形體混淆的原因。

1、受俗書影響筆畫書法變化

（1）直筆末多勾起例

俗書字形直筆末多勾起，如敦煌本尙書寫本「厥」字多作「氒」，寫作篆體〔形〕之隸古定形〔形〕〔形〕〔形〕形，其上「氏」之末筆直寫下貫與「十」之直筆結合，且筆畫末勾起，如內野本、上圖本（八）或作〔形〕，敦煌本 P3169、岩崎本、九條本或變作〔形〕〔形〕，九條本或由〔形〕〔形〕1 形變作〔形〕，內野本、上圖本（影）、上圖本（八）或其中多一點作〔形〕〔形〕等等。內野本、上圖本（八）或變作〔形〕〔形〕，上圖本（八）或作〔形〕，足利本、上圖本（影）或多一點又變作〔形〕，直筆末勾方向向右而與「戎」混近。

「廾」亦直筆末勾起，如「棄」字上圖本（八）或作古文「弃」〔形〕，左筆較短變作點，而形近混作「寸」。

（2）筆畫長短變化例

如「稽」字或作「乩」，岩崎本或寫作〔形〕，偏旁「占」字之短橫拉長變作

「古」，與✦四 **1.27** 切韻類同。

（3）筆畫方向改變例

「草」字隸古定古本尚書多作「屮」，岩崎本寫成「巾」，乃「屮」之筆畫書寫方向改變而訛誤。

1、篆體隸寫、楷定變化

「虛」作🔶：「虛」字內野本、上圖本（影）、上圖本（八）字作🔶，其下作「丘」，與篆文🔶楷定作🔶不同。

「奏」作🔶「奏」字《說文》篆文🔶，內野本、上圖本（影）、上圖本（八）或作🔶，足利本或作🔶🔶，上圖本（八）又作🔶，其上篆形🔶寫作🔶，與今楷定作🔶相異。

「喪」作🔶🔶：「喪」字敦煌本 S799 作🔶、P2748、上圖本（元）分別或作🔶🔶，九條本或作🔶，形如漢代隸寫作🔶漢帛書.老子乙 **247** 上🔶武威簡.服傳 **37**🔶韓仁銘。

「象」作🔶🔶🔶🔶：「象」字內野本、足利本、上圖本（影）或作🔶🔶🔶🔶，敦煌本 P2643 或少一畫作🔶，敦煌本 P2533、上圖本（元）或作🔶，岩崎本訛作🔶，皆「象」字篆文隸定或訛變，其四腳及尾部隸定與今日楷書相異，轉偏橫向，而與「馬」字古文字作🔶作冊大鼎🔶克鐘🔶吳方彝四腳及尾部隸定作「勹」相同。

「之」作🔶：「之」字敦煌本 P5557、P3670、P2748、島田本、內野本、足利本、上圖本（影）、上圖本（八）多作🔶🔶爲篆文🔶之隸定，與今日楷書相異。上圖本（八）或析離作🔶🔶。

「夙」作🔶：敦煌本《經典釋文‧舜典》P3315「夙」字作🔶，內野本亦作此形，島田本或作🔶，皆爲篆文🔶之隸定訛變，偏旁「夕」字訛作「歹」形，右形「丮」作「几」，🔶與漢碑作🔶鄭季宣碑同形，與今楷書作「夙」相異。

（九）訛誤字

「傝」（傲）訛誤作「憂」：「傲」字隸古定尚書寫本多作「傝」，上圖本（元）〈盤庚上〉「無傲從康」作🔶，乃「傝」字訛誤作「憂」字。

「屮」（草）訛誤作「巾」：「草」隸古定古本尚書多作「屮」，岩崎本筆畫

方向改變訛寫成「巾」。

　　「甘」訛誤作[甘]：「甘」字上圖本（八）作[甘]，為「甘」字隸古定作[甘]形再變，形近訛誤為「其」。

　　「始」訛誤作[稽][稽]：足利本、上圖本（影）〈說命下〉「念終始典于學」「始」字各作[稽][稽]，為「稽」字，乃「始」字隸古定字作[乱]與「稽」字隸古定字作「乩」形近相混，而誤作「稽」字俗寫。

　　「逌」（攸）訛誤作「道」：「攸」字隸古定尚書寫本多作「逌」，〈君牙〉「率乃祖考之攸行」足利本寫作[道]，上圖本（影）省作[之]，足利本旁更注「攸」字（[道攸]），皆為「攸」字作「逌」寫作[道][道][逌]，進而形近誤作「道」字。

　　「睂」（省）訛誤作「青」：「省」字隸古定尚書寫本或作「睂」，上圖本（元）〈說命〉「惟干戈省厥躬」、岩崎本〈大誥〉「爾丕克遠省」作「青」[青]，為「睂」字之訛誤，乃「目」俗訛作月，寫作[青]，再訛誤作[青]，與「青」混同。

　　「垕」（厥）訛誤作「身」：「厥」字岩崎本〈洪範〉「相協厥居」作[身]，乃「垕」隸古定字形作[垕]或多一撇作[身]，形近而訛誤作「身」字。

　　「屮」（之）訛誤作「出」：島田本、九條本「之」字作[出][出]，為篆文[屮]隸古定作[屮]之訛誤，與「出」字形相混同。

　　「奮」（愼）訛誤作[睿]：內野本、上圖本（八）〈康誥〉「克明德愼罰」「愼」字作[睿]，為[奮]說文古文愼隸古定字[奮]訛變，其上訛增偏旁「宀」，下則「日」變作「目」，與「睿」字形混。

二、隸古定刻本《書古文訓》隸古定字形體變化類型

（一）形體混淆

1、因俗書寫法而偏旁或部件混淆

（1）礻、衤、禾相混例

　　《書古文訓》「被」字作[襶][襶][襶]等形，右從《說文》「皮」字古文作[皮]之隸古定，其左則從《說文》「示」字古文作[示]之隸古形，乃俗書偏旁「衣」（衤）與「示」（礻）相混，此受影響而訛从「示」（礻）之古文[示]。

（2）亻、彳相混例

　　《書古文訓》「陟」字或作[偋]，為傳抄古尚書作[偋]汗3.41[偋]四5.26[偋]說文古文

陝之隸古定，《書古文訓》「陝」字多作徥，由𢓗說文古文陝而變，偏旁「彳」變作「亻」，乃受俗書「彳」「亻」相混用影響。

（3）止、山相混例

俗書「止」「山」常筆畫改變，短橫畫、直筆相寫混，「止」訛混作「山」，「山」亦有混作「止」，隸古定字亦常見。如「族」字傳抄古尚書作𥎉汗1.7𥎉四5.3𥎉六書通325隸定作𥎉，《書古文訓》或作𥎉。「慎」字《書古文訓》多作𢟡，為《說文》「慎」古文𢟡之隸古定，《書古文訓》或作𢟡，其上原本隸古定作「山」受俗書「止」混作「山」影響，又將「山」改回作「止」。

「會」字《書古文訓》除〈益稷〉作「㑹」外餘皆作㞷，源自甲骨文「會」字𣥂乙2763反1京津2746乙422（《甲編》頁53）等字，為從「止」「巾」之訛，㞷其上「山」為「止」之訛。

（4）矛、予相混例

「矛」、「予」二旁俗書常相混作，如「野」字《說文》古文作埜，「野」字《說文》古文作埜，從「予」，《書古文訓》或作埜，與傳抄著錄古尚書作埜汗6.73埜四3.22同，皆「予」誤作「矛」。

（5）欠攵相混例

「速」字《書古文訓》多作警，《說文》古文從敕從言作警，警所從「欠」俗書常與「攵」相混不分，「欠」俗寫時下形交錯而混作「攵」。

（6）九、几、儿相混例

俗書「九」、「几」、「儿」常相混作，「九」書寫時「丿」不出於「乙」之上，寫作「几」而相混，「几」「儿」又混作，而篆文人（𠤎）隸古定常作「刀」「几」，「宄」字《書古文訓》作穴，當由「宄」俗字形宄P3315宄上圖本（元）混作《說文》從宀人在屋下之「宂」字，因而「宀」下隸定作「人」。

（7）「一」混作「灬」例

俗書常將一橫「一」或改寫作四點「灬」，或作波折狀當為「灬」之連筆，如隸古定古本尚書寫本中「與」字或作「与」，《書古文訓》作与，與上圖本（八）或作与同形，乃「一」俗變作「灬」

（8）火、大相混例

「比」字《書古文訓》多作𣥺，為《說文》古文作𣥺之隸定，〈呂刑〉「上

下比罪」「比」字《書古文訓》作炊，左「大」訛作「火」，乃受俗書影響，「火」「大」筆畫改變點畫、橫筆相混。

（9）寸混作刂（刀）

「能」字《書古文訓》除「有能俾乂」作剋外，餘皆作「耐」耐，敦煌本《經典釋文・堯典》P3315 作耐，下云「古能字」，《禮記》〈禮運〉「聖人耐已天下爲一家」、〈樂紀〉「故人不耐無樂」，鄭玄注云：「耐，古書能字」，《說文》卷9下「耏」字或體作「耐」，《集韻》去聲19代下，「能」「耐」音同爲乃代切，云「能」通作「耐」，二字音同假借。《書古文訓》「有能俾乂」「能」字作剋，「剋」是「耐」的俗字，《集韻》去聲19代下「耏耐剋」下云「亦作剋」，「耏耐剋」三字同，慧琳《一切經音義》卷四十五「堪剋」條：「奴代反，《蒼頡篇》：剋，忍也」（頁17791）。因俗書刂（刀）旁書寫時或因形近而多一畫混作「寸」，如「罰」字隸古定古本尚書寫本或作罸罸，「寸」旁書寫時或少一畫而混作「刂」（刀）旁。因此《書古文訓》除「有能俾乂」「能」字作剋，乃「耐」之俗書。

（10）「舟」、「丹」、「月」旁相混例

「驠」字《書古文訓》或作鵬鵃，皆爲「鵬」之俗訛字，偏旁「丹」俗書訛混作「舟」、「月」。

（11）「亡」旁訛混作「言」

《書古文訓》〈皋陶謨〉「撫於五辰」「撫」字作敄，當是「攺」字之俗訛字，其偏旁「亡」俗書作亡形訛誤爲「言」，相類於內野本、足利本、上圖本（影）「舞」字作𦱴，乃𢍮說文古文舞隸變作𦱴形之訛。

（12）「宀」訛混作「山」

「審」字《書古文訓》或作𡧳，乃《說文》古文作𡧛之隸定作寀之俗訛，「宀」訛混作「山」。

（13）日、目、月、貝、身相混例

俗書「日」、「目」書寫時右直畫拉長而末筆短橫向右上斜寫，易與「耳」、「身」混淆，《書古文訓》〈五子之歌〉「予視天下愚夫愚婦」「視」字作䀠，爲䀠說文古文視隸定作「䀠」字之俗訛，即受俗書「目」旁訛混作「身」，內野本、足利本或作眹眹，「目」旁即與「耳」、「身」混淆。

「晢」字《書古文訓》「曰晢時燠若」作晰，「明作晢」作断，所從「月」

爲「日」之訛誤，皆移「日」於左。

「目」俗書常混作「貝」，《書古文訓》「積」字或作稬，所從「貝」當是俗訛混作「目」。

俗書「月」混作「目」，「目」又常混作「貝」，故又有「月」旁俗書混作「貝」者，「貨」字《書古文訓〈仲虺之誥〉「不殖貨利」》作賵，乃「賷」字之俗訛，「貝」混作「月」。

（14）今、令相混例

偏旁「今」「令」俗書常混作不分。

《書古文訓》「戡黎」「戡」字作戚1戚2，乃《說文》「戋」字篆文�之訛變，所從「今」俗混作「令」，且右上筆與「戈」合書，戚訛似從「戊」，戚形則多一畫，從戊從令。

（15）卩、阝混作例

「阝」「卩」俗書常相混作，「怨」字《書古文訓》或作宛，爲《說文》古文𢀇之隸古定，「心」之右旁隸古定作「卩」；或作宛宛，或訛變作宛，「卩」俗寫變作「阝」。

（16）宀、冖隸古定混作例

宀、冖隸古定常混作不分，且俗書偏旁「宀」或少一點作「冖」。如隸古定古本尚書「義」字多作「誼」，《書古文訓》或作誼誼誼誼等形，「憲」字《說文》從心從目從害省聲，《書古文訓》或作宪，《書古文訓》「夢」字或作寢寢寢寢，爲《說文》寢部寢字之隸定，「宅」字《書古文訓》作宅宅，爲 宅汗3.39宅 說文古文宅之隸定，皆「宀」「冖」不分。

1、因偏旁形體隸古定而混淆

（1）篆文「人」（𠤎）隸古定作「几」「刀」「儿」、混作「勹」（篆文刀隸古定）

篆文「人」（𠤎）隸古定字多作「刀」「几」「儿」，或因隸古定作「刀」又改作「勹」，爲篆文「刀」之隸古定字形。如「幾」字《書古文訓》或作𢆶，或多一畫作𢆶，《集韻》平聲8微韻「幾」古作「𢆶」，此形下從人，爲篆文「人」𠤎形隸古定作「几」，乃「幾」字省「戈」之形。《書古文訓》或作𢆶，「人」隸古定作「刀」又變作篆文「刀」之隸古定形。「機」字《書古文訓》作𢆶，「機」

字《書古文訓》皆多一畫作燒。「飢」字傳抄古尚書作饑汗 2.26、飢四 1.17，亦從「幾」字省戈之「旡」，《書古文訓》作隸古定字餒，「人」隸古定作「刀」。

《書古文訓》「堯」字皆作堯，即《汗簡》錄古尚書作堯汗 6.73《說文》古文堯之隸古定，源自戰國堯璽彙 0262堯郭店.六德 7 等形。其下從「人」隸古定作「儿」。

「從」字《書古文訓》多作刕，爲《說文》从部「从，相聽也，从二人」「从」字篆文刕之隸古定，漢印即作刕漢印徵。《玉篇》隸定作「从」，其下「刕」字注云「同上，篆文」，「从」爲「從」字初文，甲金文作从前 7.7.4、从後 1.27.2、从宰桃角、从陳喜壺等。《書古文訓》「縱」字或作緃緃，右爲「从」之隸古定，「人」作「刀」，《集韻》去聲七 3 用韻「縱」字古作「緃」。

「咎繇」之「咎」字《書古文訓》或作咎，右上「人」隸古定作「儿」。

（2）篆文「阝」（阝）隸古定訛混作「目」例

「險」字《書古文訓》作瞼 1，《說文》目部新附「瞼」字「目上下瞼也」居奄切，與「險」字音義有別，「險」字篆文險，偏旁「阝」阝傳寫誤爲「目」，《書古文訓》作瞼 1，當爲「險」字訛誤。

（3）古文「示」（示）隸古定混近「永」例

《書古文訓》古文「示」（示）隸古定字形混近「永」，如「祖」字作祖祖祖，「禔」字作禔禔禔等形，左從《說文》「示」字古文作示之隸古形，亦混近「永」。

2、隸古定字形混同

（1）「攸」、「迺」（乃）隸古定字形混同作卣卣

「攸」字《書古文訓》或作卣卣，爲傳鈔《尚書》古文作攸攸.汗 1.9、攸攸.四 2.23 之隸古定，與「乃」字作「迺」《說文》篆文作迺之隸古定字形卣卣相混同。

（二）較固定的隸古定文字偏旁寫法

1、篆文「人」（人）隸古定作「儿」「刀」例

（詳見「偏旁或部件混淆——因字形隸古定而混淆」）

2、古文「示」（示）隸古定混近「永」

（詳見「偏旁或部件混淆──因字形隸古定而混淆」）

3、篆文「刀」（�㇆）隸古定作「勹」例

「罰」字《書古文訓》或作𦋋，偏旁「刀」隸古定作「勹」。《書古文訓》〈大禹謨〉「惟修正德利用厚生」、〈周官〉「居四民時地利」二處「利」字作𥝆，為《說文》篆文𥝆之隸古定，「刀」隸古定作「勹」。

（三）形構類化

1、偏旁涉上下文字而類化

（1）與上文相涉而誤作

「通」字《書古文訓》〈旅獒〉「遂通道于九夷八蠻」作遚，《說文》辵部「通」字篆文作𨔶，此形訛誤，當為與上文「遂」字相涉而誤作「遂」字古文𨔻之隸古定。

《書古文訓》〈康誥〉「不敢侮鰥寡庸庸祇祇威威顯民」「鰥寡」作鰥𡩋，「寡」字作𡩋，乃涉上文而誤作「鰥」字，《書古文訓》「鰥」字多作此形，為《汗簡》錄石經「鰥」字𩼈汗5.63之隸古定。

《書古文訓》〈伊訓〉「肆命徂后」「徂后」二字作𪴏𣥂，𣥂為《說文》「徂」字古文字形𣥂隸古定，此處乃與上文「徂」字作「𪴏」相涉，而誤作「徂」之古文。

《書古文訓》〈舜典〉「帝乃殂落」「殂落」二字作殂𣥂，𣥂為「殂」字《說文》古文𣥂隸古定字形，當與上文「殂」字相涉而「落」字誤作「𣥂」。

（2）與下文相涉而誤作

《書古文訓》〈畢命〉「惟德惟義時乃大訓」「義」字作誉，此作「訓」字古文𧥤魏三體，乃與下文「時乃大訓」相涉而誤作。

2、字體內部形體相涉而類化

（1）字體內部上下相涉類化

「欽」字《書古文訓》或作欽欽，左為偏旁「金」字作�說文古文金之訛，內部上方ⴸ形與訛成「口」，原作土中礦點之形𠇚，則寫成兩「止」相疊，屬於字的內部類化。

「搜」字《書古文訓》作𢫇，即《玉篇》卷6手部「搜」字古文𢽉之俗

寫訛變，字左从說文籀文折之左形「屮」，與傳鈔古尚書「遷」字作：汗 5.64
四 2.4、《書古文訓》作相類，其左上「屮」本混作「山」，俗書「山」「止」
相混，左上「屮」便訛混作「止」，其下與之類化亦作「止」。

（2）字體內部部件、偏旁相涉而類化

「囂」字《書古文訓》「父頑母囂」作，爲《說文》古文囂之隸古定
訛變，左右二口直筆相連訛似「弖」，字形內部上形相類化作从三「弖」。

（四）形構增繁

1、字形繁化

（1）形體訛變造成贅加偏旁、筆畫增繁

「辰」字《書古文訓》或作，爲說文篆文辰之隸古定，又或隸古定訛
變字形增繁作，下訛作「止」「又」。

（2）古文隸古定字形訛變增繁

「若」字作魏三體石經〈多士〉、〈無逸〉「若」字古文作，傳抄古尚書作
汗 5.66四 5.23 與此類同，上半部是雙手及長髮之訛變，下半部是人形之
訛變，由人形、跪跽狀變爲女字形，或爲人形與結合、或因增口而
與口結合，而與跪跽狀消失的「女」字（）相似，二點劃爲飾筆，由楚簡只
加右側演變爲加兩側飾筆，使字形對稱。《書古文訓》「若」字多作
         等形，爲魏三體四 5.23汗 5.66 之隸古定
訛變增繁。

又如《書古文訓》「受」字作   ，爲魏三體形之
隸古定訛變字形增繁。

《書古文訓》〈舜典〉「寬而栗」「栗」字、〈湯誥〉「慄慄危懼」、「慄」字皆
作，从「栗」字古文四 5.8，爲附合《說文》古文「栗」字而上增加西（）
字之形。

（3）作篆文隸古定字形而形體增繁

《書古文訓》「惇」字作，爲篆文之隸古定，乃「惇」字作篆文隸古
定字形而形體增繁。

2、增加偏旁

（1）形體訛變造成贅加偏旁

「彊」字《書古文訓》「彊而義彰」作彊，為彊說文古文彊之隸定訛變，其下偏旁「力」與左旁「弓」之下筆相連，形同訛增厂而誤作从「历」，為偏旁增繁訛誤。

3、偏旁增繁

「格」字《書古文訓》或多作�，為𢍱汗5.68之隸定，或作𢍱，為「戈」旁繁化變作「戉」，其義類相通。《書古文訓》「戡黎」「戡」字作𢍱𢍱，乃「戕」之俗訛，所从「今」俗混作「令」，且右上筆與「戈」合書，𢍱訛似从「戉」，𢍱形則多一畫，从戊从令。

「涯」字《書古文訓》作漄，與《汗簡》錄古尚書作：漄汗5.61同，乃聲符繁化，「厓」變作「崖」。

（五）形構省變

1、省略偏旁

「鼓」字《書古文訓》作賣，「賣」為「鼓」之聲符。

「貴」字《書古文訓》作臾，為《說文》「貴」字篆文作臾省略「貝」之隸古定。

2、偏旁省形

「邇」字《書古文訓》或作遟遟，為《說文》遟字，或臸旁省形作遟遟，其上「至」省下方「土」。

「慄」字《書古文訓》〈大禹謨〉「夔夔齋慄」作㮚，為「栗」字古文㮚汗3.30㮚四5.8㮚魏品式等之隸古定省形。

「厚」字《書古文訓》或作垕，為垕說文古文厚之隸定，作从「后」从「土」[註53]，《書古文訓》或作𡉄，其上受俗書「后」多作后影響，少一畫混作「右」。

《書古文訓》「厥篚織文」「織」字作㡠，《集韻》入聲24職韻「織」字下

〔註53〕《說文》「厚」字古文作垕，形構云「从后土」，戰國楚簡「厚」字作𡉄望山2.2𡉄郭店.老子甲4𡉄郭店.成之5𡉄郭店.語叢1.82等形，其上从「石」，《汗簡》錄「石」字作石汗4.52，垕說文古文厚形構當从古文「石」从「土」，但《書古文訓》作垕乃依《說文》作「从后土」。

云古作[字] 〔註54〕，為傳抄古尚書作[字]汗5.68[字]四5.25，為从糸戠省聲，[字]則聲符「戠」再省作「戈」。

（六）形構改移

1、上下形構移作左右

「毛」字〈堯典〉「鳥獸毛毨」、「鳥獸氄毛」《書古文訓》皆作[字]，為「髦」字，移形構下方「毛」於右下。

「剔」字《書古文訓》作[字]，《集韻》入聲十23錫韻「剔」字古作「勞」，此形移「刀」於「火」下。

2、左右形構移作上下

「氄」字《書古文訓》作[字]，今《說文》「𪑛」下引尚書此文作「𪑛」，《撰異》云壁中本作「𪑛」，[字]即「𪑛」移右旁「準」之「十」至於字形形構下方，又為字形勻稱而加一畫，變作下从「廾」。

「迓」字《書古文訓》皆作「御」字，或作[字][字]，《書古文訓》〈大禹謨〉「御眾以寬」「御」字作[字]，乃下移「卩」旁。

3、其他形構改移

「撻」字《書古文訓》作[字]，《說文》「撻」字古文作[字]之隸定作[字]，[字]則移「達」旁之「辶」於外。

「表」字《書古文訓》〈立政〉「至于海表罔有不服」「表」字作[字]，《汗簡》「表」字[字]汗3.44古尚書《箋正》云：「薛本〈立政〉作[字]，他皆作表。」[字]形訛變自[字]說文古文表，形構由左右變為上下，《書古文訓》作[字]乃移「衣」於下，「麃」所从「火」與「衣」訛變作从必、衣之下半。

「種」字《書古文訓》皆作[字]，左右偏旁位置互換，《說文》「穜，埶也」「種，先穜而後熟也」，段注云二字隸書互易，「種」當為播種本字，戰國作[字]包山110。

「好」字《書古文訓》〈洪範〉「無有作好」作[字]，《古文四聲韻》錄古尚書作[字]四3.20，《說文》「妝」字篆文[字]，下引商書曰「無有作妝」，古文有借「妝」為「好」，《書古文訓》作[字]與《說文》所引相合，即「妝」字左右偏旁位置互

換，《玉篇》作「姌」下云「亦作𡚺」。

（七）偏旁易換

1、聲符替換

「怒」字《書古文訓》或作悠，其上從《說文》「奴」字古文從人作𡚽，聲符更替爲古文。

「岐」字《書古文訓》作梥，傳抄古尚書作梥汗 **4.51** 梥四 **1.15.**岐，皆同形於《說文》邑部「郂」字古文作梥從枝從山，「岐」爲「郂」字或體，「梥」乃「岐」聲符更替。

「邇」字《書古文訓》或作逫逫，爲《說文》𨙭字，或訛省作逫逫，《說文》：「𨙭，近也」，與「邇」同訓，惠棟《讀說文記》謂古文「邇」亦作「𨙭」，二字「文同誼同，疑重出」，爲聲符更替之異體。

2、義符替換

「祝」字《書古文訓》〈洛誥〉「王命作冊逸祝冊」作侻，「示」字改易爲「亻」。

（八）書法的變化

1、受俗書影響筆畫書法變化

（1）直筆末多勾起

晁刻《古文尚書》、《書古文訓》「厥」字即多作𠂤手，爲「𠂤」篆體𠂤之隸古定，其上「氏」之末筆直寫下貫與「十」之直筆結合，且筆畫末勾起，即俗書字形直筆末多勾起，如隸古定古本尚書寫本多寫作𠂤𠂤𠂤形。

（2）筆畫長短變化例

如「稽」字或作「乩」，《書古文訓》或作乩，「占」之短橫拉長變作「古」。

（3）筆畫方向變化例

「弼」字《書古文訓》〈益稷〉「弼成五服」作邶，《說文》邑部「邶」字「故商邑，自河內朝歌以北是也」，與此「輔」義相別，邶當爲「㔨」字之誤，《說文》卩部：「㔨，輔信也，從卩比聲，虞書曰『㔨成五服』」，《撰異》云：「『㔨成五服』，蓋壁中本如是，『弼成五服』，孔安國以今文讀之者也。……《夏本紀》以訓詁字易之作『輔』」，又《經說考》謂「㔨、弼古通，漢以後少用『㔨』字，

遂多作『弼』耳。」《玉篇》「㛮」字亦云：「輔信也，今作弼」。《書古文訓》作㛮，乃「比」旁左形筆畫方向變化俗訛作「北」。

2、篆體隸定、隸古定變化

「象」作�：「象」字《書古文訓》或作象，爲「象」字篆文之隸定，其四腳及尾部隸定與今日楷書相異。

「乘」作桑：「乘」字《書古文訓》或作桑，爲《說文》桀部「乘」字篆文桑之隸定，與今日楷書相異。

「丘」作丠：「丘」字《書古文訓》作丠，爲《說文》篆文丠之隸定，與今楷書相異。

「岳」作㠘㠘㠘：《書古文訓》「岳」字或作㠘㠘，或訛變作㠘形，上從「丘」之篆文丠隸古定，與漢碑作㠘 魯峻碑㠘 耿勳碑類同。

「夙」作夗：《書古文訓》「夙」字皆作夗，爲篆文夗之隸定，與今楷書作「夙」相異。

「之」作㞢：「之」字《書古文訓》多作㞢或作㞢，爲魏三體、大徐本《說文》篆文㞢、段注本《說文》篆文㞢之隸定，秦文字亦作此形：㞢睡虎地 23.1 㞢足臂灸經 1㞢26 年詔權。隸定作㞢㞢與今日楷書相異。

「戒」作㦵㦵㦵㦵㦵：《書古文訓》「戒」字或作㦵，爲篆體㦵說文篆文戒之隸古定，又隸古定訛變作㦵㦵㦵㦵。

「布」作帗：《書古文訓》〈伊訓〉「布昭聖武」「布」字作帗，爲《說文》篆文帗之隸古定，從巾父聲，與帗江陵十號墓木牘 6帗 居延簡甲 789帗校官碑類同，隸變作「布」。

（九）訛誤字

「布」訛誤作㐱：《書古文訓》〈仲虺之誥〉「以布命于下」「布」字作㐱，乃篆文帗隸古定作帗形之訛，所從「巾」誤作「牛」，誤爲「㐱」字。

「頵」（旻）誤作古文「聞」聞：《書古文訓》「旻」字作聞，與「聞」字作聞——《說文》古文聞聞（聛）之或體——相訛混，乃「頵」字之誤，張壽碑「旻天」「旻」字作頵張壽碑，《集韻》平聲 17 眞韻「旻」字「或作『閔』，通作『頵』」，「頵」、「旻」音近通假，「頵」即《說文》頁部「頵」字，訓繫頭殟也，《說文》段注謂「與心部『惛』音義略同」，《玉篇》云：「《莊子》云問焉

則[囏]然，[顄]，不曉也，亦作[惛]」。偏旁「頁」「耳」形近而訛混。

「純」誤作古文「絕」[⿰]：〈酒誥〉「小子惟一妹土嗣爾股肱純」、〈文侯之命〉「侵戎我國家純」《書古文訓》「純」字作[⿰]，與「絕」字或作[⿰]同形，當是「純」與「絕」形近誤作古文「絕」字[⿰]說文古文絕，[⿰]形反向，與戰國「絕」字[⿰]郭店老子甲 1[⿰]郭店老子乙 4 同。

「矛」誤作古文「我」[⿰]：《書古文訓》〈費誓〉「鍛乃戈矛」「矛」字作[⿰]，《說文》古文「矛」从戈作[⿰]，本當作「我」，與「我」二字左形有相近處，故訛誤作古文「我」字，《書古文訓》「我」字作[⿰]，爲《說文》古文[⿰]、魏三體石經古文作[⿰]之隸古定。

「戩」誤作古文「成」[戚]：《書古文訓》〈君奭〉「惟時二人弗戩」「戩」字作[戚]，當爲「𢦏」字之訛誤，俗訛變作[戚][戚]，从令从戉，再與「成」字古文从午作[戚]訛混。

「惡」作「亞」，誤爲「弗」隸古定字[⿰]，《書古文訓》〈泰誓下〉「除惡務本」「惡」字作[⿰]，乃作「亞」字而與「弗」隸古定字[⿰]形近而誤作。

「隃」訛作[瞼]：「隃」字《書古文訓》作[瞼]，《說文》目部新附「瞼」字「目上下瞼也」居奄切，與「隃」字音義有別，「隃」字篆文[⿰]，偏旁「阝」[⿰]傳寫隸古定誤爲「目」，《書古文訓》作[瞼]，爲「隃」字訛誤。

綜而言之，隸古定字形體變化類型中形體混淆、訛誤的現象爲數最多，不僅見於隸古定《尚書》寫本，屬於刊刻本的《書古文訓》爲數可觀的錯訛混亂情形，一方面是因古文筆畫彎曲易變，轉寫爲隸書筆畫過程中造成的裂變、易位、錯置，再方面也與抄寫的求簡速、及輾轉傳抄文字形體形構不明以致因形近附合錯寫。

綜觀隸古定文字形體特點，其要有五：一是部分筆畫隸定或隸古定、部分依古篆隸等形體摹寫；二是隸古定字形書寫受俗書影響；三是同一隸古定字有不同文字階段字體筆法形體、不同隸定，形體不一；四是隸古定文字多形體混同；五是隸古定文字形體多裂變、位移且具任意性。

第五節　小　結

「傳鈔古文《尚書》文字辨析」逐句逐字比對中，可觀察得知隸古定本《尚

書》文字有下列字體與形音義上的特點：一是隸古定本《尚書》文字字體兼有楷字、隸古定字形、俗字，或有古文形體摹寫；二是其字形兼雜楷字、隸古定字、俗字、古文形體筆畫或偏旁；三是因隸書的筆勢轉寫古文形體、篆文形體及抄寫俗書，而造成字形多割裂、位移、訛亂、混淆；四是文字多因聲假借或只作義符或聲符。傳鈔古文《尚書》隸古定本文字多因聲假借或只作義符、聲符的現象，與其為抄寫本性質有關。書寫者求簡省、速度有關，抄寫時又受文字聲音關係影響而文字多只寫下聲符，這種文字現象在戰國楚簡也數見不鮮；五是文字多同義字換讀，還有使用不同的虛字而不影響文意者。

「傳鈔古文《尚書》隸古定本之特殊文字形體探析」中，以字例方式列出隸古定古本《尚書》中以隸古定字形保留因輾轉傳抄而變得形構不明難以辨識的古文形體，以及形構不明但應屬於俗字的特殊形體，其中有些是經由傳抄古文摹寫、隸寫保存，以致易被誤視為古文字形，如「刑」（形）字作 刑 刑 ，「漆」字作 漆 漆 漆 。

隸古定本《尚書》寫本文字形體變化的情形複雜，如形體混淆：偏旁或部件混淆——某偏旁或部件混作另一偏旁、兩偏旁或部件相混不分——、字形混淆——數個混作同一字形的俗字、與俗字混作同形的隸古定字——等等，本論文共例舉一百種隸古定本《尚書》寫本形體混淆。這些形體混同的偏旁或文字，有的則已成為隸古定古本尚書寫本中較固定的特殊寫法，有些與改旁便寫有關，更有許多文字形體的變化是源自篆隸轉寫間的書法差異，來自隸書書法，或由書寫時筆畫草化而來，有些形體變化則兼俱幾種類型特點。隸古定本《尚書》寫本文字形體變化尚有形構類化、形體增繁、省變、偏旁改移、易換、並且有訛誤字及六朝、唐代新造字。其中形體省變可以見到用以簡省形體的八種符號或方式。《書古文訓》雖是宋代刊印隸古定《尚書》刻本，但經與各古本《尚書》相比對，其中許多文字形體是由唐人俗書別體而來，宋代尚有唐本隸古定《尚書》流傳，《書古文訓》之文字形體當有據於唐本，也因襲唐人抄本混雜俗書的文字變化。與隸古定《尚書》寫本文字形體變化類型相較，《書古文訓》所見大致相類，如形體混淆共例舉二十二種，但「形體省變」中未見以符號簡省形體之例，當因其為刊刻本。然而為刊刻本的《書古文訓》仍可見到不少形構類化、字形草化俗寫、草書楷化的變化類型，如「聽」字作 聽 ，其右下為草書

「心」字形，這些《書古文訓》文字形體的變化類型皆因其所據本爲唐人抄本之流傳。

　　隸古定本《尚書》隸古定字形體變化類型，受隸古定本《尚書》傳抄書寫的性質影響，即使刻本《書古文訓》亦然，有些隸古定字形體變化受俗書書寫或其變化類型影響所致。所不同者，隸古定字形體變化中有因偏旁形體隸古定而混淆、隸古定字形因俗訛而與他字或其俗書混淆、兩個相異字隸古定字形混同者，還有些較固定的隸古定字偏旁寫法，如篆文「人」（𠆢）隸古定作「刀」「几」；古文「示」（𤔔）隸古定作「爪」、「瓜」；「酉」旁作古文隸古定形「𨠯」；「食」作古文隸古定形「𩚵」；「之」作篆文隸古定形「𡳿」等等。

　　綜而言之，隸古定文字形體特點，爲：形體部分筆畫隸定或隸古定、部分依古篆隸等形體摹寫；隸古定字形書寫受俗書影響；同一隸古定字有不同文字階段字體筆法形體、不同隸定；隸古定文字多形體混同；隸古定文字形體多裂變、位移且具任意性。

第四部份　結　論

第一章　本論文研究成果

　　本論文研究傳鈔古文《尚書》文字的形構異同、類別探源、文字特點，從各傳鈔古文《尚書》及傳鈔著錄古《尚書》文字與今本《尚書》文字之比對辨析入手。以《尚書文字合編》蒐集的《尚書》古本二十餘種爲基礎，結合新出的戰國文字資料所引《尚書》文字（戰國楚簡二種：《上海博物館藏戰國楚竹書（一）》、《郭店楚墓竹簡》），所研究傳鈔古文《尚書》文字共五大類（出土文獻資料所引《尚書》文字、石經《尚書》、傳鈔著錄古《尚書》文字、《尚書》隸古定古寫本、《尚書》隸古定刻本）六十種〔註1〕，將各本傳鈔古文《尚書》文字、諸類字體形構，進行彼此之間、以及與今本《尚書》文字形體之間的全面辨析與考察。

　　茲將本論文研究成果述要如下：

一、確立各傳鈔古文《尚書》之序列

　　《尚書》傳本的歧異、字體變遷、轉換改寫主要經歷可分爲三個階段：一是先秦《尚書》成篇、集結以古文字體書寫的孔壁古文與漢代以隸書書寫、改寫的今文《尚書》的歧異；二是東晉時梅賾所獻 58 篇僞《古文尚書》，即用隸書筆畫書寫古文的隸古定《尚書》，主要有「宋齊舊本」即奇字不多的隸古定《尚

〔註 1〕詳見本論文【第一部分】頁 6。

書》民間抄寫本，以及在隋唐之間廣泛流傳，「穿鑿之徒」「僞中之僞」，奇字很多的隸古定《尚書》本；三是天寶年間衛包奉敕將隸古定《尚書》改寫爲楷書的今字本《尚書》，唐文宗開成年間刻成唐石經，爲宋代以後版刻本的開山之祖，今通行之《尚書》即衛包改字本，爲今字本之古文《尚書》，隸古定本《尚書》則爲古字本古文《尚書》。

　　傳鈔古文《尚書》傳本、文字龐複，如《尚書》古寫本的寫成時代，或有存六朝之古文、年代早於隋唐者，有隋唐之間者，或爲唐初至衛包改字之前者，有衛包改字之後者，經本論文依前輩學者討論研究成果加以綜述，將各類各種傳鈔古文《尚書》加以序列，以傳鈔古文《尚書》文字之字體時代爲經，兼及傳鈔古文《尚書》之文字材料時代，首先於各字例下徵引傳鈔著錄古《尚書》文字，再者各傳鈔古文《尚書》之序列如下：

　　　　戰國楚簡——漢石經——魏石經——敦煌本、新疆本——（以下爲日本古寫本之唐抄本）**岩崎本**——**神田本**——**九條本**——**島田本**——（以下爲源於唐代的日本古抄本）**內野本**——**上圖本（元）**——**觀智院本**——**天理本**——**古梓堂本**——**足利本**——**上圖本（影）**——**上圖本（八）**——（以下爲隸古定刻本）晁刻古文尚書——書古文訓——（今傳世本所承）唐石經

二、完成傳鈔古文《尚書》文字辨析共一千四百二十九字

　　確立各類傳鈔古文《尚書》文字比對之序列後，將諸本傳鈔古文《尚書》文字、諸類字體，與今傳世本《四庫全書》重刊宋本《十三經注疏》之《尚書》（即《孔氏傳》本《古文尚書》、《孔氏傳尚書》）〈虞書〉、〈夏書〉、〈商書〉、〈周書〉（源自唐代開成石經《唐石經・尚書》）等五十八篇依序進行文字比對辨析，比勘其中形構相異、用字不同者完成論文【第二部份　**傳鈔古文《尚書》文字辨析**】共一千四百二十九字。比勘辨析著重於文字形體的流變——字體、字形在傳鈔及書體轉換間的形構演變與特色，以甲骨文、金文、簡帛等先秦古文字及漢魏晉唐宋時期的碑刻、印章、字書、韻書中文字進行合證，辨其異同，既完成文字形體「縱向溯流」亦進行「橫向流變」的推求。

　　本論文研究成果一方面以「**傳鈔古文《尚書》文字與今本《尚書》各句比較表**」逐句序列各類傳鈔古文《尚書》文字與今本《尚書》文字；文句各字之

辨析以「**傳鈔古文《尚書》『△』字構形異同表**」列其辭例及各本文字字形，考察該字在各類傳鈔古文《尚書》文字所見的種種形構異同，條理分明、清晰，文句、字形並陳，逐一梳理每字各相異形構的溯流及流變論述，以一千七百餘頁呈現，成果可謂豐碩。

三、分析各傳鈔古文《尚書》文字之形構異同現象

就「傳鈔古文《尚書》文字辨析」的成果，本論文綜觀並分析之進行【第三部份　綜論】。首先經由辨析比勘出土文獻所引、傳鈔古文、隸古定寫本、刻本等古本《尚書》文字與今本《尚書》文字形構，得見《尚書》各本不同文字階段的字形，多數與其前代或前一字體演變階段具有相承關係，而傳鈔著錄古《尚書》文字、《說文》所引古文《尚書》文字也多各有與古本《尚書》一致者。

在與今本《尚書》文字比對**傳鈔古文《尚書》文字形構異同**方面，因經歷三種字體變遷、轉換改寫，形構異同的分析不僅在於承襲甲、金文的篆文與戰國古文的轉寫、篆文與隸體的轉寫、用隸古定方式轉寫古文、將隸古定字改為楷字等等字體轉換，形構異同的分析尚且包含漢字演變、未定型及傳鈔過程中產生的俗字形構。

戰國楚簡所引《尚書》文字因屬戰國楚文字，故具有楚系文字特有形構，或戰國文字特有形體，而與甲金文形構相異，又有承於甲金文等古文字階段所沿用之字形，或為源自甲金文書寫變異或訛變之戰國文字形體。魏石經《尚書》三體字形與今本《尚書》文字形構相比對，其相異者或為甲骨文、金文等古文字之沿用、或源自甲金文或其書寫變異、訛變，而為戰國文字形構或其訛變，又為《說文》古籀或體等重文或其異構者，實佔多數。《汗簡》、《古文四聲韻》、《訂正六書通》等傳鈔著錄古《尚書》文字與《說文》所引《尚書》文字、魏石經《尚書》古文等字形多有類同，此外有些傳鈔古尚書字形誤注作他字，或混有其他史書、古書等古文而不屬於古《尚書》文字，也有部分傳鈔古尚書文字因輾轉傳鈔混入抄寫者俗書，而實為秦漢之際小篆隸變未定、漢魏時代未定型之隸體，或者混有六朝俗別字，而非真正戰國古文。其與今本《尚書》文字形構相比對，構形相異的特點是傳鈔著錄古《尚書》文字形體多訛變，而且有許多形構的更易，尤其是聲符更替、因聲假借的文字，或其著錄所標注字為《尚

書》文字的假借字。隸古定本《尚書》文字與今本《尚書》文字相比對，其構形相異者多數與傳鈔著錄古《尚書》文字與《說文》所引《尚書》文字、魏石經《尚書》古文等字形類同，乃承襲甲、金文或戰國古文形構，並且有許多字形可由其他傳鈔著錄古文相證。其文字特點是形體訛亂，混雜許多篆文不同隸定、隸書俗寫及抄寫過程求簡或訛作的俗別字。隸古定本《尚書》文字與今本《尚書》文字構形相異者，雖然幾乎可由傳鈔著錄古《尚書》文字、或其他傳鈔著錄古文找到字形相證，但這些傳鈔古文抄錄形體及成書時代正在隸變、楷變文字尚無定體的漢魏六朝，《尚書》隸古定本亦正是六朝迄五代、唐代寫本，二者字形多可相證主要原因正是文字書寫形體本是其時代所使用者，因此《尚書》隸古定本文字與傳鈔古文相類同者，並不必然是源自古本古文《尚書》字形而隸古定的原貌，而是寫者俗書訛體。因此隸古定本《尚書》文字形構與著錄古《尚書》文字、傳鈔古文字形可相證者，尚須與甲、金、戰國古文相比對，上溯其源，方能尋繹古《尚書》古文形體原貌、《古文尚書》的古文原字。

四、將各傳抄古文《尚書》文字形體全面分類探源

經「傳鈔古文《尚書》文字辨析」中每字以先秦古文字及漢魏晉唐宋時期的碑刻、字書、韻書進行合證的溯流及流變，【第三部份　綜論】第二章將**傳抄古文《尚書》各本文字形體分類探源**，得出其來自古文字形、篆體、隸書、俗別字等等各類。其中數量最多的是源自古文字形之隸定、隸古定、或隸古訛變者，可與傳鈔著錄《尚書》古文、《說文》古籀等或體、先秦出土資料古文、其他傳鈔古文相比對，其中可溯源而見於戰國古文者最多，或者源於先秦古文字形演變，未見於上述四類古文字形者，形構或由《說文》不同的古文或籀文偏旁構成，當亦屬於戰國古文，只是目前尚未見到合證的出土文字資料。傳抄古文《尚書》各本文字亦有許多部分源自篆文字形之隸古定或隸變，與今日楷書形體相異，但大多可溯源見於先秦古文字形，或可由秦簡、漢簡見其字形演變。《書古文訓》的隸古定字多由傳鈔古文而來，戰國古文經傳鈔著錄形體本就訛變多端，其中又雜以著錄隸變俗書的漢魏碑刻，《書古文訓》隸古定字形多為由此再轉寫者，詭異字形特多。

隸古定本《尚書》各本文字形體，有些源自隸書書寫、隸變俗寫而來，可

從漢簡或漢魏碑刻中見到相類同的字形，其中部分是漢碑書寫特點，有的則是漢碑隸書書寫的不同隸變方式，有些是漢簡或漢碑常見的偏旁混作，如偏旁「竹」常混作「艸」等等。隸古定本《尚書》各本字形，存有不少的俗別字，就文字時代而言，有些屬於古文字、篆文之訛變或訛誤，有些源自漢隸書寫訛變，乃自隸書即有的俗寫，有些則為六朝或唐人的俗字；就文字書寫而言，有些俗別字來自文字內部結構的變化，或形體與他字相近而訛誤，或因上下文相涉而錯訛。

五、探析隸古定本《尚書》文字特色、特殊形體、文字變化類型、隸古定字形變化類型

【第三部份　綜論】第三章就**傳抄古文《尚書》隸古定本之文字特色、特殊形體、文字變化類型、隸古定字形變化類型**加以探析。隸古定本《尚書》寫本中，敦煌、新疆等地《尚書》古寫本的寫成時代最早為六朝，最晚為唐朝初年民間的抄寫本，隸古定本《尚書》日本古寫本則源出於唐寫本，皆是六朝迄唐初的寫本或再抄寫本，抄寫時代正是文字混亂的時期，俗別字由六朝時期累至唐代，唐人手寫抄本，尤其今所見敦煌寫本，可謂集俗別字之大成。

經各傳抄古文《尚書》文字辨析，可知隸古定《尚書》刊印刻本——宋代薛季宣《書古文訓》——文字形體有不少是由唐人俗書別體而來，而宋代尚有唐本隸古定《尚書》流傳，《書古文訓》之文字形體當有據於唐本，也因襲繼唐人抄本混雜俗書的形體訛亂情況。這些隸古定本《尚書》保存抄寫、刊刻時代所見版本文字現象，文字形體混雜古文、篆文、隸書之隸寫及別體、俗字等等，可聯繫先秦《尚書》文字下及唐宋《尚書》文字的文字演變關係，尤其是魏晉以來《尚書》文字變化。

由本論文研究「傳鈔古文《尚書》文字辨析」逐句逐字比對，可觀察得知隸古定本《尚書》文字有下列字體與形音義上的特點：

一、字體兼有楷字、隸古定字形、俗字，或有古文形體摹寫。

二、字形兼雜楷字、隸古定字、俗字、古文形體筆畫或偏旁。

三、因隸書的筆勢轉寫古文形體、篆文形體，而造成字形多割裂、變異、位移、訛亂、混淆。

四、文字多因聲假借或只作義符或聲符。隸古定本《尚書》文字多因聲假
借或只作義符、聲符的現象，與其爲抄寫本性質有關。書寫者求簡省、
速度有關，抄寫時又受文字聲音關係影響而文字多只寫下聲符，這種
文字現象在戰國楚簡也數見不鮮。

五、文字多同義字替換，還有使用不同的虛字而不影響文意者。

「傳抄古文《尚書》隸古定本之特殊文字形體探析」中，以字例方式列出
隸古定本《尚書》中以隸古定字形保留因輾轉傳鈔而變得形構不明難以辨識的
隸古定古文形體，如**「嚮」寫本作**寶宣《書古文訓》作寶宼，後者爲前者訛
體，與「寧」字作「宼」混同。寶當爲「享」字《古文四聲韻》錄古孝經僉四
3.24 之隸古定訛變，借作「嚮」（響）。以及形構不明但應屬於俗字的特殊形體，
經傳鈔古文保存以致易被誤視爲古文字形，如「刑」（形）字作羽丽，「漆」
字作<!---->，爲六朝迄唐代演變出的俗字；又如**「能」字作**<!---->，「飛」字作
<!---->乃字形省略其半的俗寫變化方式；**「德」字作**<!---->，右旁乃「悳」草書形作<!---->
之楷化又再省形、再上下類化；「命」字晁刻《古文尚書》、《書古文訓》作命
或帚，由「命」字作帚形演變俗訛而成：「口」「卩」類化皆作「巾」，上形
再與之類化成三「巾」。

　　隸古定古本《尚書》寫本文字形體變化的情形複雜，如形體混淆：偏旁或
部件混淆——某偏旁或部件混作另一偏旁、兩偏旁或部件相混不分——、字形
混淆——數個混作同一字形的俗字、與俗字混作同形的隸古定字——等等，本
論文共例舉一百種隸古定本《尚書》寫本形體混淆。這些形體混同的偏旁或文
字，有的則已成爲隸古定古本尚書寫本中較固定的特殊寫法，有些與改旁便寫
有關，更有許多文字形體的變化是源自篆隸轉寫間的書法差異，來自隸書書法，
或由書寫時筆畫草化而來，有些形體變化則兼俱幾種類型特點。隸古定本《尚
書》寫本文字形體變化尚有形構類化、形體增繁、省變、偏旁改移、易換、並
且有訛誤字及六朝、唐代新造字。其中形體省變可以見到用以簡省形體的八種
符號或方式。《書古文訓》雖是宋代刊印隸古定《尚書》刻本，但經與各傳抄古
文《尚書》相比對，其中許多文字形體是由唐人俗書別體而來，宋代尚有唐本
隸古定《尚書》流傳，《書古文訓》之文字形體當有據於唐本，也因襲繼唐人抄
本混雜俗書的文字變化。與隸古定《尚書》寫本文字形體變化類型相較，《書古

文訓》所見大致相類，如形體混淆共例舉二十二種，但「形體省變」中未見以符號簡省形體之例，當因其爲刊刻本。然而爲刊刻本的《書古文訓》仍可見到不少形構類化、字形草化俗寫、草書楷化的變化類型，如「聽」字作聽，其右下爲草書「心」字形，這些《書古文訓》文字形體的變化類型皆因其所據本爲唐人抄本之流。

隸古定本《尚書》隸古定字形體變化類型，受隸古定本《尚書》傳鈔書寫的性質影響，即使刻本《書古文訓》亦然，有些隸古定字形體變化受俗書書寫或其變化類型影響所致。所不同者，隸古定字形體變化中有因偏旁形體隸古定而混淆、隸古定字形因俗訛而與他字或其俗書混淆、兩個相異字隸古定字形混同者，還有些較固定的隸古定字偏旁寫法，如篆文「人」（ᛝ）隸古定作「刀」「几」；古文「示」（ᛝ）隸古定作「爪」、「瓜」；「酉」旁作古文隸古定形「百」；「食」作古文隸古定形「貪」；「之」作篆文隸古定形「止」等等。隸古定字形體變化類型中形體混淆、訛誤的現象爲數最多，不僅見於隸古定《尚書》寫本，屬於刊刻本的《書古文訓》爲數可觀的錯訛混亂情形，一方面是因古文筆畫彎曲易變，轉寫爲隸書筆畫過程中造成的裂變、易位、錯置，再方面也與抄寫的求簡速、及輾轉傳鈔文字形體形構不明以致因形近附合錯寫。

綜而言之，隸古定文字形體特點，有五：一是部分筆畫隸定或隸古定、部分依古篆隸等形體摹寫；二是隸古定字形書寫受俗書影響；三是同一隸古定字有不同文字階段字體筆法形體、不同隸定，形體不一；四是隸古定文字多形體混同；五是隸古定文字形體多裂變、位移且具任意性。

第二章　傳抄古文《尚書》文字研究之價值與展望

一、傳鈔古文《尚書》文字研究之價值

　　經由歷代不同字體傳抄古文《尚書》文字的對校，不僅能呈現並分析其各本文字特點，從本文辨析、綜合討論後，傳鈔著錄古《尚書》文字與諸傳抄古文《尚書》文字研究價值，在於其形構異同的分析、形體類別得探源、俗字、隸古定字形的形體探析與隸古定古本《尚書》文字特點、變化類型的討論，梳理了《尚書》古文、隸古定等字體形構演變，尤其是隸古定本《尚書》文字的形體結構、字形源流、書寫現象。

　　藉各本傳鈔古文《尚書》文字、傳鈔著錄古《尚書》文字與隸古定本《尚書》字形的比對，亦可探析《尚書》古文與隸古定的字體形構演變關係，再與出土戰國楚簡所引《尚書》文字、其他古文字資料合證溯源，傳鈔《尚書》古文、隸古定本《尚書》真正隸寫的古文字形，當源自戰國時代寫本，且有不少與楚系文字相合。

　　傳抄古文《尚書》文字經由與傳鈔著錄古《尚書》文字、先秦古文字、出土戰國文字材料、其他傳鈔古文相證，雖然歷經輾轉抄載、文字形體變異錯訛、形構不明難識者屢見，但經本論文研究辨析，傳鈔著錄古《尚書》文字與魏石

經古文、隸古定寫本（敦煌等古寫本、日本古寫本）、隸古定刻本（《書古文訓》、
晁公武石刻《古文尚書》）文字形體大致是一脈相承，隸古定本《尚書》文字中
的特殊字形，既保留許多古字形，也產生許多新的書寫形體，上可追溯至承自
甲骨文、金文、戰國古文等古文字階段，下則多見先秦小篆隸變至漢代隸書等
文字書體轉寫的形體演變關鍵。而漢魏之際隸書轉寫楷體、齊梁時代隸古定方
式轉寫古文字，以及魏晉隋唐人們抄寫時一方面古文字書寫楷化、一方面求快
求簡的草寫書法亦友楷化現象，以刊刻方式著錄轉寫的傳鈔古文，同時也並呈
著種種紛雜的文字書體轉寫的形體演變關鍵。傳鈔古文、隸古定文字的演變關
係及其淵源也因此能得廓清之效，二者不僅在文字歷時縱向相承演變，在橫向
同時代轉寫前代或傳鈔文字形體裂變及抄寫俗書混淆錯訛的種種變化，也歷歷
相關，經由傳抄古文《尚書》文字的比對辨析，種種演變脈絡得以梳整呈現。

　　經由本論文諸傳抄古文《尚書》文字的比對，源於唐寫本的日本古寫本亦
見保留《尚書》異本文字現象。而利用俗書、隸古定文字變化類型的瞭解與掌
握形體混淆的字例，亦可用以更正今本之誤，如「止」「山俗書多混作，「峙」
字《書古文訓》作峙，與九條本、上圖本（八）或作峙峙相類，「山」旁寫似
「止」，此三本猶見從止作「峙」之跡，今本作「峙」當是「峙」之訛。《爾雅
・釋詁》「峙，具也」，《撰異》謂「即《說文》『偫』字」，《說文》「偫，待也」。
止部「跱，踞也」，段注云：「假借以『跱』爲『偫』、以『踞』爲『儲』。〈柴誓〉
『峙乃糗糧』即『跱』變止爲山，如『岐』作『歧』變山爲止，非眞有從山之
『峙』、從止之『歧』也」，又《說文》食部「餱」字下引「〈周書〉曰『峙乃餱
糧』」（大徐），段注本更作『跱乃餱糧』」。九條本、上圖本（八）作峙峙正爲
「山」俗變爲「止之證。又如〈君牙〉「亦惟先正之臣克左右亂四方」岩崎本、
內野本、足利本、上圖本（影）、上圖本（八）「正」字皆作「王」，依孔傳（各
本皆同）云：「惟我小子繼守先王遺業，亦惟父祖之臣能佐助我治四方，言已無
所能」能助我者爲先王之臣，當爲賢臣，然此處強調「先王」之臣，稍異於〈文
侯之命〉「亦惟先正克左右昭事厥辟」鄭玄注「先正，先臣」，孔傳「言君既聖
明，亦惟先正官賢臣能左右明事其君，所以然」皆釋先正爲賢臣。阮元《校勘
記》卷 19 亦云：「『正』《唐石經》古岳宋板蔡本俱作『王』，按本篇下文及〈說
命〉〈文侯之命〉言先正皆無之臣二字，則此『正』字當屬『王』字之訛，『先

王之臣』猶言『先正』爾。」其說是也，諸日寫本皆作「王」即可證今見本作「正」之誤。

　　段玉裁在《古文尚書撰異》論衛包錯改的字、《古文尚書》的古文原字，經由本論文比對辨析結果，可以爲證，如〈無逸〉「不遑暇食」《撰異》謂「『皇』今本作『遑』，俗字，疑衛包所改也。下文『則皇自敬德』鄭注『皇謂暇，謂寬暇自敬』，可以證此之不从『辵』矣」，由「遑」字魏三體石經〈無逸〉「不遑暇食」「遑」字古文作「皇」，敦煌本 P3767、P2748、內野本、《書古文訓》亦作「皇」。此外〈皋陶謨〉「五禮有庸哉」內野本、足利本、上圖本（影）、上圖本（八）作「五禮五庸哉」與魏品式三體石經同，〈益稷〉「明庶以功車服以庸」內野本、足利本、上圖本（影）、上圖本（八）「庶」字皆作「試」，《書古文訓》與今本同作「庶」（）字。阮元《校勘記》謂「庶」古本作「試」，《正義》作「庶」，《左傳》僖公二十七年引夏書曰「賦納以言明試以功車服以庸」疏云：「此古文虞書益稷之篇，古文作『敷納以言明庶以功』，『敷』作『賦』、『庶』作『試』」，又按云「王符《潛夫論》引亦作『試』止與左氏合」，日古寫本皆作「試」可證古文《尚書》此處應即作「試」；諸如此類傳鈔古文《尚書》文字的比對辨析，正可作爲古文《尚書》原貌的參證。本論文於諸本傳鈔古文《尚書》文字與傳鈔著錄《尚書》古文的全面整理成果，也可用作討論壁中書《古尚書》之古文形體原貌的參考，對於《尚書》成書、流傳，以及《尚書》文獻的整理及綜合研究，亦能有進一步的貢獻。

二、傳鈔古文《尚書》文字研究之展望

　　《尚書文字合編》所收歷代傳本之傳鈔古文《尚書》已見卷帙浩繁，重以新出土文獻所引《尚書》文字與傳鈔著錄古《尚書》文字，其中具有研究探析價值的課題，遠遠超過本論文研究所能及者。其文字及內容所涉之《尚書》傳承過程之傳本、文獻問題，著實紛乘雜沓，即使本論文撰著已就《尚書》文字形體全面整理，投注相當心力，仍有許多文字考證、字體形構關係未能解決清楚。本論文雖呈現了《尚書》依賴傳鈔書寫的流傳過程中文字形體的變化，但其古書的形成、演變仍有待出土資料的增加，如簡帛書籍的發現，方能有更清楚的認識，以有助於《尚書》不同傳本的傳播及整理問題的研究。今日尚未見

先秦古本《尚書》出土面世，中國清華大學 2008 年入藏一批戰國竹簡〔註1〕，其中內容已知有許多與《尚書》有關，或爲古《尚書》篇籍，若能有如郭店楚簡、上博楚簡與馬王堆帛書所見同名傳本《老子》、《周易》等的發現，先秦《尚書》古文原字形體、文字原貌、文獻整理等等千年來的研究當能長足躍進。

〔註 1〕 此批清華大學藏戰國竹簡業已於本論文完成及考試之際出版並於臺灣銷售第一
　　　　冊，故本文並未及收錄：清華大學出土文獻研究與保護中心編、李學勤主編，
　　　　《清華大學藏戰國竹簡・壹》，上海：中西書局，2010.12。

參考書目

一、古　籍

（依著作時代先後排列，同一著作時代則以作者姓名筆畫順序排列）

1. 《古籍整理与研究》，（漢）許慎、徐鉉，《說文解字》，北京：中華書局，1985。

2. （漢）許慎、徐鍇，《說文解字繫傳》，北京：中華書局，1985。

3. （漢）許慎、徐鍇、苗夔，《說文解字繫傳校勘記》，北京：中華書局，1985。

4. （漢）許慎撰、（清）段玉裁注，（民國）魯實先正補，《說文解字注》，臺北：黎明文化事業股份有限公司，1991。

5. （漢）許慎等，《說文解字四種》（說文解字、說文解字繫傳、說文解字注、說文通檢）（中華書局編輯部編），北京：中華書局，1998。

6. （南唐）徐鍇，《說文解字繫傳》，北京：中華書局，1987。

7. （梁）顧野王，《大廣益會玉篇》，北京：中華書局，2004。

8. （梁）顧野王編撰，《原本玉篇殘卷》，北京：中華書局，1985。

9. （梁）顧野王等，《小學名著六種》（玉篇、廣韻、集韻、小爾雅義證、方言疏證、廣雅疏證）（中華書局編輯部編），北京：中華書局，1998。

10. （唐）陸德明，《經典釋文》，北京：中華書局，1983。

11. （唐）孔穎達等，《尚書》（孔氏傳尚書.尚書正義.書經傳說彙纂.尚書古文疏證.尚書集注音疏.古文尚書撰異.尚書今古文注疏.今文尚書考證.尚書孔傳參正）（上中下三冊），北京：中華書局，1998。

12. （宋）呂大臨，《考古圖釋文》，北京：中華書局，1987。

13. （宋）洪适編，《石刻史料新編（九）‧隸釋》，臺北：新文豐出版公司，1975。

14. （宋）夏竦，《古文四聲韻》，臺北：學海出版社，1978。

15. （宋）郭忠恕，《汗簡》，上海：涵芬樓影本。

16. （宋）陳彭年等重修，《宋本廣韻》，臺北：黎明文化事業股份有限公司，1988。

17. （宋）薛尚功，《歷代鐘鼎彝器款識》，北京：中華書局，1986。

18. （清）王夫之，《尚書引義》，北京：中華書局，1976。

19. （清）王引之，《經義述聞》，臺北：臺灣商務印書館，1979。

20. （清）王念孫，《廣雅疏證》，臺北：臺灣商務印書館，1968。

21. （清）王念孫，《讀書雜誌》，臺北：臺灣商務印書館，1978。

22. （清）王筠，《說文釋例》，臺北：世界書局，1984。

23. （清）皮錫瑞，《今文尚書考證》，北京：中華書局，1998。

24. （清）皮錫瑞，《石刻史料新編（二十七）·漢碑引經考》，臺北：新文豐出版公司，1975。

25. （清）朱駿聲，《說文通訓定聲》，臺北：藝文印書館，1994。

26. （清）李遇孫，《尚書隸古定釋文》，《聚學軒叢書》7，劉世珩輯，臺北：藝文印書館。

27. （清）阮元刻本，《十三經注疏》，臺北：藝文印書館，1989。

28. （清）段玉裁，《古文尚書撰異》，上海書店，1988年。

29. （清）段玉裁，《段玉裁遺書》，臺北：大化書局，1986。

30. （清）孫星衍，《尚書今古文注疏》，北京：中華書局，1998。

31. （清）孫詒讓，《古籀拾遺·古籀餘論》，北京：中華書局，2005。

32. （清）孫詒讓，《契文舉例》，濟南：齊魯書社，1993。

33. （清）孫詒讓，《籀廎述林》，臺北：廣文書局，1971。

34. （清）孫詒讓、柯昌濟，《古籀拾遺·古籀餘論·宋政和禮器文字考·華華閣集古錄跋尾》，臺北：華文書局，1971。

35. （清）郝懿行，《爾雅義疏》，臺北：河洛出版社，1974。

36. （清）鄭珍、鄭知同撰，《汗簡箋正》，臺北：藝文印書館，1991。

37. （清）顧藹吉，《隸辨》，臺北：世界書局，1984。

二、今 著

（依作者姓名筆畫順序排列，同姓則以第二字筆畫順序排列）

1. 丁山，《甲骨文所見氏族及其制度》，臺北：大通書局，1971。

2. 丁山，《說文闕義》，臺北：中央研究院歷史語言研究所，1930。

3. 丁四新主編，《楚地出土簡帛文獻思想研究》（一），武漢：湖北教育出版社，2002。

4. 丁四新主編，《楚地簡帛思想研究》（二），武漢：湖北教育出版社，2005。

5. 丁佛言，《說文古籀補補》，北京：中華書局，1988。

6. 丁原植，《郭店楚簡儒家佚籍四種釋析》，臺北：古籍出版有限公司，2000。

7. 丁福保編纂,《說文解字詁林》,臺北:臺灣商務印書館,1976。

8. 于省吾,《甲骨文字釋林》,臺北:大通書局,1981。

9. 于省吾,《尚書新證》,北京:中華書局,2005。

10. 于省吾,《雙劍誃吉金文選》,臺北:藝文印書館,1934。

11. 于省吾主編,《甲骨文字詁林》,北京:中華書局,1996。

12. 于省吾等,《古文字研究 1-27》,北京:中華書局。

13. 于省吾等,《古文字學論文集》,香港:香港中文大學,1983。

14. 于茀,《金石簡帛〈詩經〉研究》,北京:北京大學,2004.8。

15. 于豪亮,《于豪亮學術文存》,北京:中華書局,1985。

16. 山西省文物工作委員會,《侯馬盟書》,北京:文物出版社,1976。

17. 中國文字學報編輯部編,《中國文字學報》第 2 輯,北京:商務印書館,2008。

18. 中國文物研究所、湖北省考古研究所編,《龍崗秦簡》,北京:中華書局,2001。

19. 中國社會科學院考古研究所,《甲骨文編》,北京:中華書局,1996。

20. 中國社會科學院考古研究所、河南省文物研究所,《信陽楚墓》,北京:文物出版社,1986。

21. 中國社會科學院考古研究所、湖北省博物館,《曾侯乙墓》,北京:文物出版社,1989。

22. 中國社會科學院考古研究所編,《長沙發掘報告》,北京:科學出版社,1957。

23. 中國社會科學院考古研究所編,《殷周金文集成 1-18》,北京:中華書局,1986。

24. 中國社會科學院考古研究所編,《殷周金文集成釋文》,香港:香港中文大學中國文學研究所出版,2001。

25. 孔仲溫,《〈玉篇〉俗字研究》,臺北:臺灣學生書局,2000。

26. 王力,《古代漢語》,北京:中華書局,1981。

27. 王力,《同源字典》,臺北:文史哲出版社,1991。

28. 王初慶,《中國文字結構析論》,臺北:文史哲出版社,1997。

29. 王重民,《敦煌古籍敘錄》,臺北:國泰文化事業有限公司,1980。

30. 王國維,《古史新證》,北京:清華大學出版社,1994。

31. 王國維,《海寧王靜安先生遺書》,臺北:臺灣商務印書館,1968。

32. 王國維,《觀堂集林》,北京:中華書局,1999。

33. 王國維講述,《觀堂授書記》,臺北:藝文印書館,1975。

34. 王輝,《古文字通假釋例》,臺北:藝文印書館,1993。

35. 王輝,《古文字與商周史新證》,北京:中華書局,2003。

36. 王輝,《漢字的起源及其演變》,西安:陝西人民出版社,1999。

37. 王輝、程學華撰,《秦文字集證》,臺北:藝文印書館,1999。

38. 古文字詁林編纂委員會編纂,《古文字詁林》上海:上海教育出版社,1999。

39. 古文獻研究室編,《出土文獻研究》,北京:文物出版社,1985。

40. 古文獻研究室編,《出土文獻研究續集》,北京:文物出版社,1989。

41. 白於藍編,《簡牘帛書通假字字典》,福州:福建人民出版社,2008。

42. 刑祖援,《篆文研究與考據》,臺北:新文豐出版公司,1996.9。

43. 朱廷獻,《尚書異文集證》,臺北:臺灣中華書局。

44. 朱宗萊,《文字學形義篇》,臺北:臺灣學生出版社,1969。

45. 朱芳圃,《殷周文字釋叢》,臺北:臺灣學生書局,1972.8,。

46. 朱葆華,《原本玉篇研究》,濟南:齊魯書社,2004。

47. 朱德熙,《朱德熙古文字論集》,北京:中華書局,1995。

48. 江淑惠,《郭沫若之金石文字學研究》,臺北:華正書局,1992。

49. 江淑惠,《齊國彝銘彙考》,臺北:國立臺灣大學文學院,1990。

50. 何琳儀,《戰國文字通論(訂補)》,南京:江蘇教育出版社,2003。

51. 何琳儀,《戰國文字通論》,北京:中華書局,1989。

52. 何琳儀,《戰國古文字典》,北京:中華書局,1998。

53. 吳大澂,《字說》,臺北,藝文印書館,1975。

54. 吳大澂,《說文古籀補》,臺北,藝文印書館,1968。

55. 吳大澂,《愙齋集古錄》,臺北,台聯國風出版社,1976。

56. 吳承仕,《經典釋文序錄疏證》,崧高書社。

57. 吳通福,《晚出古文尚書公案與清代學術》,上海:上海古籍出版社,2007。

58. 吳新楚,《周易異文校讀》,廣州:廣東人民出版社,2001.8。

59. 吳福熙,《敦煌殘卷古文尚書校注》,蘭州:甘肅人民出版社,1992。

60. 吳璵等,《第五屆文字學全國學術研討會論文集》,臺北:中國文字學會,1994。

61. 呂思勉,《文字學四種》,上海教育,1985.6。

62. 呂振端,《魏三體石經殘字集證》,臺北:學海出版社,1981。

63. 李平心,《李平心史論集》,北京:人民出版社,1983。

64. 李守奎,《楚文字編》,上海:華東師範大學出版社,2002。

65. 李孝定,《甲骨文字集釋》,臺北:中央研究院歷史語言研究所,1991。

66. 李孝定,《金文詁林讀後記》,臺北:中央研究院歷史語言研究所,1992。

67. 李孝定,《漢字史話》,臺北,聯經出版事業公司,1977。

68. 李孝定,《漢字的起源與演變論叢》,臺北:聯經出版事業公司,1986。

69. 李孝定,《讀說文記》,臺北,中央研究院歷史語言研究所,1992。

70. 李孝定編述,《甲骨文字集釋》,臺北:中央研究院歷史語言研究所,1965。

71. 李珍華、周長楫編撰,《漢字古今音表》(修訂本),北京:中華書局,1999。

72. 李圃主編,《中國文字研究》第一輯,南寧:廣西教育出版社,1999。

73. 李家浩,《著名中年語言學家自選集——李家浩卷》,合肥:安徽教育出版社,2002。

74. 李振興,《尚書流衍及大義探討》,臺北:文史哲出版社,

75. 李振興,《尚書學述》,臺北:東大圖書公司,

76. 李國英,《小篆形聲字研究》,北京:北京師範大學出版社,1996。

77. 李國英,《說文類釋》,臺北:書銘出版有限公司,1993。

78. 李零,《李零自選集》,桂林:廣西,1998。

79. 李零,《郭店楚簡校讀記》,北京:北京大學出版社,2002。

80. 李學勤,《中國古代文明研究》,上海:華東師範大學出版社,2005。

81. 李學勤,《古文字學初階》,臺北:萬卷樓圖書有限公司,1993。

82. 李學勤,《古文獻叢論》,上海:遠東出版社,1996。

83. 李學勤,《李學勤集》,黑龍江,黑龍江教育出版社,1989。

84. 李學勤,《李學勤學術文化隨筆》,北京,中國青年出版社,1999。

85. 李學勤,《新出青銅器研究》,北京:文物出版社,1990。

86. 李學勤,《新出青銅器研究》,北京:文物出版社,1990。

87. 李學勤,《當代學者自選文庫、李學勤卷》,合肥:安徽教育出版社,1999。

88. 李學勤,《簡帛佚籍與學術史》,南昌:江西教育出版社,2001。

89. 李學勤、謝桂華主編,《簡帛研究》第三輯,南寧:廣西教育出版社,1998。

90. 李學勤、謝桂華主編,《簡帛研究 2001》,桂林:廣西師範大學出版社,2001。

91. 沈建華編,《饒宗頤新出土文獻論證》,上海:上海古籍出版社,2005。

92. 周名輝,《新定說文古籀考》,上海:上海開明書店,1948。

93. 周法高、張日昇、林潔明等合編,《金文詁林》,京都:中文大學,1974。

94. 周法高編著,《金文詁林補》,香港:中文大學,1982。

95. 周祖謨,《語言文史論集》,臺北:五南圖書出版有限公司,1992 年。

96. 周鳳五、林素清,《古文字學論文集》,臺北:國立編譯館,1999。

97. 周鳳五等,《古文字與古文獻》,臺北:楚文化研究會籌備處,1999。

98. 周鳳五等,《郭店楚簡國際學術研討會論文集》,武漢:湖北人民出版社,2002.5。

99. 季旭昇,《說文新證》下冊,臺北:藝文印書館,2004。

100. 季旭昇,《說文新證》上冊,臺北:藝文印書館,2002。

101. 屈萬里,《尚書異文彙編》,臺北:聯經出版事業公司,1983。

102. 屈萬里,《尚書集釋》,臺北:聯經出版事業公司,1983。

103. 屈萬里,《詩經詮釋》,臺北,聯經出版事業公司,2000。

104. 屈萬里,《漢石經尚書殘字集證》,臺北:聯經文化事業,1984。

105. 屈萬里《殷虛文字甲編考釋》,臺北:中央研究院歷史語言研究所,1961。

106. 屈萬里註譯,《尚書今註今譯》,臺北:臺灣商務印書館,1988。

107. 林志強,《古本尚書文字研究》,廣州:中山大學出版社,2009。

108. 林素清等,《龍宇純先生七秩晉五壽慶論文集》,臺北:臺灣學生書局,2000.11。

109. 林義光,《文源》,臺北:自寫影印本,1920。

110. 林澐,《古文字研究簡論》,長春:吉林大學出版社,1986。

111. 邱德修,《說文解字古文釋形考述》,臺北,臺灣學生書局,1974。

112. 金祥恒,《金祥恒先生全集》,臺北:藝文印書館,1990。

113. 金德建,《金德建古文字學論文集》,臺北:貫雅文化事業有限公司,991。

114. 姜亮夫,《古史學論文集》,上海,上海古籍出版社,1996。

115. 姜亮夫,《敦煌寫本論文集》,上海:上海古籍出版社,1987。

116. 胡小石,《胡小石論文集三編》,上海:上海古籍出版社,1995。

117. 胡樸安,《中國文字學史》,臺北:臺灣商務印書館,(二冊),1992。

118. 唐蘭,《中國文字學》,上海:上海古籍出版社,2004。

119. 唐蘭,《中國文字學》,臺北:臺灣開明書店,1991。

120. 唐蘭,《唐蘭先生金文論集》,臺北:紫禁城出版社,1995。

121. 唐蘭,《殷墟文字記》,北京:中華書局,1981。

122. 唐蘭,《增訂本古文字學導論・殷虛文字記》,臺北:學海出版社,1986。

123. 容庚,《中國文字學形篇》(又名《中國文字學》),臺北:廣文書局,1980。

124. 容庚,《金文編》,北京:中華書局,1998。

125. 容庚著、曾憲通編,《容庚文集》,廣州:廣州中山大學出版社,2004。

126. 徐中舒主編,《甲骨文字典》,成都:四川辭書出版社,1990。

127. 徐中舒主編,《秦漢魏晉篆隸字形表》,成都:四川辭書出版社,1990。

128. 徐中舒主編,《漢語古文字字形表》,臺北:文史哲出版社,1988。

129. 徐文鏡《古籀彙編》,上海:上海書店出版社,1998。

130. 徐在國,《隸定古文疏證》,合肥:安徽大學出版社,2002。

131. 祝敏申,《說文解字與中國古文字學》,上海:復旦大學出版社,1999。

132. 荊門博物館編輯,《郭店楚墓竹簡》,北京:文物出版社,1998。

133. 袁仲一、劉鈺,《秦文字通假集釋》,西安:陝西人民教育出版社,1999。

134. 袁仲一、劉鈺,《秦文字類編》,西安:陝西人民教育出版社,1993。

135. 袁國華等,《第一屆中國語言文字學國際學術研討會論文集》,香港:香港中文大學。

136. 馬士遠,《周秦尚書學研究》,北京:中華書局,2008。

137. 馬宗霍,《說文解字引經考》,臺北:臺灣學生書局,1971。

138. 馬承源主編,《上海博物館藏　戰國楚竹書(一)》,上海:上海古籍出版社,2001。

139. 馬承源主編,《上海博物館藏　戰國楚竹書(二)》,上海:上海古籍出版社,2002。

140. 馬承源主編,《上海博物館藏　戰國楚竹書(三)》,上海:上海古籍出版社,2003。

141. 馬承源主編,《上海博物館藏　戰國楚竹書(五)》,上海:上海古籍出版社,2005。

142. 馬承源主編，《上海博物館藏　戰國楚竹書（六）》，上海：上海古籍出版社，2006。

143. 馬承源主編，《上海博物館藏　戰國楚竹書（四）》，上海：上海古籍出版社，2004。

144. 馬承源主編，《中國青銅器》，臺北：南天書局，1991。

145. 馬承源主編，《商周青銅器銘文選》，北京：文物出版社，1986。

146. 馬國權，《智永草書千字文草法解說》，香港：翰墨軒出版有限公司，1995。

147. 馬敘倫，《馬敘倫學術論文集》，北京：科學，1958.1。

148. 馬敘倫，《說文解字六書疏證》，上海：上海書店影印本，1985。

149. 高田忠周，《古籀篇》，臺北：宏業書局，1975。

150. 高亨纂著、董治安整理，《古字通假會典》，山東：齊魯書社，1989。

151. 高明，《中國古文字學通論》，北京：北京大學出版社，1996。

152. 高明，《古文字類編》，北京，中華書局，2004。

153. 高明，《古陶文彙編》，北京：中華書局，1990。

154. 高明，《帛書老子校注》，北京：中華書局，1998。

155. 高明，《高明小學論叢》，臺北：黎明文化事業股份有限公司，1988。

156. 高明，《高明論著選集》，北京：科學出版社，2001。

157. 高明、葛英會，《古陶文字徵》，北京：中華書局，1991。

158. 高鴻縉，《中國字例》，臺北：廣文書局，1964.10。

159. 商承祚，《石刻篆文編》，臺北：世界書局，1983。

160. 商承祚，《說文中之古文考》，臺北，學海出版社，1979。

161. 商承祚，《戰國楚竹簡匯編》，濟南：齊魯書社，1995。

162. 商承祚、王貴忱、譚棣華，《先秦貨幣文編》，北京：書目文獻出版社，1983。

163. 張世超、張玉春撰集，《秦簡文字編》，香港：中文出版社，1990。

164. 張光裕、曹錦炎主編，《東周鳥篆文字編》，香港：翰墨軒出版有限公司，1994。

165. 張光裕、黃錫全、滕壬生，《曾侯乙竹簡文字編》，臺北：藝文印書館，1997。

166. 張光裕主編、袁國華合編，《包山楚簡文字編》，臺北：藝文印書館，1992。

167. 張光裕主編、袁國華合編，《郭店楚簡研究》第一卷文字編，臺北：藝文印書館，1999。

168. 張守中，《中山王譽器文字編》，北京：中華書局，1981。

169. 張守中，《睡虎地秦簡文字編》，北京：文物出版社，1994。

170. 張建軍，《詩經與周文化考論》，濟南：齊魯書社，2004。

171. 張政烺，《張政烺文史論集》，北京：中華書局，2004。

172. 張家山247號漢墓竹簡整理小組，《張家山漢墓竹簡》，北京：文物出版社，2001。

173. 張桂光，《古文字論集》，北京：中華書局，2004。

174. 張涌泉，《敦煌俗字研究》，上海：上海教育出版社，1996。

175. 張涌泉，《敦煌俗字研究導論》，臺北：新文豐出版公司，1994。

176. 張涌泉,《漢語俗字研究》,湖南:岳麓出版社,1995。

177. 張涌泉,《漢語俗字叢考》,北京:中華書局,2000。

178. 張新俊、張勝波,《葛陵楚簡文字編》,成都:巴蜀書社,2008。

179. 張曉明,《春秋戰國金文字體演變研究》,濟南:齊魯書社,2006。

180. 張頷,《古幣文編》,北京:中華書局,1986。

181. 張頷等,《于省吾教授百年誕辰紀念文集》,長春:吉林大學出版社,1996。

182. 強運開,《石鼓釋文》,臺北:藝文印書館,1976。

183. 強運開,《說文古籀三補》,上海:商務印書館,1935。

184. 啓功,《古代字體論稿》,北京,文物出版社,1999。

185. 曹錦炎,《鳥蟲書通考》,上海:上海書畫出版社,1999。

186. 梁東漢,《漢字的結構及其流變》,上海:上海教育出版社,1959。

187. 莫友芝,《唐寫本說文解字木部箋異》,臺北:商務出版社,1936.6。

188. 許建平,《敦煌文獻叢考》,北京:中華書局,2005。

189. 許建平,《敦煌經籍敘錄》,北京:中華書局,2004。

190. 許建平等,《敦煌學論文集》,上海:上海古籍出版社,1987。

191. 許學仁師,《古文四聲韻古文研究》,臺北:文史哲出版社,1999。

192. 許錟輝師,《文字學簡編·基礎篇》,臺北,萬卷樓圖書有限公司,1999。

193. 許錟輝師,《尚書著述考(一)》,臺北:國立編譯館,2003。

194. 許錟輝師,《說文重文形體考》,臺北:文津出版社,1973.3。

195. 許錟輝師等,《魯實先先生學術討論會論文集》,臺北:師大國文所。

196. 郭沫若,《卜辭通纂考釋》,北京:科學出版社,1982。

197. 郭沫若,《甲骨文字研究》,臺北:民文出版社,1952。

198. 郭沫若,《兩周金文辭大系考釋》,臺北:師範大學國文系。

199. 郭沫若,《金文叢攷》,北京:人民出版社,1954。

200. 郭沫若,《殷契粹編》,北京:科學出版社,1965。

201. 郭沫若,《郭沫若全集·考古編》,北京:科學出版社,(三冊,1、2、9),1982。

202. 郭沫若,《郭沫若全集·考古編》,北京:科學出版社,(六冊,3、4、5、6、7、8、10),2002。

203. 郭錫良,《漢字古音手冊》,北京:北京大學,1986。

204. 陳松長編著,《馬王堆簡帛文字編》,北京:文物出版社,2001。

205. 陳垣,《校勘學釋例》,臺北:臺灣學生書局,1971。

206. 陳振裕、劉信芳,《睡虎地秦簡文字編》,武漢:湖北人民出版社,1993。

207. 陳偉,《包山楚簡初探》,武漢:武漢大學出版社,1996。

208. 陳偉,《郭店竹書別釋》,武漢:湖北教育出版社,2003。

209. 陳偉，《新出楚簡研讀》，武漢：武漢大學出版社，2010。

210. 陳新雄，《古音研究》，臺北：五南圖書出版有限公司，1999。

211. 陳煒湛、《甲骨文簡論》，上海：上海古籍出版社，1987。

212. 陳煒湛、唐鈺明，《古文字學綱要》，廣州：中山大學出版社，1991。

213. 陳夢家，《西周銅器斷代》，北京：中華書局，2004。

214. 陳夢家，《尚書通論》，北京：中華書局，2005。

215. 陳漢平《金文編訂補》，北京：中國社會科學出版社，1993。

216. 陳鐵凡，《敦煌本商書校證》，國家長期發展科學委員會叢書第 6 種，臺北：臺灣商務出版社 1965.6。

217. 陸錫興，《詩經異文研究》，北京：中國社會科學，2001.12。

218. 章太炎，《古文尚書拾遺定本》，香港：香港中文大學。

219. 章太炎，《新出三體石經考》(《章氏叢書》)，自印本。

220. 傅兆寬，《梅鷟辨偽略說與尚書考異證補》，臺北：文史哲出版社，1986

221. 曾良，《俗字與古籍文字通例研究》，南昌：百花洲文藝出版社，2006。

222. 曾忠華，《玉篇零卷引說文考》，臺灣：臺灣商務印書館，1970。

223. 曾昭聰，《形聲字聲符示源功能述論》，合肥：黃山書社，2002。

224. 曾憲通，《古文字與出土文獻叢考》，廣州：中山大學，2005。

225. 曾憲通，《古文字與漢語史論集》，廣州：中山大學出版社，2002。

226. 曾憲通，《長沙楚帛書文字編》，北京：中華書局，1993。

227. 曾憲通等，《容庚先生百年誕辰紀念文集》，廣州，廣東人民出版社，1998。

228. 湖北省文物考古研究所、北京大學中文系，《望山楚簡》，北京：中華書局，1995。

229. 湖北省文物考古研究所編，《江陵九店東周墓》，北京：科學出版社，1995。

230. 湖北省文物考古研究所編，《江陵望山沙塚楚墓》，北京：文物出版社，1996。

231. 湖北省荊沙鐵路考古隊，《包山楚墓》，北京：文物出版社，1991。

232. 湯餘惠，《戰國銘文選》，長春：吉林大學出版社，1993。

233. 湯餘惠主編，《戰國文字編》，福州：福建人民出版社，2001。

234. 舒連景，《說文古文疏證》，商務印書館，1937。

235. 華東師範大學中國文字研究與應用中心編，《中國文字研究》2009 年第 1 輯（總第 12 輯），鄭州：大象出版社，2010。

236. 華東師範大學中國文字研究與應用中心編，《中國文字研究》第二輯，南寧：廣西教育出版社，2001。

237. 華東師範大學中國文字研究與應用中心編，《中國文字研究》第三輯，南寧：廣西教育出版社，2002。

238. 馮勝君，《論郭店簡〈唐虞之道〉、〈忠信之道〉、〈語叢〉一～三以及上博簡〈緇衣〉爲具有齊系文字特點的抄本》，北京大學博士後研究工作報告，2004。

239. 黃永武,《形聲多兼會意考》,臺北:文史哲出版社,1992。

240. 黃永武主編,《巴黎敦煌殘卷敘錄》,《敦煌叢刊初集》第 9 冊,臺北:新文豐出版公司,1985。

241. 黃永武主編,《敦煌秘籍留眞新編》卷上,《敦煌叢刊初集》第 13 冊,臺北:新文豐出版公司,1985。

242. 黃侃,《文字聲韻訓詁筆記》,臺北:木鐸出版社,1983。

243. 黃侃,《說文箋識四種》,臺北:藝文印書館,1985。

244. 黃德寬、陳秉新,《漢語古文字學史》,合肥:安徽教育出版社,1990.11。

245. 黃錫全,《古文字論叢》,臺北:藝文印書館,1999。

246. 黃錫全,《汗簡注釋》,武漢:武漢大學出版社,1993。

247. 黃錫全,《湖北出土商周文字集證》,武漢:武漢大學出版社,1992。

248. 黃懷信,《小爾雅匯校集釋》,西安:三秦出版社,2002。

249. 黃懷信,《古文獻與古史考論》,濟南:齊魯書社,2003。

250. 黃懷信,《逸周書源流考辨》,西安:西北大學出版社,1992.11

251. 黃懷信、張懋鎔、田旭東,《逸周書彙校集注》,上海:上海古籍出版社,1995.12

252. 楊筠如,《尚書覈詁》,臺北:學海出版社,1978。

253. 楊樹達,《中國文字學概要・文字形義學》,上海:上海古籍出版社,1988.9。

254. 楊樹達,《積微居小學金石論叢》,臺北:大通書局,1971。

255. 楊樹達,《積微居小學述林》,北京:中華書局,1983。

256. 楊樹達,《積微居金文說》,北京:中華書局,1997。

257. 葉玉森,《殷墟書契前編集釋》,臺北:藝文印書館,1966。

258. 董作賓,《董作賓先生先生全集甲乙編》,臺北:藝文印書館,1977。

259. 董蓮池,《金文編校補》,長春:東北師範大學出版社,1995。

260. 裘錫圭,《中國出土古文獻十講》,上海:復旦大學出版社,2004。

261. 裘錫圭,《文史叢稿——上古思想、民俗與古文字學史》,上海:上海遠東出版社,1996。

262. 裘錫圭,《文字學概要》,北京:商務印書館,1996.4。

263. 裘錫圭,《古文字概要》,上海:上海商務印書館,2003。

264. 裘錫圭,《古文字論集》,北京:中華書局,1992。

265. 裘錫圭,《古代文史研究新探》,南京:江蘇古籍出版社,1992。

266. 裘錫圭等,《出土文獻與古文字研究》第一輯,上海:復旦大學出版社,2006。

267. 詹鄞鑫,《漢字說略》,臺北,洪葉文化事業有限公司,1995。

268. 廖名春,《出土簡帛叢考》,武漢:湖北教育出版社,2004。

269. 廖名春,《新出楚簡試論》,臺北:臺灣古籍出版有限公司,2001。

270. 廖名春編,《新出土文獻與古代文明研究國際學術研討會論文集》,北京:清華大學思想文化研究所,2002。

271. 臧克和,《尚書文字校詁》,上海:上海教育出版社,1999。

272. 臧克和,《簡帛與學術》,鄭州:大象出版社,2010。

273. 趙平安,《說文小篆研究》,南寧:廣西教育出版社,1999。

274. 趙平安,《隸變研究》,石家莊:河北教育出版社,1993。

275. 趙立偉,《魏三體石經古文輯證》,北京:社會科學文獻出版社,2007。

276. 輔仁大學中國文學系所編,《第三屆先秦兩漢國際學術研討會「百家爭鳴——世變中的諸子學術論文集》,臺北:輔仁大學中國文學系所,2003。

277. 輔仁大學中國文學系所編,《第四屆先秦兩漢學術全國研究生論文發表會論文集》,臺北:輔仁大學中國文學系所,2004。

278. 輔仁大學哲學系編,《本世紀出土思想文獻與中國古典哲學研究兩岸學術研討會論文集》,臺北:輔仁大學,2000。

279. 劉信芳,《包山楚簡解詁》,臺北:藝文印書館,2003。

280. 劉師培,《小學發微補》,臺北:國民出版社影印本,1959。

281. 劉師培,《劉申叔遺書》,南京:江蘇古籍出版社,1997。

282. 劉起釪,《日本的尚書學與其文獻》,北京:商務印書館,1997。

283. 劉起釪,《尚書源流及傳本考》,瀋陽:遼寧大學出版社,1997。

284. 劉起釪,《尚書學史》,北京:中華書局,1989。

285. 劉釗,《中國古文字研究第一輯》長春,吉林大學出版社,1999。

286. 劉釗,《郭店楚簡校釋》,福州:福建人民出版社,2003.12。

287. 潘重規,《敦煌俗字譜》,臺北:石門圖書公司,1978。

288. 潘重規,《龍龕手鑑新編》,臺北,石門圖書公司,1980。

289. 滕壬生,《楚系簡帛文字編》,武漢:湖北教育出版社,1995。

290. 蔣善國,《尚書綜述》,上海:上海古籍出版社,1988。

291. 蔣善國,《漢字形體學》,北京:文字改革出版社,1959。

292. 蔣善國,《漢字的組成與性質》,北京:文字改革出版社,1960。

293. 蔡主賓,《敦煌寫本儒家經籍異文考》,臺北:嘉新水泥基金會。

294. 蔡信發,《說文商兌》,臺北:萬卷樓,1999。

295. 蔡信發,《說文部首類釋》,臺北:萬卷樓,1993。

296. 蔡信發,《說文答問》,臺北:萬卷樓,1993。

297. 蔡信發、許錟輝師等,《第七屆文字學全國學術研討會論文集》,臺北:萬卷樓圖書,1996。

298. 蔡信發、許錟輝師等,《第九屆文字學全國學術研討會論文集》,國立臺灣師範大學國文學系主編,臺北:中國文字學會,1998。

299. 蔡信發、許錟輝師等,《第十三屆全國暨海峽兩岸中國文字學學術研討會論文集》,花蓮師院語教系編,花蓮:花蓮師院,2002。

300. 蔡信發、許錟輝師等,《第十五屆中國文字學國際學術研討會論文集》,臺北:中國文字學會,2004。

301. 蔡信發、許錟輝師等,《第十四屆中國文字學全國學術研討會論文集》,國立中山大學中國文學系編,高雄:國立中山大學,2003。

302. 蔡信發、許錟輝師等,《第六屆文字學全國學術研討會論文集》,臺北:中國文字學會,1995。

303. 魯實先,《文字析義》,臺北:魯實先編輯委員會。

304. 魯實先,《殷栔新詮》,臺北:黎明文化事業股份有限公司,2003。

305. 魯實先,《假借溯源》,臺北:文史哲出版社,1973。

306. 蕭毅,《楚簡文字研究》,武漢:武漢大學出版社,2010。

307. 駢宇騫,《銀雀山漢簡文字編》,北京:文物出版社,2001。

308. 龍宇純,《中國文字學》,臺北:臺灣學生出版社,1972。

309. 戴君仁撰,《閻毛古文尚書公案》,臺北中華叢書委員會,民國 52 年 3 月。

310. 謝維揚、朱淵清主編,《新出土文獻與古代文明研究》,上海:上海大學,2004。

311. 鍾柏生主編,《古文字與商周文明》(第三屆國際漢學會議論文集文字學組),臺北,中央研究院歷史語言研究所,2002。

312. 簡帛文獻語言研究課題組著,《簡帛文獻語言研究》,北京:社會科學文獻出版社,2009。

313. 羅振玉,《增訂殷虛書契考釋》,臺北:藝文印書館,1981。

314. 羅福頤,《古璽文編》,北京:文物出版社,1994。

315. 羅福頤,《古璽彙編》,北京:文物出版社,1994。

316. 嚴一萍,《萍廬文集》,臺北,藝文印書館,(三冊),1990。

317. 蘇雪林,《詩經雜俎》,臺北:臺灣商務印書館,1995。

318. 饒宗頤,《法藏敦煌書苑精華、經史(一)》,廣州:廣東人民出版社,1993。

319. 顧野王,《原本玉篇殘卷》,北京:中華書局,1985。

320. 顧頡剛,《尚書研究講義》,自印本。

321. 顧頡剛、劉起釪,《尚書校釋譯論》,北京:中華書局,2005。

322. 顧頡剛、顧廷龍輯,《尚書文字合編》,上海:上海古籍出版社,1996。

三、期刊論文

(依作者姓名筆畫順序排列,同姓則以第二字筆畫順序排列)

1. 于省吾,〈鄂君啓節考釋〉,北京:《考古》,1963 年第 8 期。

2. 于省吾,〈讀金文札記五則〉,北京:《考古》,1966 年第 2 期。

3. 王玉哲,〈甲骨金文中的朝與明字及其相關問題〉,《殷墟博物苑苑刊創刊號》。

4. 王葆玹,〈試論郭店楚簡各篇的撰作時代及其背景——兼論郭店及包山楚墓的時代問

題〉，《郭店楚簡研究》（《中國哲學》第 20 輯），瀋陽：遼寧教育出版社，1999。

5. 王寧，〈漢字的優化和簡化〉，香港：《中國社會科學》，1991 年第 1 期。

6. 朱德熙、裘錫圭、李家浩，〈望山一、二號墓竹簡釋文與考釋〉，《江陵望山沙冢楚墓》，北京：文物出版社，1996 年。

7. 池田知久，《荊門市博物館〈郭店楚墓竹簡〉筆記》（《五行》），達慕思會議論文，改訂版，1998 年 4 月；增補版，1998 年 8 月。

8. 池田知久，《荊門市博物館〈郭店楚墓竹簡〉筆記》（《老子》甲、乙、丙），達慕思會議論文，1998 年 5 月。

9. 何琳儀，〈古璽雜識讀〉，《古文字研究》第十九輯，北京：中華書局，1992 年。

10. 何琳儀，〈古璽雜釋〉，《遼海文物學刊》，1986：2。

11. 何琳儀，〈郭店楚簡選釋〉，李學勤、謝桂華主編，《簡帛研究 2001》，桂林：廣西師範大學出版社，2001。

12. 何琳儀，〈滬簡二冊選釋〉，簡帛研究網（www.jianbo.org/Wssf/2003/helinyi01.htm），2003 年 1 月 14 日。

13. 何琳儀，〈說文聲韻鉤沉〉，《說文解字研究》第一輯，開封：河南大學出版社。

14. 吳辛丑，〈由簡帛異文談古代通用字問題〉，《汕頭大學學報》，2001：4，

15. 吳承仕，〈尚書傳孔王異同〉，《國華月刊》第 2 期第 7.10 冊，1925，5.11 月，第 3 期第 1 冊，1926，4 月。

16. 吳承仕，〈唐寫本尚書舜典釋文箋〉，《國華月刊》第 2 期第 3.4 冊，1925，1.2 月。

17. 吳振武，〈說「苞」「鬱」〉，《中原文物》，1990：3。

18. 吳振武《〈古璽彙編〉釋文訂補及分類修訂〉，《古文字學論集》，香港：香港中文大學中國文化研究所吳多泰中國語文研究中心，1983 年。

19. 吳振武〈古文字中形聲字類別的研究——論注音形聲字〉，長春：《吉林大學研究生論文集刊》，1982 年第 1 期。

20. 吳振武〈古璽合文考（十八篇）〉，《古文字研究》第十七輯，北京：中華書局，1989 年。

21. 李天虹，〈郭店楚簡文字雜釋〉，《郭店楚簡國際學術研討會論文彙編》第一冊，19-24，1999 年 10 月武漢大學。

22. 李天虹〈包山楚簡釋文補正〉，武漢：《江漢考古》，1993 年 3 月。

23. 李天虹〈郭店楚簡文字雜釋〉，簡帛研究網（www.jianbo.org/Zzwk/2003/WUHANHUI/Litianhong.htm），2003 年 5 月。

24. 李平心，〈從尚書研究論到大誥校釋〉，《李平心史論集》，北京：人民出版社，1983。

25. 李家浩，〈包山 226 號竹簡所記木器研究〉，《國學研究》第二卷。

26. 李家浩，〈讀《郭店楚墓竹簡》瑣議〉，《中國哲學研究》（二十），瀋陽：遼寧教育出版社，

27. 李家浩〈釋弁〉，《古文字研究》第一輯，北京：中華，1979.8。

28. 李零，〈《長沙子彈庫戰國楚帛書研究》補正〉，《古文字研究》第二十輯，北京：中華書局，2000 年 3 月。

29. 李零，〈古文字雜識（兩篇）〉，《于省吾教授百年誕辰紀念文集》，長春：吉林大學出版社，1996 年。

30. 李零，〈平山三器與中山國史的若干問題〉，北京：《考古學報》，1979 年 2 月。

31. 李零，〈楚國銅器銘文編年匯釋〉，《古文字研究》第十三輯，北京：中華書局，1986 年。

32. 李零，〈讀《楚系簡帛文字編》〉，《出土文獻研究》第五集，北京：科學出版社，1999 年。

33. 李零，〈讀郭店楚簡老子〉，達慕思會議論文，1998 年 5 月。

34. 李零，《三一考》，達慕思會議論文，1998 年 5 月；陳福濱主編，《本世紀出土思想文獻與中國古典哲學論文集》（上冊），臺北，輔仁大學出版社，1999 年 4 月。

35. 李學勤，〈先秦儒家著作的重大發現〉，《民眾政協報》1998 年 6 月 8 日；《郭店楚簡研究》（《中國哲學》第 20 輯），瀋陽：遼寧教育出版社，1999。

36. 李學勤，〈尚書孔傳的出現時間〉，《古籍整理研究學刊》，2000 年第 1 期，2000。

37. 李學勤，〈荊門郭店楚簡中的子思子〉，《文物天地）1998 年第 2 期；《郭店楚簡研究》（《中國哲學》第 20 輯），瀋陽：遼寧教育出版社，1999。

38. 李學勤，〈從簡帛佚籍〈五行〉談到〈大學〉〉，《孔子研究》1998 年第 3 期。

39. 李學勤，〈郭店楚簡與儒家經籍〉，《郭店楚簡研究》（《中國哲學》第 20 輯），瀋陽：遼寧教育出版社，1999。

40. 李學勤，〈曾侯戈小考〉，武漢：《江漢考古》，1984 年第 4 期。

41. 李學勤，〈說郭店簡 "道" 字〉，《簡帛研究》第三輯，南寧：廣西教育出版社，1998。

42. 李學勤，〈說郭店簡『道』字〉，《簡帛研究》第三輯，南寧：廣西教育出版社，1998。

43. 李學勤，〈論魏晉時期古文尚書的傳流〉，《古文獻叢論》，上海：上海遠東出版社，1996。

44. 李學勤，〈戰國文字題銘概述〉（上、中、下），北京：《文物參考資料》，1959 年 7 月。

45. 李學勤，〈釋郭店簡祭公之顧命〉，《文物》1998 年第 7 期；《郭店楚簡研究》（《中國哲學》第 20 輯），瀋陽：遼寧教育出版社，1999。

46. 李學勤，《荊門郭店楚簡所見關尹遺說》，《中國文物報》1998 年 4 月 8 日；《郭店楚簡研究》（《中國哲學》第 20 輯），瀋陽：遼寧教育出版社，1999。

47. 李縉雲，《郭店楚簡研究近況》，《古籍整理出版情況簡報》，1999 年第 4 期（總 341 期）。

48. 周鳳五，〈子彈庫帛書「熱氣倉氣」說〉，《中國文字》新 23 期，臺北：藝文印書館，1997.12。

49. 周鳳五，〈郭店竹簡的形式特徵及其分類意義〉，《郭店楚簡國際學術研討會論文彙編》第二冊，武漢大學出版社，1999。

50. 周鳳五，〈郭店楚簡〈忠信之道〉考釋〉，《中國文字》新 24 期，1998 年 12 月；《郭

店簡與儒學研究》（《中國哲學》第 21 輯），瀋陽：遼寧教育出版社，2000。

51. 周鳳五，〈楚簡文字瑣記（三則）〉，臺灣中國文化大學史學系主辦第一屆簡帛學術討論會論文，1999 年 12 月。

52. 周鳳五〈孔子詩論新釋文及注解〉，簡帛研究網（www.jianbo.org/Wssf/2002/zhoufengwu01.htm），2002 年 1 月 16 日。

53. 周鳳五〈郭店楚簡〈忠信之道〉考釋〉，《中國文字》新 24 期，臺北：藝文印書館，1998。

54. 周鳳五〈郭店楚簡識字札記〉，《張以仁先生七秩壽慶論文集》，臺北：臺灣學生書局，1999 年。

55. 周鳳五〈遂公盨銘初探〉，楚簡綜合研究第二次學術研討會——古文字與古文獻為議題，臺北：中央研究院歷史語言研究所，2002 年。

56. 周鳳五〈讀上博楚竹書〈從政〉札記〉，簡帛研究網（www.jianbo.org/Wssf/2003/zhoufengwu01.htm），2003 年 1 月 10 日。

57. 周鳳五〈讀郭店楚簡〈成之聞之〉札記〉，《古文字與古文獻》試刊號，臺北：楚文化研究會籌備處，1999 年。

58. 林文華，〈郭店楚簡緇衣引用尚書經文考〉，《第四屆先秦學術研討會論文》。

59. 林志強，〈新出材料與《尚書》文本的解讀〉，《福建師範大學學報》哲學社會科學版，2004 年第 3 期，2004。

60. 林素清，〈上博楚竹書〈昔者君老〉釋讀〉，第一屆應用出土資料國際學術研討會，苗栗：育達商業技術學院應用中文系，2003 年。

61. 林素清，〈利用出土戰國楚竹書資料檢討《尚書》異文及相關問題〉，《龍宇純先生七秩晉五壽慶論文集》，臺北：臺灣學生書局，2000.11。

62. 林素清，〈楚簡文字綜論〉，中央研究院第三屆國際漢學會議，臺北：中央研究院歷史語言研究所，2000 年。

63. 姜亮夫，〈敦煌尚書校錄〉，《敦煌學論文集》，上海：上海古籍出版社，1987。

64. 孫常敍，〈麥尊銘文句讀試解〉，《松遼學刊》1983：1、2 期合刊。

65. 孫啟治，〈唐寫本俗別字變化類型舉例〉，《敦煌吐魯番文獻研究論集（五）》，1990.5。

66. 孫敬明、何琳儀、黃錫全，〈山東臨朐新出銅器銘文考釋及有關問題〉，北京：《文物》，1983 年第 12 期。

67. 徐少華，〈包山楚簡釋地十則〉，北京：《文物》，1996 年第 12 期。

68. 徐在國，〈《敦煌殘卷古文尚書校注》字形摹寫誤例〉，《敦煌研究》，1998 年第 3 期。

69. 徐在國，〈《敦煌殘卷古文尚書校注》校記〉，《古籍整理研究學刊》，1996 年第 6 期。

70. 徐在國，〈上博竹書子羔瑣記〉，簡帛研究網（www.jianbo.org/Wssf/2003/xuzaiguo01.htm），2003 年 1 月 2 日。

71. 徐在國、黃德寬，〈傳鈔老子古文輯證〉，《中央研究院歷史語言研究所集刊》第七十三本，第二分，臺北：中央研究院，2002.9。

72. 徐在國〈戰國官璽考釋三則〉，西安：《考古與文物》，1999 年 3 月。

73. 袁國華，《郭店楚簡文字考釋十一則》，《中國文字》新 24 期，臺北：藝文印書館，1998。

74. 馬承源，〈陳喜壺〉，北京：《文物》，1961 年第 2 期。

75. 商承祚，〈鄂君啓節考〉，北京：《文物精華》，1963 年 2 月。

76. 商承祚，〈戰國楚帛書述略〉，北京：《文物》，1964 年第 9 期。

77. 張政烺，〈中山王嚳壺及鼎銘考釋〉，《古文字研究》第一輯，北京：中華書局，1979 年 8 月。

78. 張桂光，〈《郭店楚墓竹簡·老子》釋注商榷〉，《江漢考古》1999 年 2 期。

79. 張桂光，〈古文字中的形體訛變〉，《古文字研究》第十五輯，北京：中華書局，1986 年。

80. 曹錦炎，〈戰國楚璽考釋（三篇）〉，《第二屆國際中國古文字學研討會論文集》，香港：香港中文大學中國語文及文學系，1993 年。

81. 郭沂，〈郭店楚簡〈成之聞之〉篇疏証〉，《郭店楚簡研究》（《中國哲學》第 20 輯），瀋陽：遼寧教育出版社，1999。

82. 郭沫若，〈關於鄂君啓節的研究〉，北京：《文物參考資料》，1958 年 4 月。

83. 陳立，〈郭店竹書〈六德〉文字零拾〉，第一屆出土文獻學術研討會，臺北：中央研究院歷史語言研究所，2000 年。

84. 陳立，〈試由上博簡〈緇衣〉從「虎」之字尋其文本來源〉，《新出土文獻與古代文明研究》，上海：上海大學中國古代文明研究所，2004 年。

85. 陳金生，〈郭店楚簡〈緇衣〉校讀札記〉，《郭店簡與儒學研究》（《中國哲學》第 21 輯），瀋陽：遼寧教育出版社，2000。

86. 陳高志，〈《郭店楚墓竹簡·緇衣篇》部分文字隸定檢討〉，《張以仁先生七秩壽慶論文集》，臺北，臺灣學生書局，1999。

87. 陳偉，《郭店楚簡別釋》，《江漢考古》1998 年第 4 期。

88. 陳夢家，〈敦煌寫本尚書經典釋文跋記〉，《尚書通論》，北京：中華書局，2005。

89. 陳夢家，〈釋「國」「文」〉，《西南聯合大學師範學院國文月刊》，11 期。

90. 陳鐵凡，〈敦煌本尚書述略〉，《大陸雜誌》，22：8，1961。

91. 陳鐵凡，〈敦煌本易書詩考略〉，《孔孟學報》，第 17 期，1969.4。

92. 陳鐵凡，〈敦煌本夏書斠證〉，《南洋大學中文學報》，第 3 期，1965.2。

93. 陳鐵凡，〈敦煌本虞夏商書斠證補遺〉，《大陸雜誌》，38：8，1961。

94. 陳鐵凡，〈敦煌本虞書校證〉，《南洋大學中文學報》，第 2 期，1963.12。

95. 彭浩，〈關於郭店楚簡〈老子〉整理工作的幾點說明〉，達慕思會議論文，1998 年 5 月。

96. 曾憲通，〈敦煌本古文尚書「三郊三逋」辯正〉，《古文字與出土文獻叢考》，廣州：中山大學，2005。

97. 曾憲通，〈楚文字釋叢五則〉，《中山大學學報》，1996：3。

98. 湯餘惠,〈釋旆〉,《吉林大學古籍整理研究所建所十五週年紀念文集》,長春:吉林大學出版社,1998。

99. 黃德寬、徐在國,〈郭店楚簡文字考釋〉,《吉林大學古籍整理研究所建所十五週年紀念論文集》,吉林大學出版社,1998 年 12 月。

100. 黃德寬、徐在國,《郭店楚簡文字續考》,《江漢考古》1999 年 2 期 75-77。

101. 黃錫全,〈楚簡續貂〉,李學勤、謝桂華主編,《簡帛研究》第三輯,南寧:廣西教育出版社,1998。

102. 黃麗娟,〈戰國多聲字研究〉,《新出土文獻與古代文明研究》,上海:上海大學中國古代文明研究所,2004。

103. 楊善群,〈古文《尚書》流傳過程探討〉,《孔子研究》2004 年第 5 期。

104. 裘錫圭,〈以郭店《老子》簡為例談談古文字的考釋〉,《郭店簡與儒學研究》(《中國哲學》第 21 輯),瀋陽:遼寧教育出版社,2000。

105. 裘錫圭,〈平山中山王墓銅器銘文的初步研究〉,北京:《文物》1979 年第 1 期。

106. 裘錫圭,〈糾正我在郭店〈老子〉簡釋讀中的一個錯誤——關於"絕偽棄詐"〉,郭店楚簡國際學術研討會論文,武漢大學,1999。

107. 裘錫圭,〈說「玄衣朱襮裣」——兼釋甲骨文「虣」字〉,《古文字論集》,北京:中華書局,1992。

108. 裘錫圭,〈談談清末學者利用金文校勘《尚書》的一個重要發現〉,《古籍整理與研究》,1988:4,裘錫圭,《古代文史研究新探》,江蘇:江蘇古籍出版社,1992。

109. 裘錫圭,〈談談隨縣曾侯乙墓的文字資料〉,北京:《文物》1979 年 7 月。

110. 裘錫圭,〈以郭店〈老子〉簡為例談談古文字考釋〉(資料摘要),達慕思會議論文,1998 年 5 月:《郭店簡與儒學研究》(《中國哲學》第 21 輯),瀋陽:遼寧教育出版社,2000。

111. 廖名春,〈荊門郭店楚簡與先秦儒學〉,《郭店楚簡研究》(《中國哲學》第 20 輯),瀋陽:遼寧教育出版社,1999。

112. 廖名春,〈郭店楚簡〈緇衣〉篇引〈書〉考〉,《西北大學學報》2000 年 1 期。

113. 廖名春,〈郭店楚簡《成之聞之》、《唐虞之道》篇與《尚書》〉,《中國史研究》1999 年第 3 期。

114. 廖名春,〈郭店楚簡儒家著作考〉,《孔子研究》1998 年第 3 期;中國民眾大學報刊複印資料《中國哲學史》1999 年第 1 期。

115. 廖名春,〈楚文字考釋三則〉,《吉林大學古籍整理研究所建所十五週年紀念論文集》,吉林大學出版社,1998。

116. 廖名春,〈楚文字釋讀三篇〉,《漢字與文化國際學術研討會論文集》,1998 年 8 月。

117. 趙誠〈中山壺中山鼎銘文試釋〉,《古文字研究》第一輯,北京:中華書局,1979 年 8 月。

118. 劉信芳,〈包山楚簡解詁試筆十七則〉,《中國文字》新 25 期,臺北:藝文印書館,1999。

119. 劉信芳,〈荊門郭店楚簡〈老子〉文字考釋〉,《中國古文字研究》第 1 輯,吉林大學

出版社，1999 年 6 月。

120. 劉信芳，〈郭店竹簡文字考釋拾遺〉，紀念徐中舒先生誕辰 100 週年暨國際漢語古文字學研討會論文，成都：四川大學，1998。

121. 劉信芳，〈郭店簡〈緇衣〉解詁〉，《郭店楚簡國際學術研討會論文彙編》第二冊，武漢大學，1999。

122. 劉祖信，〈荊門郭店楚簡一號墓概述〉，達慕思會議論文，1998 年 5 月。

123. 劉起釪，〈尚書的隸古定本、古寫本〉，《史學史資料》，1984 年第 3 期。

124. 劉釗，〈金文編附錄存疑字考釋十篇〉，《人文雜誌》，1995 年第 2 期。

125. 劉釗，〈讀郭店楚簡字詞札記〉，《郭店楚簡國際學術研討會論文彙編》第一冊，武漢大學，1999。

126. 劉釗〈包山楚簡文字考釋〉，中國古文字研究會第九屆學術研討會，南京：1992 年。

127. 劉釗〈楚璽考釋（六篇）〉，武漢：《江漢考古》，1991 年 1 月。

128. 蔡運章，〈洛陽北窯西周墓墨書文字略論〉，《文物》，1994：7。

129. 顏世鉉，〈郭店楚墓竹簡儒家典籍文字考釋〉，《經學研究論叢》第 6 輯 171～188 頁，1999 年 3 月。

130. 顏世鉉，〈郭店楚簡〈六德〉箋釋〉，《中央研究院歷史語言研究所集刊》第七十二本第二分，臺北：中央研究院歷史語言研究所，2001 年。

131. 顏世鉉，〈郭店楚簡淺釋〉，《張以仁先生七秩壽慶論文集》，臺北：臺灣學生書局，1999 年。

132. 顏世鉉，〈郭店楚簡散記（一）〉，《郭店楚簡國際學術研討會論文彙編》第一冊，武漢大學，1999。

133. 魏宜輝、周言，〈讀《郭店楚墓竹簡》札記〉，《古文字研究》第二十二輯，北京：中華書局，2000。

134. 龐樸，〈郢燕書說——郭店楚簡中山三器心旁文字試說〉，《郭店楚簡國際學術研討會論文彙編》第一冊，武漢大學，1999。

135. 嚴一萍，〈楚繒書新考〉（中），《中國文字》第 27 冊，臺北：國立臺灣大學文學院古文字學研究室，1968。

136. 饒宗頤，〈長沙子彈庫殘帛文字小記〉，北京：《文物》，1992 年 11 月。

137. 饒宗頤，〈楚繒書疏證〉，《中央研究院歷史語言研究所集刊》第四十本，臺北：中央研究院歷史語言研究所，1967。

138. 龔道耕，〈唐寫殘本尚書釋文考證（續）〉，《華西學報》第 5 期、第 6 期。

139. 龔道耕，〈唐寫殘本尚書釋文考證〉，《華西學報》第 3 期、第 4 期。

四、學位論文

（依作者姓名筆畫順序排列，同姓則以第二字筆畫順序排列）

1. 文炳淳，《先秦楚璽文字研究》，國立臺灣大學中國文學研究所，博士論文，2002。

2. 王仲翊，《包山楚簡文字研究》，國立中山大學中國文學研究所，碩士論文，1996。

3. 朴昌植，《說文古籀和戰國文字關係研究》，香港珠海學院中文研究所，碩士論文，1989。

4. 吳振武，《古璽文編校訂》，吉林大學，博士論文，1984。

5. 宋鵬飛，《殷周金文形聲字研究》，國立成功大學中國文學研究所，碩士論文，2002。

6. 李天虹，《說文古文校補疏證》，吉林大學，碩士論文，1990。

7. 李如君，《戰國璽印文字研究》，國立高雄師範大學國文研究所，碩士論文，2000。

8. 李富琪，《郭店楚簡文字構形研究》，國立高雄師範大學國文學系，碩士論文，2000。

9. 李運富，《楚國簡帛文字構形系統》，北京師範大學，博士論文，1995。

10. 汪深娟，《侯馬盟書文字研究》，私立中國文化大學中國文學研究所，碩士論文，1983。

11. 季旭昇，《甲骨文字根研究》，國立臺灣師範大學國文研究所，博士論文，1990。

12. 林宏明，《戰國中山國文字研究》，國立政治大學中國文學系，碩士論文，1997。

13. 林素清，《先秦古璽文字研究》，國立臺灣大學中國文學研究所，碩士論文，1976。

14. 林素清，《戰國文字研究》，國立臺灣大學中國文學研究所，博士論文，1984。

15. 林清源，《楚國文字形構演變研究》，私立東海大學中國文學研究所，博士論文，1997。

16. 邱德修，《說文解字古文釋形考述》，國立臺灣師範大學國文研究所，碩士論文，1974。

17. 施拓全，《秦代金石及其書法研究》，國立高雄師範大學國文研究所，碩士論文，1992。

18. 施順生，《甲骨文字形體演變規律之研究》，私立中國文化大學中國文學研究所，博士論文，1998。

19. 洪燕梅，《秦金文研究》，國立政治大學中國文學系，博士論文，1998。

20. 洪燕梅，《睡虎地秦簡文字研究》，國立政治大學中國文學系，碩士論文，1993。

21. 徐富昌，《漢簡文字研究》，國立政治大學中國文學系，碩士論文，1984。

22. 袁國華，《包山楚簡研究》，香港中文大學中國語言與文字部，博士論文，1994。

23. 莊淑慧，《曾侯乙墓出土竹簡考》，國立臺灣師範大學國文研究所碩士論文，1995。

24. 莊富良，《春秋戰國楚器文字研究》，香港中文大學研究院語言文學部，碩士論文，1975。

25. 許文獻，《戰國楚系多聲符結構研究》，國立彰化師範大學國文教育研究所碩士論文，2001。

26. 許舒絜，《說文解字文字分期研究》，國立臺灣師範大學國文研究所碩士論文，2000。

27. 許學仁師，《先秦楚文字研究》，國立臺灣師範大學國文研究所，碩士論文，1979。

28. 許學仁師，《戰國文字分域與斷代》，國立臺灣師範大學國文研究所，博士論文，1986。

29. 許錟輝師，《先秦典籍引尚書考》，國立臺灣師範大學國文研究所，博士論文，1970。

30. 許錟輝師，《說文解字重文諧聲考》，國立臺灣師範大學國文研究所，碩士論文，1964。

31. 陳立，《楚系簡帛文字研究》，國立臺灣師範大學國文研究所，碩士論文，1999。

32. 陳立，《戰國文字構形研究》，國立臺灣大學中國文學研究所，博士論文，2004。

33. 陳昭容,《秦系文字研究》,私立東海大學中國文學研究所,博士論文,1996。

34. 陳茂仁,《楚帛書研究》,國立中正大學中國文學系研究所,碩士論文,1996。

35. 陳紹慈,《甲金籀篆四體文字變化之研究》,私立東海大學中國文學研究所,碩士論文,1995。

36. 陳楠,《敦煌寫本尚書異文研究》,江蘇揚州大學中國古代文學,碩士論文,2006。

37. 游國慶,《戰國古璽文字研究》,國立中央大學中國文學研究所,碩士論文,1991。

38. 湯餘惠,《戰國文字形體研究》,吉林大學,博士論文,1984。

39. 馮勝君,《二十世紀古文獻新証研究》,吉林大學,博士論文,2002。

40. 黃德寬,《古漢字形聲結構論考》,吉林大學歷史學系古文字學,博士論文,1996。

41. 黃靜吟,《秦簡隸變研究》,國立中正大學中國文學系研究所,碩士論文,1993。

42. 黃靜吟,《楚金文研究》,國立中山大學中國文學系,博士論文,1997。

43. 黃麗娟,《郭店楚簡緇衣文字研究》,國立臺灣師範大學國文研究所,碩士論文,2001。

44. 黃麗娟,《戰國楚系形聲字研究》,國立臺灣師範大學國文研究所,博士論文,2005。

45. 楊澤生,《戰國竹書研究》,廣州中山大學,博士論文,2002。

46. 鄒濬智,《上海博物館藏戰國楚竹書(一)·緇衣研究》,國立臺灣師範大學國文研究所,碩士論文,2004。

47. 劉釗,《古文字構形研究》,吉林大學歷史學系古文字學,博士論文,1991。

48. 劉健海,《帛書〈易經〉異文研究》,國立臺灣師範大學國文研究所,碩士論文,2005。

49. 謝宗炯,《秦書隸變研究》,國立成功大學歷史語言研究所,碩士論文,1989。

50. 羅凡晸,《郭店楚簡異體字研究》,國立臺灣師範大學國文研究所,碩士論文,2002。

附錄二：漢石經《尙書》殘存文字表
　　　　魏石經《尙書》殘存文字表
　　　國內所見尙書隸古定本古寫本影本各篇殘存情況及字數表

汉石经《尚书》残存文字表①

附一

篇名(残存字数)	残存文字	校以唐石经
尧典(62字)	明(残)扬(考古 P.186) 五(残)典五典 以齐七政遂 三帛二牲一 车服(残)以庸 于羽(残)山四 难任人蛮(残)(以上皆考古 P.186) 有能(集存 203·2·1) 后稷(考古 P.186)……帝曰契百(203·1·1) □不亲五(·2·) 帝曰(考古 P.186)……共工垂拜(203·1·2) □首让于(203·2·3) 三礼(考古 P.186)……女秩宗(203·2·4) 克(残)谐(考古 P.186)……曰於(203·2·5)	"遂"作"肆" "牲"作"生" "女"作"汝",下有"作"字
尧典(62)字	天工(集存 204) 庶(考古 P.186)……卅微(203·2·6)	"工"作"功" 承唐石经之后代刊本"卅"作"三十"
皋陶谟(66字)	有(残)无货居(残)(考古 P.187) 俞(残)帝曰臣作 声(残)八音七始滑以 俞哉帝横天之下至 鄂(残)罔水舟行风淫于家 曰迪联德时乃工维序皋 予击石拊石百兽率舞庶尹 首明哉股肱良哉庶事康哉又(以上皆考古 P.187	"货"作"化" "七始滑"作"在治忽" "横"作"光" "鄂"作"额","舟行风"作"行舟朋" "工"作"功","维"作"惟", "序"作"叙"
禹贡(14字)	高山(集存 205) 黑(考古 P.187) 恒卫既从大陆既作鸟夷皮(考古 P.187)	无"黑"字。《禹贡》冀州章脱简错简多处,此字当系"厥贡"项内脱简残存之字。

①即今日能看到的汉代《今文尚书》原本的残影。

篇名（残存字数）	残存文字	校以唐石经
般（盘）庚上（41字）	命何及相□散（隶释、集存206·1） 言曰人维旧□□救旧（隶释、集存206·2） 有志女毋禽侮成人毋流（隶释、集存206·3） 于厥居勉出乃（集存207·1） 各共尔事齐乃位度尔□（隶释、集存206·4） 弗可悔（集存207·2）	"命"作"身"，"散"作"憸""维"作"惟"，下有"求"字。"救"作"求""女"至"流"作"汝无老侮成人无弱"，刊本"老侮"乙倒。 "尔□"作"乃□"
盘庚中（138字）	般庚作 民之承保后胥高鲜以不浮（隶释、集存206·5） 殷降犬虐先王不（集存207·3） 试以尔迁安定厥国仐女不（隶释、集存206·6） 之攸困乃咸大不宣（集存207·4） 其或迪自怨（隶释、集存208·1） 永劝忧今其有今罔后女何（隶释、集存206·7） 予命女一毋起秽以（集存207·5）	"般"作"盘" "高"作"癋" "尔"作"汝"，"国"作"邦"，"仐"，无。 "迪"作"稽"，"怨"作"怒" "永"作"诞"，"女"作"汝" "女"作"汝"，"毋"作"无"
	之劳尔先予不（隶释、集存208·2） 于兹高后丕乃知降罪疾曰（隶释、集存206·8） 民女万民乃不生（集存207·6） 能迪古我先后（隶释、集存208·3） 民女有近则在乃心我先后绥（隶释、集存206·9） 乃父乃祖乃父乃（集存207·7） 兴降丕永於戏今予（隶释、集存208·4） 绝远女比犹念以相从各禽中（隶释、集存206·10） 不吉（集存207·8） 建乃家（隶释、集存208·5）	"不"作"丕" "丕"作"丕"，"知"作"崇" "女"作"汝" "女"作"汝"，"近"作"戕"，（"在"隶释作"左"） "兴"至"戏"作"崇降弗祥鸣呼" "女"作"汝"，"比犹"作"分狱"，"禽"作"设"
盘庚下（44字）	股□既（隶释、集存208·5） 众曰女罔台民勖建大命今我（隶释、集存206·11） 凶德绥绩（隶释、集存208·6）	"股"作"盘" "女罔台民"作"无戏急"，"勖"作"懋"，"我"作"予" "绥"作"嘉"

篇名（残存字数）	残存文字	校以唐石经
	今尔惠朕□柢动万民以迁肆上（隶释、集存206·12） 乘哉予其勖简相尔念敬我众朕不（隶释、集存206·13）	"今"，无。"惠"作"谓"，"柢"作"震" "乘"的"隐"，"勖"作"懋"
高宗肜曰（15字）	民中绝命民有不若德不听罪 天既付（隶释、集存206·14）	"付"作"孚"（丛刊本隶释即作"孚"）
牧誓（24字）	厥遗任父母弟不迪乃维四方（隶释、集存209·1） 不愆于四伐五伐六伐七伐乃（隶释、集存209·2）	"任"作"王"，"维"作"惟"
鸿（洪）范（118字）	伊鸿水曰陈其五行帝（隶释、集存209·3） 曰建用皇极次六曰艾用三德（隶释、集存209·4） 润下作咸炎上作苦曲直作（隶释、集存209·5） 食二曰货三曰祀四曰司空（隶释、集存209·6） 极凡厥庶民无有泾卲人无有（隶释、集存209·7）	"伊"作"堙"，"鸿"作"洪"，"曰"作"汩" "艾"作"×" "泾卲"作"淫朋"

篇名（残存字数）	残存文字	校以唐石经
	明人之有能有为使羞其行而（隶释、集存209·8） 路毋偏毋党王道荡荡毋党（隶释、集存209·9） 为天下王三德一百正直二（隶释、集存209·10） 家而凶于而国人用□颇辟（隶释、集存209·11） 乃心谋及卿□谋及庶民（隶释、集存209·12） 逆□土庶民逆作内（集存210·1） 时燠若（集存210·2）	"毋"皆作"无" "王"下有"六"字，"百"作"曰"（集存作"曰"，隶释乃作"百"） "家"下无"而"字 "民"作"人" "士"下有"逆"字
金滕（11字）	公（集存211 以为（集存211） 说二公及（集存212·1） 宜之□出郊（集存212·2）	
大诰（14字）	越尔御事（集存212·3） 天降畏用（集存212·4） 武图功我（集存212·5） 不可（集存212·6）	"畏"作"威"
康诰（60字）	和会侯（集存213·1） 一二国（213·2） 言往傅（213·3） 茂和（集存214·1） 若（集存215·1） 或荆（集存216·1） 日至于旬（214·2） 曰女陈时倪事（215·2） 女（216·2） 罪寇攘奸轨（214·3） 忞不□死罔不憝（215·3） 友子（216·3） 不友于弟维（214·4） 人□罪维天（215·4） 文（216·4） 引恶维（214·5） 义率（215·5） 有（214·6） 维天（217·1） 肆女小子（217·2）	"国"作"邦" "傅"作"敷" "茂"作"懋" "荆"作"刑" "女"作"汝"，"倪"作"臬" "女"作"汝" "轨"作"宄" "忞"作"暋"，后来刊本作"暋"，孟子万章引作"闵"。"不"作"弗" "维"作"惟" "维天"作"天惟" "维"作"惟" "维"作"惟" "女"作"汝"
酒诰（6字）	酒诰第十六（集存217·3） 若（217·4）	"六"作"二" （系伪古文《周书》次第，故与今文不合）
召诰（7字）	知曰 德之 受（以上为集存218） 德王（集存219）	

篇名(殘存字數)	殘存文字	校以唐石經
雒(洛)誥 (19字)	手稽首 工辯從(以上集存 220) 亨周公拜手 御事篤前 引考王辯(以上集存 221)	"辯"作"伻" "亨"作"享" "辯"作"伻"
多士(44字)	維天命元朕不敢有(隸釋、集存 222・1) 罪時維天命王曰告爾多(隸釋、集存 222・2) 茲雒予維四方罔攸賓亦維爾(隸釋、集存 222・3) 有年于茲雒爾小子乃興從爾遷王(隸釋、集存 222・4)	"維"作"惟","元"作"无違" "告爾",无。 "雒"作"洛","維"皆作"惟" "雒"作"洛"
毋劮(无逸) (103字)	嗇之艱難乃劮乃宪既延不則侮厥 中宗嚴恭寅畏天命自亮以民祗懼 或怨肆高宗之嚮國百年自時厥后 功田功徽柔懿共懷保小人惠于矜 酒毋劮于游田維□共毋兄曰今日 厥不圣人乃訓變亂正荆至于變 則兄曰敬德厥愆曰朕之愆允 公曰於戲嗣王監于茲 (以上為隸釋、集存 222・5—12)	"嗇"作"稽"、"劮"作"逸"、"宪"作"諺"、"延"作"誕"、"不"作"否" "嚮國百年"作"享國五十有九年","年"下"自"上有"其在祖甲"一段四十三字 "共"作"恭","人"作"民","于矜"作"鮮鰥" "酒"至"兄"作"无淫于觀于逸于游于田以萬民惟正之供无皇", "圣"作"職","訓"下有"之乃","亂"下有"先王之"。"至于變"作"至于小大" "兄曰"作"皇自" "王"下有"其"字
君奭(11字)	道出于不詳於戲君□曰時我(隸釋、集存 222・13)	"道"作"終"
多方(5字)	我則致天之(隸釋、集存 223・1)	
立政(56)字	常伯常任辟 亂謀面用 于厥邑其左 有會心以敬事 王維厥度心乃 受茲丕丕其於戲 且以前人之徽言 訓德是罔顯哉厥世 王之鮮光以揚武王(以上隸釋、集存 223・2—10)	"辟"作"準" "亂",无。 "左"作"在" "會"作"俊" "維厥度"作"惟克厥宅" "茲"作"此","其"作"基","於戲"作"嗚呼" 此句作"且已受人之徽言" "訓"下有"于"字,"哉"作"在" "鮮"作"耿"
顧命(17字)	几乃□召大保 通殷就大命在 非几茲即 黻衣(以上隸釋、集存 223・11—14)	"大"作"太" "通"作"達","就"作"集" "即"作"既" "衣"作"裳"
秦誓(11字)	人之(集存 224・1・1) 哉人之□技(殘)……之□圣(殘)(考古 P.187) 民(集存 224・2・1)……殆哉(集存 224・1・2)	

篇名(残存字数)	残存文字	校以唐石经
书序(40)字	广度(集存 224·2·2)□下将(集存 224·1·3)	"广度"作"光宅",(《尧典》序)
	随山□□任(考古 P.187)	（《禹贡》序）
	遂与(224·2·3)	（《汤誓》序）
	雊(残)……肜(残)(考古 P.187)	（《高宗肜日》序）
	堪饥(224·2·4)	"堪饥"作"戡黎",(《西伯戡黎》序)
	牧(残)野(残)(考古 P.187)	（《牧誓》序）
	以其子(224·2·5)	"其"作"箕"(《洪范》序)
	殷馀(残)□□康(残)叔(残)(考古 P.187)	（《康诰》、《酒诰》、《梓材》序）
	使召公(224·2·6)	（《召诰》序）
	公(残)□□劝·(考古 P.187)	"劝"作"逸"(《无逸》序)
	为保(考古 P.187)……周公作君(224·2·7)	（《君奭》序）
	甫荆(224·2·8)	"甫荆"作"吕刑"(《吕刑》序)
	禽□□□徐(残)夷(残)并兴(考古 P.187)	（《费誓》序）
校记(102 字)	同异(集存 224·2·9)	当系言校今文三家同异
	刘(考古 P.187 拓片阴面第 10 行)	当系言刘向或刘陶校《尚书》事
	益□□(似"作朕"二字)(考古 P.186)	此下两行《尧典》校记,此似"益汝作朕"校文
	夙夜出	"夙夜出纳朕命"校文
	皋陶大小	此下十三行皆《皋陶谟》校记,以大小夏侯本相校
	官人安	"能官人,安民"校文
	何畏(残)	"何畏乎"校文
	震敬(残)六德(残)	"震"作"祇","祇敬六德"校文
	斯食大小(残)夏(残)	"斯"作"鲜","奏广鲜食"校文
	根食大夏侯(残)言	"根"作"艰","奏广艰食鲜食"校文
	粉(残)米大夏侯(残)言粉	"粉米"校文
	不则(残)威之禹曰俞哉("禹"以下皆残)	"不"作"否","否则威之"两句校文
	是好敖虐是作大夏("好"以下皆残泐甚)	"慢游是好"两句校文
	时乃工大小(残)夏侯(残)言(残)	"工"作"功","时乃工"句校文
	于予击石大夏侯(残)无(残)	"于予击石拊石"句校文
	箫韶九成小夏侯(残)	唐石经此句在"于予击石拊石"句前
	惟□(以上皆考古 P.186 拓片)	当是"惟时"校文
	不施予	此下五行皆《盘庚》校记,此系"不惕予"校文
	作乃劝	"作乃逸"校文
	不冒作	"不昏作劳"校文
	古我先王旦	"古我先王旦乃祖乃父"校文
	世笃(以上皆集存 225)	"世选"校文
	观(残)生	"生"作"省",为《酒诰》"永观省"校文
	曰封	《康诰》、《酒诰》、《梓材》皆有"王曰封",此其一校文
	虏□	待考
	不□(以上皆集存 226)	待考

合计 1028字,其中:正文二十篇 886 字,《书序》(十三篇残序)40 字,校记廿六则 102 字。

魏石经《尚书》残存文字表①

附二

各篇残存文字	残存经文字数	三体合计字数	各体字数			所据拓片所在本
			古	篆	隶	
尧典(包括舜典)　　　　本篇合计：	33	59	23	18	18	
安三体丸古篆	2	5	2	2	1	孙拓1上
丸隶族三体丸古篆	3	6	2	2	2	〃
于隶变三体时古篆	3	6	2	2	2	
授隶民(人)古篆时古篆	3	5		2	1	孙拓1下、上
作古隶曰古篆中古篆	3	6	3	2	1	〃
宅三体南古篆交古篆曰三体	4	10	4	4	2	〃
宅隶西三体曰古	3	5	2	1	2	孙拓2上
厥古隶民古易隶	3	4	2	0	2	〃
(又)品字式：						
变篆隶曰古予隶击古	4	5	2	1	2	孙附1上
丸篆隶帝古天隶	3	4	1	1	2	〃
登(微)篆隶庸古	2	3	1	1	1	〃
皋陶谟(包括益稷)　　本篇合计：	107	210	66	73	71	
女(汝)隶("出纳五言汝聪"之"汝")	1	1	0	0	1	孙拓2下
说隶("庶顽谗说"之"说")	1	1	0	0	1	〃
(又)品字式：						
丂(巧)古隶	1	2	1	0	1	孙附1下
何古隶曰篆隶宽三体而古篆隶栗古隶柔古篆隶而古篆隶立古篆隶愿古	9	22	8	6	8	孙附2上 孙附1下
日篆三篆隶德古篆凤篆隶夜篆浚篆明古篆隶有三体家篆隶	9	17	3	8	6	孙附2上 孙附1下
百篆隶工篆惟古篆隶时三体抚古隶于篆隶五古篆隶辰三体庶古篆隶绩隶其古篆	11	26	7	10	9	孙附1下 孙附2上下
叙篆典三体敕篆五篆典三体五古篆隶	6	12	3	6	3	〃
五隶庸(用)三体	2	4	1	1	2	孙附2下
繇(陶)古隶曰古隶朕古言篆隶惠古篆	5	9	4	2	3	
禹古篆隶拜三体曰三体都古篆隶帝三体予三体何篆隶	7	20	6	7	7	孙附2下 孙附3下
曰隶四古山篆隶木古篆隶杲(暋)古篆隶益古隶鲜篆	8	12	4	5	3	孙附3下
九三体川隶亡(无)古万篆隶繇(陶)篆曰古隶	6	9	3	3	3	孙附4下 孙附3上下
师古隶女(汝)古篆惟古应隶受古隶	5	8	4	1	3	〃
帝篆臣三体	2	4	1	2	1	孙附4下 孙附3下
欲古左篆隶右古篆有古隶民三体女(汝)古予隶	7	12	5	3	4	〃
虫三体绦(米)古補篆隶戴古稀三体绣古篆介(采)篆隶	7	14	5	5	4	孙附3下 孙附4上
智(忽)以三体	2	4	1	1	2	孙附4上 孙附3下
女(汝)篆隶弼(弜)古篆隶女(汝)三体毋(无)隶面隶退篆隶	6	12	2	4	6	〃
记篆隶之古篆哉古内(纳)古篆言三体时古篆	6	12	5	5	2	孙附4上、下
苍古篆黎篆隶献古臣古篆	4	6	3	2	1	〃
目篆口篆(此二字不详属本篇何句)	2	2	0	2	0	
后古隶(此字残不可识)						孙附4下

各篇残存文字		残存经文字数	三体合计字数	各 体 字 数 古	篆	隶	所据拓片所在本
禹贡	本篇合计：	12	20	7	12	1	`
四篆("四海会同"之"四")		1	1	0	1	0	孙拓2下
成篆("成赋中帮"之"成")		1	1	0	1	0	孙拓2下
百篆隶("百里服纳总"之"百")		1	2	0	1	1	孙拓2下
（又）古篆二体：							
禹篆敷二体土二体		3	5	2	3	0	孙附5上
高二体山二体大二体		3	6	3	3	0	〃
壶篆□二体治二体		3	5	2	3	0	〃
高宗肜日	本篇合计：	5	5	2	3	0	
宗篆雏篆惟篆		3	3	0	3	0	孙附5上
雏古惟古 孙氏集全汞云：此为三字直下五字式，然碑图不合，无法排妥。		2	2	2	0	0	〃
微子	本篇合计：	3	5	1	1	3	
小隶("殷罔不小大"之"小")		1	1	0	0	1	孙拓3上
恒隶获三体("乃罔恒获"之文)		2	4	1	1	2	〃
金滕	本篇合计：	2	2	2	0	0	
金古("王与大夫书弁以启金滕之书"之"金")		1	1	1	0	0	孙拓3上
王古("二公及王乃问诸史与百执事"之"王")		1	1	1	0	0	〃
大诰	本篇合计：	58	114	37	34	43	
粤(越)隶事隶不(弗)篆(《王考》无"粤"字)		3	3	0	1	2	孙考1
疆三体历古		2	4	2	1	1	〃
予三体惟古隶		2	5	2	1	2	〃
予隶受三体命古隶兹古(《王考》无"予、兹"二字)		4	7	3	1	3	〃
大三体保(宝)古龟隶		3	5	2	1	2	〃
粤(越)三体兹三体截　盇隶		3	7	2	2	3	孙考2
翼古日隶民古翼古以三体于三体(《王考》无"翼日民"三字)		6	10	5	2	3	〃
我三体友古隶邦三体(《王考》无"我"字)		3	8	3	2	3	〃
庶三体邦篆隶于隶		3	6	1	2	3	〃
粤(越)隶艰古大隶(《王考》无"粤"字)		3	3	1	0	2	〃
可古篆征三体		2	5	2	2	1	〃
截(盇)隶鳏三体寡古篆哀古篆		4	8	3	3	2	孙考3
卬隶自古篆恤篆隶		3	5	1	2	2	〃
于隶恤古篆		2	3	1	1	1	〃
不隶取三体晋(替)		3	7	2	2	3	〃
小隶邦古篆克三体绥三体(《王考》无"小邦"二字)		4	9	3	3	3	〃
弥(弼)三体王隶隶若三体我三体(《王考》以"我"为"弼"下之"我"字)		4	11	3	4	4	孙考4
毕篆隶肆古篆		2	4	1	2	1	孙考4
不篆隶予篆隶		2	4	0	2	2	孙考4
康诰	本篇合计：	3	3	3	0	0	
静古("今惟民不静"之"静")		1	1	1	0	0	孙拓3下
惟古("惟厥罪无在大"之"惟")		1	1	1	0	0	〃
曰古("王曰鸣呼封敬哉"之"曰")		1	1	1	0	0	〃

各篇残存文字	残存经文字数	三体合计字数	各 体 字 数			所据拓片所在本
			古	篆	隶	
梓材　　　　　　　　　　　　本篇合计：	20	44	11	14	19	
罔篆、隶(残)	1	2		1	1	碑林版17
肆隶往古	2	2	1		1	孙拓3下
人三体	1	3	1	1	1	碑　林
启隶	1	1			1	孙拓3下
为隶(残)民三体	2	4	1	1	2	碑林版17
以篆、隶(残)容三体	2	5	1	2	2	〃
古三体(残)王三体	2	6	2	2	2	〃
修三体(残)为三体	2	6	2	2	2	〃
材篆(残)隶既三体	2	5	2	2	2	〃
德篆隶怀三体	2	5	1	2	2	〃
邦三体	1	3	1	1	1	〃
德隶(残)	1	1			1	〃
欲隶(残)	1	1			1	〃
多士　　　　　　　　　　　　本篇合计：	70	176	60	62	54	
王古天古篆"致王罚"之"王" "惟天不畀允罔固乱"之"天"	2	3	2	1	0	孙拓3下
其隶泽三体在隶今三体后古嗣篆隶王三体诞古篆	8	16	5	5	6	孙补1上 孙拓4上 白记一石
王三体勤三体家古篆隶诞三体淫三体厥三体 逸(泆)三体罔古篆	8	23	8	8	7	〃
若三体兹三体大古篆丧三体惟三体天三体弗三体畀古篆	8	23	8	8	7	
非三体有三体辞古篆隶于三体罚三体王三体若三体曰古篆	8	23	8	8	7	孙补1上 孙拓4下 白记一石
帝篆隶事三体有古篆隶命三体曰三体割三体殷三体告古篆	8	22	7	8	7	〃
我篆隶适古篆隶予三体其三体曰三体惟三体尔古篆	7	19	6	7	6	〃
即古篆于三体殷三体大三体庾三体肆古篆	6	17	6	6	5	〃
西三体尔三体非三体我古篆	4	11	4	4	3	孙拓5上 白记一石
后隶〔王三体曰三体縣古篆〕	4	9	3	3	3	孙拓5上 白记一石
殷隶革三体夏古篆	3	6	2	2	2	孙拓5下 白记一石
人篆隶惟古篆	2	4	1	2	1	〃
命、尔"予惟时命有申"之"命" "亦惟尔多士攸服"之"尔"	2	?				王　考 未见拓本
无逸　　　　　　　　　　　　本篇合计：	178	473	158	155	160	
逸隶先古	2	2	1	0	1	孙拓5下
飨(享)隶国古	2	2	1	0	1	孙拓5下
作隶其古	2	2	1	0	1	孙拓6上 孙补1下
荒古篆国隶五古	3	4	2	1	1	孙补1下
能	1	?				王　考 未见拓本
逸篆隶厥篆隶	2	4	0	2	2	孙拓6上

各篇残存文字	残存经文字数	三体合计字数	各 体 字 数			所据拓片所在本
			古	篆	隶	
周三体公三体曰三体鸟（鸣）三体虖（呼）三体厥三体亦三体惟古篆	8	23	8	8	7	孙拓6上下白记二石
自隶	1	1	0	0	1	孙拓6下
卑三体服三体即三体康三体功三体田三体功三体徽古篆惠隶	9	24	8	8	8	孙拓6下白记二石
朝三体至三体于三体日三体中三体厎（昊）三体不三体皇（遑）三体	8	24	8	8	8	孙拓6下孙拓7上白记二石
民古篆文隶	2	3	1	1	1	孙拓7上
于三体游三体〔于三体〕田三体以三体庶三体邦三体惟三体正篆隶	9	26	8	9	9	小拓7上白记二石
命三体惟篆	2	4	1	2	1	孙拓7下
国三体五三体十三体年三体周三体□曰三体鸟（鸣）三体虖（呼）篆隶	8	23	7	8	8	孙拓7下白记二石
则隶	1	1	0	0	1	孙拓7下
于三体逸三体于三体游三体于三体田三体以三体万三体民隶惟古	10	26	9	8	9	孙拓7下孙拓8上白记二石
乃三体非三体民三体所（攸）三体训三体非三体天三体所（攸）三体若古时古	10	26	10	8	8	孙拓8上白记二石
之三体迷三体乱三体酗三体于三体酒三体德三体才（哉）三体周古	9	25	9	8	8	孙拓8上孙拓8下白记二石
胥三体训三体告三体胥三体保三体惠三体胥三体教三体诲古篆	9	26	9	9	8	孙拓8下白记二石
听三体人三体乃三体训三体之三体乃三体恋（变）三体乱三体先三体	9	27	9	9	9	孙拓9上白记二石
小隶	1	1	0	0	1	孙拓9上
〔用三体〕厥三体心三体韦（违）三体怨三体不（否）三体则三体〔用三体〕厥三体	9	27	9	9	9	孙拓9上下白记二石
鸟（鸣）篆隶	1	2	0	1	1	孙拓9下
仲（中）三体宗三体及三体高三体宗三体及三体祖三体曰三体及三体	9	27	9	9	9	孙拓9下白记二石
人篆隶	1	2	0	1	1	孙拓9下
告三体之三体曰三体小三体人三体怨三体女（汝）三体詈三体女（汝）三体则古	10	28	10	9	9	孙拓10上白记二石
侃（愆）篆隶	1	2	0	1	1	孙拓10上
兄（允）三体若三体时三体不三体商（啻）三体不三体敢三体含三体怒三体	9	27	9	9	隶	孙拓10上下白记二石
或隶	1	1	0	0	1	孙拓10下
曰三体小三体人三体怨三体女（汝）三体詈三体女（汝）三体则三体信三体之古	10	28	10	9	9	孙拓10下白记二石
绍（绰）三体厥三体心三体乱三体罚三体无三体辜（罪）三体杀三体无三体辜古	10	28	10	9	9	孙拓11上白记二石
曰三体鸟（鸣）三体虖（呼）三体嗣三体王三体其三体监三体于三体兹三体	9	27	9	9	9	孙拓11上下白记二石
君奭　　　　　　　　　　　本篇合计：	337	919	308	308	303	
周三体公三体曰三体君三体奭三体不（弗）三体弔三体天三体降古篆	10	29	10	10	9	孙拓11下白记二石
周三体既三体受三体我三体弗（不）三体敢三体智（知）三体厥三体基三体永三体（"智"下少"曰"字）	10	30	10	10	10	孙拓12上白记二石
棐古	1	1	1	0	0	孙拓12上

各篇残存文字	残存经文字数	三体合计字数	各 体 字 数			所据拓片所在本
			古	篆	隶	
敢三体智(知)三体曰三体其三体崇(终)三体 出三体於三体不三体祥三体鸟(鸣)三体膴(呼)古	11	31	11	10	10	孙拓12上下 白记二石
我古篆	1	2	1	1	0	孙拓12下
宁三体于三体上三体帝三体命三体弗三体永三体 达三体念三体天三体畏(威)三体	11	31	11	10	10	孙拓12下 孙拓13上 白记二石
郵(尤)篆惟篆隶	2	3	0	2	1	孙拓13上
我三体后三体嗣三体子三体孙三体大三体弗三体 克三体龚(恭)三体上三体下古篆	11	32	11	11	10	孙拓13上 白记二石
光篆家隶	2	2	0	1	1	孙拓13下
命三体不三体易三体天三体难三体忱(谌)三体 乃三体其三体隳(堕)三体命三体弗三体	11	32	11	11	10	孙拓13下 白记二石
嗣篆隶前古篆	2	4	1	2	1	吉三卷首
在三体今三体予三体小三体子三体非三体克三体 有篆隶正三体迪三体惟古篆("子"下少"旦"字)	11	31	11	11	9	孙拓14上 白记二石
人隶光三体施三体于古篆	4	9	3	3	3	孙拓14上 吉三卷首
曰三体天三体不三体可三体信三体我三体 迪(道)三体惟三体宁三体王三体德古篆	11	32	11	11	10	孙拓14上下 白记二石
天三体弗(不)三体庸三体释古篆	4	11	4	4	3	孙拓14下 吉三卷首
命三体公三体曰三体君三体我三体闻三体在三体 昔三体成三体汤三体既三体("君"下少"奭"字)	11	33	11	11	11	孙拓14下 孙拓15上 白记二石
受隶命三体时三体则三体有古篆	5	12	4	4	4	孙拓15上 吉三卷首
于三体皇三体天三体在三体太三体甲三体时三体 则三体有三体若三体保古	11	31	11	10	10	孙拓15上下 白记二石
衡篆隶在三体大三体戊三体时古篆若隶伊三体	7	17	5	6	6	孙拓15下 吉三卷首 白记附
陟三体臣三体扈三体佫(格)三体于三体上三体 帝三体巫三体咸三体乂三体王三体	11	33	11	11	11	孙拓15下 孙拓16上 白记二石
家篆隶在三体祖三体乙三体时古篆若篆隶巫三体	7	18	5	7	6	孙拓16上 吉三卷首 白记附
贤三体在三体武三体丁三体时三体则三体有三体 若三体甘三体盘三体衒(率)三体	11	33	11	11	11	孙拓16上下 白记二石
惟三体兹三体有三体陈三体保古篆殷篆隶故三体	7	19	6	7	6	孙拓16下 吉三卷首 白记附
殷三体礼三体陟三体配三体天三体多三体历三体 年三体所三体天三体惟三体	11	33	11	11	11	孙拓17上 白记二石
纯三体右(佑)三体命三体则三体商古姓篆隶王三体	7	18	6	6	6	孙拓17上下 吉三卷首 白记附
人三体罔三体不三体秉三体德三体明三体恤三体 小三体臣三体屏三体侯三体	11	33	11	11	11	孙拓17下 白记二石
旬古隶剂三体咸三体奔三体惟古篆德篆隶称三体("奔"下少"走"字)	7	18	6	6	6	孙拓17下 孙拓18上 吉三卷首 白记附
用三体乂三体厥三体辞三体故三体一古隶人三体 事三体于三体四三体方三体("人"下少"有"字)	11	32	11	10	11	孙拓18上 白记二石

各篇残存文字	残存经文字数	三体合计字数	各 体 字 数			所据拓片所在本
			古	篆	隶	
若三体卜三体筮三体罔三体不古公篆隶曰三体	7	18	6	6	6	孙拓18上下 吉三卷首 白记附
君三体奭三体天三体寿古平三体佫(格)三体保三体义隶有三体殷三体有三体殷古隶	12	31	11	9	11	孙拓18下 白记二石
嗣三体天三体灭三体畏(威)古永隶念三体	6	14	5	4	5	孙拓19上 吉三卷首 白记附
君三体奭三体在三体昔三体上古篆	5	14	5	5	4	孙拓19上 白记三石
躬隶惟三体文三体王三体尚三体克古篆	6	15	5	5	5	孙拓19下 白记三石
阕篆隶夭古隶有三体若三体散三体宜三体生古	7	17	6	5	6	孙拓19下 白记三石
往篆隶来古隶兹三体迪三体彝三体教三体文古篆	7	18	6	6.	6	〃
迪隶知古隶天三体畏(威)三体乃三体惟三体时三体	7	18	6	5	7	孙拓20上 白记三石
殷隶命三体才(哉)三体武三体王三体惟三体	6	16	5	5	6	〃
畏(威)隶咸三体刘三体厥三体敌三体惟三体	6	16	5	5	6	孙拓20上下 白记三石
予篆隶小三体子三体若三体游三体大三体("予"下少"旦"字)	6	17	5	6	6	孙拓20下 白记三石
诞隶无三体我三体责三体收三体罔三体	6	16	5	5	6	〃
矧隶曰三体其三体有三体能三体佫(格)三体	6	16	5	5	6	孙拓20下 孙拓21上 白记三石
疆隶惟三体休三体亦三体大三体惟三体	6	16	5	5	6	孙拓21下 白记三石
裕古篆前隶人三体敷三体乃三体心三体乃古篆	7	17	6	6	5	〃
亶隶乘三体兹三体大三体命三体惟古篆	6	15	5	5	5	孙拓21下 白记三石
朕篆隶兄(允)三体保三体奭三体其三体女(汝)古篆	6	16	5	6	5	〃
畏(威)隶予三体不三体兄(允)三体惟三体若古篆	6	15	5	5	5	孙拓21下 孙拓22上 白记三石
民古篆祗古篆	2	4	2	2	0	孙拓22上
多方　　　　　　　　　　　本篇合计：	135	363	125	123	115	
〔王篆隶〕至古篆殷篆隶侯古命隶	5	8	2	3	3	孙拓22上下
甲古篆亦古篆	2	4	2	2	0	吴　续
乃三体显隶休古	3	5	2	1	2	吴　续 孙拓22下
以三体方隶之古篆	3	6	2	2	2	吴　续 孙拓22下
不篆隶保隶享古篆	3	5	1	2	2	〃
汤篆	1	1	0	1	0	孙拓22下
民三体主三体慎三体厥三体丽三体乃三体劝三体厥三体民古篆	9	26	9	9	8	孙拓23上 白记四石
德三体慎三体罚三体亦三体克三体用三体劝三体要三体囚古篆	9	26	9	9	8	〃
辜三体亦三体克三体用三体劝三体今三体至三体于三体尔古	9	25	9	8	8	孙拓23下 白记四石
鸟(鸣)三体庠(呼)三体王三体若三体曰三体诰三体告三体尔三体多篆	9	25	9	8	8	〃

各篇残存文字	残存经文字数	三体合计字数	各体字数 古	篆	隶	所据拓片所在本
有三体殷三体乃三体惟三体尔三体辟三体以三体尔三体	8	24	8	8	8	孙拓 24 上 白记四石
惟三体有三体夏三体图三体厥三体政三体不三体集三体	8	24	8	8	8	〃
尔三体商三体后三体王三体逸三体厥三体逸三体图古篆	8	23	8	8	7	孙拓 24 下 白记四石
罔三体念三体作三体狂三体惟三体狂三体克三体念古篆	8	23	8	8	7	〃
作三体民三体主三体罔三体可三体念三体听三体天古	8	22	8	7	7	孙拓 25 上 白记四石
天三体惟三体尔三体多三体方三体罔三体堪三体雇古	8	22	8	7	7	〃
德三体惟三体典三体神三体天三体天三体惟三体式古	8	22	8	7	7	孙拓 25 下 白记四石
今三体我三体曷三体敢三体多三体诰三体我三体	7	21	7	7	7	〃
之三体于三体尔三体多三体方三体尔三体曷古篆	7	20	7	7	6	孙拓 25 下 孙拓 26 上 白记四石
尚三体宅三体尔三体宅三体畋三体尔三体田古篆	7	20	7	7	6	孙拓 26 上 白记四石
静篆隶尔三体心隶未三体爱古篆	5	11	3	4	4	孙拓 26 上下 白记四石
立政　　　　　　　　　　本篇合计：	107	255	81	86	88	
乃隶事三体宅三体乃三体牧三体宅三体乃古	7	17	6	5	6	白记五石
宅隶人三体兹三体乃三体三三体宅三体	6	16	5	5	6	白记五石
德隶罔三体后三体亦三体越三体成三体	6	16	5	5	6	白记五石
克隶即三体宅三体曰古篆三三体有三体	6	15	5	4	6	白记五石
在三体商三体邑三体用三体协三体	5	15	5	5	5	白记五石
在三体受三体德三体昏三体惟古篆	4	14	5	5	4	白记五石
德三体之三体人三体同三体于古篆	5	14	5	5	4	白记五石
奄篆隶甸三体万三体姓三体亦篆隶克篆	6	14	3	6	5	白记五石 孙拓 26 下
俊篆隶心三体以三体敬三体事古伯篆	6	13	4	5	4	〃
作三体三三体事三体虎三体贾三体缀三体衣古	7	19	7	6	6	白记五石
都三体小三体伯三体艺三体人三体表三体臣篆庶篆	8	20	7	7	6	白记五石 孙拓 26 下
马三体司三体空三体亚三体旅三体夷三体微古文篆王篆隶	9	22	7	8	7	〃
乃三体克三体立三体兹三体常三体事三体司古王篆隶罔篆隶	9	23	7	8	8	〃
慎篆隶	1	2	0	1	1	白记五石
功隶不古	2	2	1	0	1	〃
鸟(鸣)隶虖(呼)三体	2	4	1	1	2	〃
其篆隶克三体灼古	3	6	2	2	2	〃
时篆隶则三体勿古	3	6	2	2	2	〃
义隶我三体受占	3	5	2	1	2	〃
继隶自三体今篆古篆隶	4	7	2	2	3	〃
陟篆之篆隶立篆隶	3	5	0	3	2	孙拓 27 上
顾命　　　　　　　　本篇合计	3	5	0	3	2	
伯篆("乃同召太保奭、芮伯"之"伯")	1	1	0	1	0	孙拓 27 上
虖(呼)篆隶("王曰鸣呼"丁"呼")	1	2	0	1	1	〃
审篆隶("兹予审训命汝"之"审")	1	2	0	1	1	〃
吕刑　　　　　　　　本篇合计：	36	77	28	26	23	
五隶刑古	2	2	1	0	1	孙考 4

各篇残存文字	残存经文字数	三体合计字数	各　体　字　数			所据拓片所在本
			古	篆	隶	
惟隶法（法）古隶	2	3	1	0	2	孙考4
重篆诸篆隶罚篆隶有古（《王考》无"重"字）	4	6	1	3	2	孙考5
非古死三体	2	4	2	1	1	〃
差三体非三体	2	6	2	2	2	〃
其三体刑三体其三体	3	8	3	3	2	〃
其篆并古隶两三体（《王考》无"其"字）	3	6	2	2	2	〃
惟三体（《王考》无"惟"字）	1	3	1	1	1	〃
乱三体无（罔）三体	2	6	2	2	2	〃
非三体宝古隶惟古篆（《王考》"惟"下尚存"府"字、未详何体）	3	7	3	2	2	孙考6
在三体命三体天三体	3	9	3	3	3	〃
令篆隶正（政）三体嗣篆今古篆（《王考》"嗣"下存"孙"字，"今"下存"往"字，均未详何体）	4	8	2	4	2	〃
民三体之古中古篆	3	6	3	2	1	〃
咸古篆人古	2	3	2	1	0	〃
文侯之命　　　　　　　　本篇合计	49	104	32	37	35	
文篆隶侯三体之三体命三体	4	11	3	4	4	孙考6、7
王三体若篆隶曰三体和篆（《王考》无"和"字）	4	9	2	4	3	孙考7
在三体下三体时篆隶	3	8	2	3	3	孙考7
事三体厥篆隶辟古隶粤（越）篆	4	8	2	3	3	〃
闵三体小三体子古嗣古篆	4	9	4	3	2	〃
家三体纯古篆我古御古篆	4	8	4	3	1	孙考8
祖古隶惟篆父隶其篆伊三体	5	8	2	3	3	〃
义隶和三篆女（汝）篆隶克篆胎古篆乃三体（《王考》无"乃"字）	6	12	4	4	4	〃
孝古隶前篆隶文古篆	3	6	2	2	2	〃
其古篆归篆视古篆师隶	4	6	2	2	2	孙考8、9
百古隶旅（卢）篆隶弓篆隶一隶旅（盧）三体	5	10	2	3	5	孙考9
荒三体宁三体柬（简）三体	3	9	3	3	3	〃
十七篇合计	1158	2834	944	957	933	

①即今日能看到的东汉《今文尚书》原本的残影。

附二　国内所见尚书隶古定本古写本影本各篇残存情况及字数表

篇名 (相台本正文字数)	文字起止	行数	正文字数	卷次篇序字数	文字所在本	备注
尧典 (440字)	全篇	90	440	38	内野本	
	全篇	63	440	38	松田本	
	全篇	64	440	38	秀圆本	
	曰吁静言庸违至篇末	33	184		P3015	系今字尚书
舜典 (791字)	全篇	148	795	63	内野本	多"五、而、作、臮(暨)",4字
	全篇	105	792	63	松田本	多"五、而、"字,少"于"字
	全篇	104	795	63	秀圆本	多"五、而、夷、夷"四字
	篇题	2		9	P3015	
大禹谟 (843字)	全篇	122	845	39	内野本	多"耕、甈"二字
	全篇	88	844	44	松田本	多"克"字
	全篇	88	844	44	秀圆本	多"谟"本
大禹谟 (843字)	劝之以九歌至帝念哉念兹(残)	8	56		S5745	
	名言兹在兹至俾予以欲以休	12	126		S5745	
	陟元后至干羽于两阶	32	325		S801	
	暂亦允若(孔传)至篇末"有苗"	7	18		T Ⅱ 1315	
	(残)禹曰于至惟修言养(残)	3	11		考古所藏本	
皋陶谟 (349字)	全篇	59	350	17	内野本	
	全篇	40	350	17	松田本	
	全篇	42	350	17	秀圆本	
益稷 (620字)	全篇	102	620	22	内野本	
	全篇	72	619	22	松田本	少"说"字
	全篇	72	620	22	秀圆本	
	管鼗鼓至帝拜曰俞	13	133		P3605	多"曰"字,少"拜"字(即拜误作曰)
	才万事隳才、往钦才	1	8		P3615	
禹贡 (1194字)	全篇	189	1194	30	内野本	
	全篇	136	1197	30	松田本	多"惟、生、州"三字
	全篇	134	1193	30	秀圆本	少"于"字
	卷首至蒙羽其艺	22	212	25	P3615	
	河济河惟沇州至(荆州)贡厥名	46	390		"真本残卷"	
	大埜既潴者至沿于江海达于	13	139		P3469	
	荥陂至至埜荆山	25	258		P3169	
	厥贡羽毛至絺绤厥篚(残)	11	63		P5522	
	织皮崑斋至北岑于遯(残)	24	125		P4033	
	东为中江至男邦三百里	20	111		P3628	系今字尚书
	海会同六府孔修至篇末	21	150		P2533	
	三百里揆文教至篇末(残)	7	22		P5522	

篇名 （相台本正 文字数）	文字起止	行数	正文字数	卷次篇 序字数	文字所在本	备注
甘　誓 （88字）	全篇	16	88	25	P2533	
	全篇	17	88	27	内野本	
	全篇	12	88	27	松田本	
	全篇	12	88	27	秀圆本	
	篇首至篇末（残文）	11	30	10	P5522	
五子之歌 （257）	全篇	33	256	34	P2533	少"之"字
	全篇	37	257	36	内野本	有"窴"下多"之"字 "朽索"下少"之"字
	全篇	27	258	36	松田本	多"之"字
	全篇	27	258	36	秀圆本	多"之"字
	首两行至（注）启之五子	3		13	P5522	
	弗慎厥□虽悔可	1	6		P3752	
胤　征 （255字）	全篇	53	255	72	内野本	
	全篇	38	256	100	松田本	多"以"字
	全篇（篇末另有注六行(双行)未计）	37	255	100	秀圆本	
	篇首至咸与维新呜呼	35	222	28	P2533	
	卷首（残）胤往征之至每岁孟	8	68	11	P3752	
	孟春猷人至卷末〔天宝二 年写外附（漫漶） 一五律〕	28	143	62	P5543	
汤　誓 （144字）	全篇	31	144	76	内野本	
	全篇	23	144	81	松田本	
	全篇	24	144	81	秀圆本	
仲虺之诰 （330字）	全篇	50	329	31	内野本	少"于"字
	全篇	36	330	31	松田本	
	全篇	36	330	31	秀圆本	
汤　诰 （261字）	全篇	36	260	32	内野本	少"敢"字
	全篇	26	261	32	松田本	
	全篇	26	261	32	秀圆本	
伊　训 （344字）	全篇	48	344	36	内野本	
	全篇	34	344	36	松田本	
	全篇	34	344	36	秀圆本	
太甲上 （223字）	全篇	26	223	41	内野本	
	全篇	26	223	42	松田本	
	全篇	26	223	42	秀圆本	
	惟朕以怿至无俾世迷	3	43		西域考古图 谱	
太甲中 （204字）	全篇	27	203	14	内野本	少"手"字
	全篇	19	203	14	松田本	少"手"字
	全篇	19	204	14	秀圆本	

篇名 (相台本正文字数)	文字起止	行数	正文字数	卷次篇序字数	文字所在本	备注
太甲下 (178字)	全篇	25	177	14	内野本	少"后"字
	全篇	18	177	114	松田本	少"后"字
	全篇	18	178	14	秀圆本	
咸有一德 (285字)	全篇	51	284	112	内野本	少"为"字
	全篇	37	285	111	松田本	
	全篇	37	285	111	秀圆本	
盘庚上 (576字)	全篇	80	579	32	内野本	多"至、曰、朝、施"四字,少"于"字又漫漶十余字。
	全篇	61	578	36	松田本	多"至、曰、朝"三字少"于"字。
	全篇	59	579	36	秀圆本	多"至、曰、朝"三字
	全篇	75	577	31	云窗丛刻	多"曰"字。
	卷首至予若观火	32	231	36	元亨本(为"云窗丛刻"底本)	多"至、曰、朝"三字,"秋"作"秩"。
	乃敢大言至制乃短长之(残)	11	23		P2643	
盘庚上 (576字)	女害弗告至篇末(中缺二字)	24	204		P2643	
	告朕而胥至迟任有…古我(残)	6	32		P3670	
	父胥至至度乃口罚及	16	140		P3670	
	于兹重我民至篇末	49	545		真本残卷	
盘庚中 (485字)	全篇	55	479	12	P2643	少"自乃祖乃父孙"六字
	全篇	43	483	12	真本残卷	少"新、乃、乃"三字,多"子"字
	全篇	64	486	14	内野本	多"子"字
	全篇	46	486	14	松田本	多"子"字
	全篇	45	486	14	秀圆本	多"子"字
	全篇	58	474	12	云窗丛刻	少"今予命汝一无起秽以自臭"十一字
	于天时至篇末	50	420		元亨本	少"今予命汝一无起秽以自"十字。多"子"字
盘庚中 (485字)	篇首至汝诞劝忧	21	216	12	P3670	
	今其有今罔后至篇末	29	277		P2516	(与P3670衔接)
盘庚下 (222字)	全篇	25	222	13	P2643	
	全篇	23	222	13	P2516	
	全篇	20	221	11	真本残卷	少"攸"字
	全篇	29	222	15	内野本	
	全篇	21	222	15	松田本	
	全篇	21	222	15	秀圆本	
	全篇	27	222	15	元亨本	
	全篇	27	218	13	云窗丛刻	少"厥、乃、以、迁"四字
说命上 (248字)	全篇	28	247	36	P2516	少"楫"字
	全篇	32	226	36	P2643	少"厥、肖、爱、立、命、台、德、若、济、巨川用、汝、大旱用汝作霖弗眩瞑"十二字。

篇名 (相台本正文字数)	文字起止	行数	正文字数	卷次篇序字数	文字所在本	备注
说命上 (248字)	全篇	25	248	37	真本残卷	
	全篇	36	248	37	内野本	
	全篇	26	248	37	松田本	
	全篇	26	248	37	秀圆本	
	全篇	33	241	38	元亨本	少"以形旁求于天下"七字
	全篇	32	241	37	云窗丛刻	少"以形旁求于天下"七字
说命中 (227字)	全篇	23	227	13	P2516	
	全篇	25	227	13	P2643	
	全篇	21	227	11	真本残卷	
	全篇	30	228	15	内野本	多"之"字
	全篇	22	227	15	松田本	少"惟"字,多"之"字
	全篇	22	227	15	秀圆本	
	全篇	28	227	15	元亨本	
	全篇	28	227	13	云窗丛刻	
说命下 (276字)	全篇	28	276	13	P2516	
	全篇	31	276	13	P2643	
	全篇	25	275	11	真本残卷	少"之"字
	全篇	36	276	15	内野本	多一"列"字,又小圈去之。
	全篇	26	276	15	松田本	
	全篇	26	276	15	秀圆本	
	全篇	34	277	15	元亨本	多"昔"字
	全篇	34	276	13	云窗丛刻	
高宗肜日 (82字)	全篇	13	80	45	P2516	少"民、民"二字
	全篇	15	79	45	P2643	少"有、民、民"三字
	全篇	12	80	43	真本残卷	少"民、民"二字
	全篇	17	81	47	内野本	少"民"字
	全篇	12	82	47	松田本	
	全篇	12	82	47	秀圆本	
高宗肜日 (82字)	全篇	16	82	47	元亨本	
	全篇	16	81	46	云窗丛刻	少"民"字
西伯戡黎 (124字)	全篇	18	123	38	P2516	少"尔"字
	全篇	20	123	38	P2643	少"尔"字
	全篇	16	123	36	真本残卷	少"尔"字
	全篇	23	124	40	内野本	
	全篇	17	121	40	松田本	少"天、子、尔"三字
	全篇	16	123	40	秀圆本	少"天"字
	全篇	21	125	40	元亨本	多"王"字
	全篇	21	124	38	云窗丛刻	
微　子 (237字)	全篇(薛石二书记写,外附一五绝)	31	237	27	P2516	
	全篇(乾元二年(759)王老子写)	34	237	27	P2643	

篇名 (相台本正文字數)	文字起止	行數	正文字數	卷次篇序字數	文字所在本	備注
微 子 (237字)	全篇	26	237	25	真本殘卷	
	全篇	40	237	36	內野本	
	全篇	29	237	36	松田本	
	全篇	29	237	36	秀圓本	
	全篇	37	238	36	元亨本	多"以"字
	全篇	36	239	27	雲窗叢刻	多"以、今"二字
泰誓上 (303字)	全篇	44	303	37	內野本	
	全篇	33	303	43	松田本	
	全篇	33	303	43	秀圓本	
	有一年武王伐殷至篇末	30	221		真本殘卷	
泰誓中 (287字)	全篇	38	287	14	內野本	
	全篇	28	287	14	松田本	
	全篇	27	287	14	秀圓本	
	全篇	27	287	11	真本殘卷	
	胃暴亡……在彼夏王至篇末(殘)	13	94		S799	
泰誓下 (243字)	全篇	22	242	7	S799	少"今"字
	全篇	33	243	14	內野本	多"曰"字,少"今"字。
	全篇	24	244	14	松田本	多"曰"字
	全篇	23	243	14	秀圓本	
	全篇	23	243	11	真本殘卷	
牧 誓 (245字)	全篇	25	242	31	S799	少"曰、天、伐"三字
	全篇	38	246	36	內野本	多"祭"字
	全篇	27	243	36	松田本	少"是、之"二字
	全篇	27	246	36	秀圓本	多"祭"字
	全篇	26	245	33	真本殘卷	
武 成 (437字)	全篇	44	442	25	S799	
	全篇	67	437	37	內野本	
	全篇	47	436	37	松田本	少"王、迹"二字,多"方"字
	全篇	48	437	37	秀圓本	
	篇首至待天休命	31	251	28	真本殘卷	
洪 范 (1042字)	全篇	143	1041	44	內野本	少"有德"二字,多"是"字
	全篇	103	1044	50	松田本	多"政、是"二字
	全篇	102	1043	50	秀圓本	多"是"字
	篇首至初一曰五	16	89	29	雲窗叢刻	
	貌曰恭至无黨无偏王道	34	267		雲窗叢刻	
	用側頗僻至篇末作分器	51	404	14	雲窗叢刻	
旅 獒 (221字)	全篇	37	221	34	內野本	
	全篇	26	221	34	松田本	
	全篇	26	221	34	秀圓本	
	全篇(其中"展以"二字漫漶)	34	221	32	雲窗叢刻	
金 縢 (476字)	全篇	66	476	24	內野本	多"所、則"二字
	全篇	47	478	24	松田本	多"所、則"二字
	全篇	46	476	24	秀圓本	

篇名 (相台本正文字数)	文字起止	行数	正文字数	卷次篇序字数	文字所在本	备注
大　诰 (649字)	全篇	98	652	35	内野本	多"累、亦、告"三字
	全篇	70	651	35	松田本	多"累、亦、告"三字,少"庶"字
	全篇	68	649	35	秀圆本	多"告"字,少"哉"字
	篇首至我幼冲人	8	30	35	云窗丛刻	
	敢易法至篇末	13	94		云窗丛刻	
微子之命 (173字)	全篇	37	173	85	内野本	
	全篇	27	173	85	松田本	
	全篇	27	173	85	秀圆本	
	篇首至弘乃烈祖律	21	138	40	云窗丛刻	
康　诰 (918字)	全篇	138	921	37	内野本	多"治於"二字,少"其"字
	全篇	98	920	44	松田本	多"治、於"二字
	全篇	98	920	44	秀圆本	多"治、於"二字
酒　诰 (672字)	全篇	100	673	16	内野本	多"化"字
	全篇	70	673	16	松田本	多"化"字
	全篇	71	673	16	秀圆本	多"化"字
梓　材 (254字)	全篇	41	253	16	内野本	少"德"字
	全篇	29	254	16	松田本	
	全篇	29	254	16	秀圆本	
召　诰 (730字)	全篇	115	730	33	内野本	少"哉、我、之"三字,多"敢禹有"三字
	全篇	81	725	40	松田本	少"殷、所作不可不敬"七字。多"敢、有"二字
	全篇	81	731	40	秀圆本	多"敢"字
洛　诰 (766字)	全篇	118	766	35	内野本	少"其明"二字,多"慎、乎"二字
	全篇	85	766	40	松田本	多"呼"字,少"我"字
洛　诰 (766字)	全篇	84	768	40	秀圆本	多"慎、呼"二字
	惟弗役志至和恒四方	12	101		S6017	首有残注一行
	予乃胤保至篇末	56	748		P2748	
多　士 (570字)	全篇	51	564	18	P2748	少"我予不杀尔"及三"惟"字、多"殷、晋"二字
	全篇	82	569	33	内野本	少"惟"字
	全篇	59	570	33	松田本	
	全篇	58	570	33	秀圆本	
无　逸 (589字)	全篇	56	585	12	P2748	少"敢乃高宗汝"五字,多"疾"字
	全篇	81	589	28	内野本	少"乃"字,多"下"字
	全篇	53	589	28	松田本	多"下"字,少"于"字
	全篇	57	590	28	秀圆本	多"下"字
	不同小人之劳至卷末 厥后亦罔或克寿至篇末	32	344	5	P3767	

篇 名 (相台本正文字数)	文字起止	行数	正文字数	卷次篇序字数	文字所在本	备注
君奭 (748字)	全篇	76	742	37	P2748	少"曰、曰、我、爽、爽、之、之、二、滋"九字,多"也、公、曰"三字
	全篇	108	748	39	内野本	
	全篇	77	750	44	松田本	多"公、曰"二字
	全篇	77	750	44	秀圆本	多"公、曰"二字
	后暨武王至篇末		297		羽田亨影本	据日本"尚书正义定本"
蔡仲之命 (249字)	全篇	46	249	70	内野本	
	全篇	32	249	71	松田本	
	全篇	33	249	71	秀圆本	
	篇首至以车七乘	5	30	33	P2748	
	篇首至周公为卿士		52	33	羽田亨影本	据日本"尚书正义定本"
蔡仲之命 (249字)	作蔡仲□命至彝训无皇天	15	67	4	S5626	
	降霍叔于庶至惟德之辅……怀(残缺)	14	69		S2074	
	同、同归于治至篇末至蒲姑	16	97	33	S2074	
	克勤无怠至篇末(残缺)	19	123	15	S6259	
多方 (791)字	全篇	89	787	27	S2074	少"之、告、宁、汝"四字
	全篇	114	791	30	内野本	少"之"字,多"其"字
	全篇	80	790	30	松田本	少"之"字
	全篇	81	791	30	秀圆本	
	篇首、归自奄在	2	4	5	S6259	
	惟和哉尔室至尔尚弗(残)	3	16		P2630	或诏系卫包未改字前已有之今字本
	穆穆在乃位至篇末	16	134		P2630	或诏系卫包未改字前已有之今字本
立政 (669字)	全篇	78	667	20	P2630	少"有、于"二字
	全篇	100	667	28	内野本	少"有、司"二字
	全篇	71	669	29	松田本	
	全篇	71	669	29	秀圆本	
	篇首至率惟敉弓弗敢替	47	357	19	S2074	
周官 (471字)	全篇	83	470	75	内野本	少"之"字
	全篇	60	470	82	松田本	少"惟"字
	全篇	59	472	78	秀圆本	多"可"字
君陈 (355字)	全篇	54	357	32	内野本	多"于、孝"二字
	全篇	38	353	33	松田本	少"政、于"二字
	全篇	38	355	29	秀圆本	

篇名 (相台本正文字数)	文字起止	行数	正文字数	卷次篇序字数	文字所在本	备注
顾命 (625字)	全篇	103	624	34	内野本	少"于"字
	全篇	72	624	35	松田本	少"敬"字
	全篇	71	625	31	秀圆本	
	末命汝嗣训至盥以异	9	7		P4509	
康王之诰 (271字)	全篇	44	273	35	内野本	多"斥(厥)彩"二字
	全篇	31	272	43	松田本	多"厥"字
	全篇	30	271	39	秀圆本	多"厥"字,少"君"字
毕命 (449字)	全篇	68	450	31	内野本	多"周"字
	全篇	49	449	38	松田本	
	全篇	49	450	34	秀圆本	多"毕"字
	以成周之众至篇末	42	423		真本残卷	其中少"天、王"二字
君牙 (220字)	全篇	33	220	29	内野本	
	全篇	23	220	30	松田本	
	全篇	23	220	20	秀圆本	
	全篇	24	219	27	真本残卷	少"训"字
冏命 (238字)	全篇	36	239	29	内野本	多"僕"字
	全篇	26	238	30	松田本	
	全篇	25	239	26	秀圆本	多"僕"字
	全篇	27	239	27	真本残卷	多"僕"字
吕刑 (952字)	全篇	144	951	35	内野本	少"干"字
	全篇	101	952	36	松田本	
吕刑 (952字)	全篇	101	952	32	秀圆本	
	全篇	103	951	30	真本残卷,	少"介"字
文侯之命 (212字)	全篇	39	212	34	内野本	
	全篇	29	212	41	松田本	
	全篇	29	212	37	秀圆本	
费誓 (182字)	全篇	35	183	42	内野本	多"予"字
	全篇	25	183	35	松田本	多"予"字
	全篇	25	183	31	秀圆本	多"予"字
	曰敢冠攘踰垣至篇末	8	84		P3871	
	孔传:汝则亦有乏军典之大刑也	1	11		P2980	

篇名 (相台本正文字数)	文字起止	行数	正文字数	卷次篇序字数	文字所在本	备注
秦　誓 (248字)	全篇	28	234	38	P2980	少"断猗无他技其心休休焉其如有容"十四字
	全篇	41	248	42	内野本	
	全篇	30	248	43	松田本	
	全篇	29	248	39	秀圆本	
书孔氏傅序 (683字)	全篇	50	683	5	内野本	
	全篇	36	684	5	松田本	多"者"字
	全篇(无注)	36	682	5	秀圆本	少"于"字
	尚书序、古者至是故历代保	7	90	3	P4900	
	谓之至赞易……八索(残)	7	68		P4900	
篇　目	书名及虞书五篇目、夏书四篇目商书十七篇目、周书三十二篇目、总计数,及孔安国名字官位等字样	23	299		P2549	
经典释文	尧典·表、格至舜典末·蘩秩(残)	103	556		P3315	与今字本歧异甚大

〔附注〕:

1. 表中 P 字各号文件与 S 字各号文件,除照片外,尚有几种影本可读,见《尚书隶古定本古写本》与《简表》。

2. 表中唯羽田亨影本未见其原影本全文。

3. 松田本、秀圆本及元亨本三种,系据上海图书馆顾廷龙馆长及中华书局上海编所请瞿济苍君所校本编入。